U0627842

生死成交

萧侃◎著

北京理工大学出版社
BEIJING INSTITUTE OF TECHNOLOGY PRESS

生死成交

萧侃◎著

北京理工大学出版社
BEIJING INSTITUTE OF TECHNOLOGY PRESS

目 录

我惊恐地睁大眼睛，两排浓黑粗壮的假睫毛在我眼前来回晃动，一条鱼样的软舌钻进我嘴巴里，带着疯狂的占有欲和赤裸裸的贪婪，撩拨着我的神经。和老婆在一起的景象突然在我脑子里逐一闪过。我想起老婆掐着我的耳朵问我爱不爱她，想起她淘气地骑在我的背上要我做马，还想起老婆挺着大肚子在厂门口等我下班……

我像个害羞的小媳妇一样在老钱的催促下随便点了一个，又像个不会动的泥娃娃般被那个小姑娘扶到房里。原本我还想装纯，结果被老钱一句话给打了回来："出来玩，就图个痛快。男人，都是一样的。"

阿玲在冲凉，我静静地躺在床上，心里琢磨黄启发葫芦里卖的什么药。我不过是一个小小的技术总监，唯一可以利用的就是为他在公司业务上多发一点订单。但那些订单根本不值得他花这么大价钱来收买我。难道是想用美色腐蚀我、软化我，最终目的还是那款新机种？

杨云的声音似乎有一种魔力，让我不由自主地跟着思考。是啊，我千里迢迢地跑到广东为的是什么？不就是为了钱？有了钱就可以衣锦还乡，光宗耀祖；有了钱就可以居人之上，不受白眼。最起码，老婆也不会老是大声骂我吧。如此想着，我开始心神不宁。我不做，别人也会做。况且，山寨不是一天两天，没理由轮到我做就刚好被逮个正着。

不用看老婆的表情我也知道，她的幼小心灵也被震撼得七零八落，整个行程她都紧紧握住我的胳膊，身子微微发抖，完全忘了她早上铿锵有力的豪迈宣言：我就是穷死，也不会住那个狐狸精送的房子。

张代理讲完了韩国礼节，就开始讲中国酒桌文化。他说吃饭得有女子陪，没有女人吃不痛快。我有心阻拦，但看他兴致正高，又怕落个间隙。男人和男人之间关系要融洽，还得靠女人来拉拢。俗话说：一起同过窗，一起扛过枪，一起嫖过娼，一起分过赃，这是当今四大铁杆关系。我和张代理之间，连其中的一条都沾不上。

再次回到实验室，我心里很不痛快，看着每个忙碌的工程人员，都感觉他们有偷样板的嫌疑。最后我坐在编程电脑前发呆，心里想着，有没有办法阻止他人盗取技术。

到了公司，我才感觉事情不是一般的严重，院子里停了两辆警车，另外还有很多保安在楼层间来回穿梭。我在会议室门口碰到张代理，他像是专门在等我一样，压低声音道："昨天晚上样板被盗了。"像是一记炸雷，在我脑中炸响，我一时无法呼吸。

现在我才知道飞哥的势力有多恐怖，进了包间不到三分钟，不下十个人过来问好，有男有女，态度均是恭恭敬敬，一口一个飞哥。每次飞哥都会对他们介绍我："这是我的好兄弟，叫开哥。"对方就会毕恭毕敬地鞠躬，"开哥好！"每逢这个时候，我心里都犯嘀咕，眉骨隐隐生疼。

我不想回家，就沿着马路闲逛，不出十分钟就看见一家手机店。我一进门就被销售小姐热情地劝到新品柜台，然后看见了两部异常耀眼的RB68。销售小姐说："先生请看，这是国内目前最新款的视频手机，可以利用3G网络进行视频通话，先生要不要试一下，拥有这部手机，从此就告别打电话只听人声不见人影的时代……"

在黄启发的别墅，我没有看到想象中的那堆钱，黄启发只是递给我轻飘飘的一张银行卡，呵呵笑道："这里面暂时没有钱。不过下午会计会往里打一百万，你先用着，剩下的四百万也会陆续打进来。"黄启发话音一落，顿时我就觉得这张卡重了起来，要用两手抬着，又不知放哪里合适，干脆就捏在手里，手又插裤兜里，心道：今天这手就不出来了。

说时迟，那时快，飞哥从腰后摸出宝马车的电子钥匙，对着儿子晃晃，那钥匙上立即红蓝黄绿闪个不停。儿子一见，哭声顿止，伸着手接过钥匙，挂着泪珠疑惑道："这是铠甲勇士的召唤器吗？"

听岳母这么一说，我赶紧跑过去对着车后视镜看，只见脸上淤青，嘴角高肿，额上还贴着块白色纱布，要多硌碜有多硌碜。我这才知道，老婆为什么不让我将车顶放下来送她，儿子的老师为什么望着我笑，那都是因为这猪头般的脸。

第一章

凌晨一点钟，我蹑手蹑脚地进了家门，尽量不吵醒岳母和儿子，悄悄地换鞋，进卧室。老婆还没睡，坐在床上绣十字绣，见我回来没好气地说："菜在厨房，你看看还热不，不热就用电磁炉热一下。"

我默不作声地拿出内裤，先去冲凉。我一连刷了三次牙，仔细洗了三遍，里里外外，翻来覆去，恨不得洗脱掉一层皮。我知道老婆今晚不高兴，换了谁等老公等到一点钟都不会高兴，何况还是冷战期间。但我不怕，今晚我有好消息要告诉她。等老婆高兴了，我再好好地运动一番，这次冷战就会到此为止。

说起我们的婚姻，松松垮垮也有六年了，过了今年就是第七年。

七年之痒，想着就有点邪乎。不过我们应该不用担心，除了偶尔冷战几天外，我们这几年过得都算和睦。如今儿子已经四岁多，聪明可爱，再把房子问题解决了，估计以后连冷战都不会有了。

老婆跟我是裸婚，两个人就凭着青春年少一腔热血，不顾双方父母反对，快刀斩乱麻地领了结婚证，没有婚礼，没有婚纱照，甚至连个戒指都没有。这也是老婆每次骂我，我都不敢顶嘴的原因。

不过对于裸婚这件事，老婆并没有很大的意见，她唯一在乎的就是房子。结婚六年，我们一直住着 50 平方米的廉租房。但从今晚开始，这种日子将会慢慢改善，我的好日子就要来临……

我低眉顺眼地回到卧室，在征得老婆笑脸前，必须装出一副可怜兮兮的孙子样。不出所料，老婆已经蒙头假寐，这是她惯用的伎俩。一般情况下我哄上十分钟就 OK，但这次不同，这次引起我们冷战的原因不仅仅是房子。

三天前我给远在农村老家的父亲汇了三千块钱，因为是在没有征得老婆同意的情况下汇的，老婆就对我进行了长达半小时的思想教育。老婆的观点很明确，不管谁要用钱，都得两人商量着来。我当时也很暴躁，钱是给了自己亲爹，又没给外人，干吗要和我过不去？你一句我一句扯开了，然后冷战。

其实这事仔细琢磨琢磨，谁也没错，错就错在钱太少。要是我银行里有个十万二十万，老婆才不至于为了三千块和我吵架。为了攒够五万的首付，老婆已经好几年没逛过商场，而和她同龄的那些闺密，则时不时穿着时髦衣服在她面前显摆，那种沾沾自喜骄傲自得的表情让我这个做老公的都觉得脸红。这一切，都是钱闹的。而这一切，都将从今晚开始改善。

我轻轻地上床，从背后去抱她，刚碰到她的腰就被她烦躁地打开，"少碰我，自己玩去。"我低声笑笑，凑近老婆耳边说："婷，我升职了。"

"什么？"老婆那堪比雷达的耳朵一下子就捕捉到了我所传达的信息，"是真的？"

"当然是真的，为夫怎会骗你？"

我所在的公司是一家韩国企业，主要生产电子产品，诸如手机、笔记本、照相机等。我所在的部门，主要负责技术开发，包括产品前期研发、试样、设定产品生产工艺、改进产品性能等。

听起来这个部门科技含量很高，实际不然，主要技术在韩国已经完成，我们只是做些收尾工作，因此，这个部门的职员工资并不高。像我干了三年才拿到月薪四千，扣完税就是三千八。

升为老大就具有一定的话事权，比如产品开发需要指定某些配件，而这些配件的生产加工商的决定权就掌握在老大手里。举个简单的例子，某款手机的外观需要上色，就需要油漆。整个东莞制造油漆的公司多达数万家，用谁家的呢？就由老大决定。而那些油漆厂商为了能卖出自己的油漆，都会给那些有话事权的负责人一些报酬，一般都是按产品销售额的百分之几来算。这就是市场潜规则——吃回扣。像我以前的老大，一个月工资不过五千，但回扣则高达四五万，不能不让人瞠目结舌。如果我也有这个收入，那还愁买不起房？

就在今天下午，公司接到通知，清溪的新分厂开工，需要一批技术人员过去支持。而我，则被任命为技术总监，负责新项目的开发。也就是说，从今以后，我也可以捞回扣了。

因此，老婆得知我升职之后，兴奋地抱着我连啃三口，高兴得眼泪都渗了出来。她曾经认识的一个湖南妹，人家的老公也是搞技术研发，短短一年时间就在东城买了两百平米的房子，还给那个湖南妹买了辆比亚迪 F6，让老婆羡慕了好几个月。

现在我也到了这一步，老婆能不高兴？高兴完就是温存，随后按照我所预想的，激情开始燃烧，我们再次合体双修。对于这事，我们在六年的实战中积累了丰富的经验，而且心有灵犀，什么时候该收，什么时候该放，什么时候该柔，什么时候该猛，配合得十分默契。

不到五分钟老婆就到了临界点，声音开始高昂。或许是今晚高兴的缘故，老婆的喊声竟然拔了一个尖儿，超过了小沈阳。这时岳母房间传来一声重重的咳嗽，老婆急忙捂住嘴，身子则继续配合着我做最后的努力。随着最后一声老婆从喉咙里憋出来的号叫，隔壁传来儿子的哭声，跟着岳母的声音响起："不哭不哭，毛毛又做梦了，乖，不哭。"儿子奶声奶气地哭道："我听见爸爸又打妈妈了？"这是一件很让人郁闷的事情，廉租房里就是这样，放个屁整个楼都能听见。

老婆娇嗔地剜了我一眼，起身穿衣去岳母房里看儿子。每逢这个时候，儿子一定要老婆出现才肯睡觉，否则就一直哭下去。这源于儿子那丰富的想象力，因为他在学校里见过一次同学爸爸打同学的妈妈，所以儿子认定，但凡妈妈发出类似于哭喊的声音就一定是爸爸打妈妈。

星期天下午，老婆送我到车站，仔细地看着我的眼睛，一遍又一遍地叮嘱："自己一个人去那边多注意，吃好喝好睡好，我不在身边没人照顾你，别整天弄得跟个土贼一样，叫人看了笑话。"我连连点头，笑着说道："一个星期就五天时间，星期五晚上我就回来，还有什么不放心的。"快上车时老婆又道："在那边老实一点，可别搞出什么幺蛾子，要是让我知道什么风声看我怎么收拾你。"我嘴巴一咧，快速上车，冲老婆挥挥手。

和我同去的还有几个开发工程师，在总公司时并不是很熟，但由于我们都是从东莞过来的，关系自然就铁了起来。我想自己是新官上任，要拉拢一些主力人马，再加上新公司不是很忙，因此每天下班都伙同几个人去喝酒或是唱歌，日子过得倒也潇洒。在这期间有几个供应商的业务员找过我，大家试探性地接触了一下，敲定了几个项目，各自都很满意。

这天下午，快下班时我接到一个陌生电话，打电话的是位女士，很礼貌地问我是不是大通公司开发部的李总监，并自我介绍说她姓杨，是恒兴公司的业务经理。一听是业务经理，我的耳朵就竖了起来，每个业务经理对我来说都意味着无形的财富。随后我和她约好，晚上七点在公司门口见面。挂了电话我赶紧在网上查了查恒兴公司，才知道他们是做注塑机壳的。我又查了查最近有没有哪个机型需要机壳打版，这样晚上也好跟她谈。

这里要说明一点，第一次打版对我们选择供应商很重要，不管是什么部件，一旦打版成功，我们就不会再换供应商。也就是说，只要搞定样板，以后自然不愁订单。一般情况下我都会同时通知至少三家公司打版，选择最好的一家。在选择过程中，并非完全取决于质量和价格，给我的回扣多少也是关键。

就分公司目前正在进行的几个项目来说，如果全部成功，一个月的回扣就有二三十万。但是一般没有人有那么大胆全部吞下，都会故意放掉几个项目，让其他负责人也捞点油水，这样大家谁都不说谁，日子也好过。

七点钟，我看到一辆白色雅阁停在厂门口，心里狐疑：这会不会是那位恒兴公司的杨经理？我拿出手机将那个号码回拨过去，果然是她。白色雅阁车门一开，一个三十左右的女人从车里出来，热情洋溢地向我走来，就像多年没见的老朋友。

一番寒暄后，我上了雅阁。杨经理边开车边侃侃而谈："真看不出，你这么年轻。我看看时间心想你该出来了，可是还不见人影，想再打给你，又怕影响你工作。真没想到，你居然这么年轻，我还以为你是个老头子呢。"

我低头看着她的名片，嘴里笑道："也不小了，就快三张了。"

"哇！"杨经理似乎很惊讶，"看不出来呀，你多大？有没有二十九？"

对于这样的问题我一般都不会回避，反正也没什么，就笑着点头说："我二十八。"

"那真是太有缘分了，我也二十八。"杨经理矜持地笑着，眼睛里有一丝异样的光闪过。

这家伙一定是靠美色做生意的，我心里暗自怀疑。不过在东莞这个城市，这样的事情并不少见。老话怎么说来着？一个成功的女人背后一定有一大群男人支持她。但对于这样的半老徐娘，我是一点兴趣也没有，老婆的综合成绩打半折都比她强。

吃饭时谈到工作，杨经理很直白地说："如果你能让我们介入大通，我给你一成回扣。"一成，这在行业内是极高的比率，我怦然心动，但面上还要假装不动声色，笑着答道："杨经理说笑了，我是给老板打工，只要求产品质量过关，至于其他东西，那是不敢奢求的。"杨经理明白我的意思，举杯说道："质量你放心，保证同行业内领先。"吃完饭已经九点，杨经理提议再去酒吧坐坐，我看了看她眼角的鱼尾纹，笑笑说算了。

周一回到公司，我把一个手机外壳的项目发给他们做。经过一系列技术检测和程序审核，三个星期后恒兴正式成为我们的 A 级供应商。

第一批订单是价值五万的模型机，也是试水产品。那几天我很忙，经常去恒兴公司进行现场跟踪，生怕出现什么纰漏。毕竟这是我上任后独立完成的第一个项目，不能给人留下话柄。幸好恒兴公司的实力还算优秀，整批货由始至终都做得非常漂亮。这批货交完后，我心头也放下一块大石。

星期五下午，我照例准备回东莞，这时杨经理来电话，说晚上有个庆功宴，一定要我参加。我想了想推辞了，但当我走到厂门口时却愣住了，杨经理竟然站在门口等我。

为了不引人注意，我还是上了白色雅阁。刚坐好她就递给我一个信封，我迟疑了一下接来，手指一捏，好厚一沓。

"这是你应得的。"

"呵呵，你们这速度也太快了。"

"那当然，我们不能让客户着急啊。说吧，去哪里吃饭？"

手里拿着钱，我心就乱了，不知道该怎么办，就随便应道："你看吧。"杨经理笑笑，油门一踩，车子向前蹿去。

对于女人，我向来没什么抵抗力，我和大部分男人一样，见了漂亮女人就走不动。哪怕是跟老婆在一起的时候，眼睛也向四处乱瞟，瞄准一个就在脑子里意淫一番，过个干瘾。

但真要让我拿出实际行动，我心里还是有很大障碍。用老钱的话说，我是有贼心没贼胆。就像今天晚上，杨云多次暗示，要么手指轻抚低胸装上的锁骨，然后把手放在大腿上去拽超短裙的边缘，要么有意无意地碰我。是个傻子都知道，如果这时我提出要求，她多半会同意。

但我就是不敢，每当碰到她那火辣辣的目光，我就不好意思地转脸看别处。她挑逗般问道："怎么，你怕我？我又不会吃掉你。"

我不好意思地干笑，"怎么会怕你吃我，只是你今晚太过妖艳，我怕我看多了会把持不住。"

"是吗？那你把持不住会怎样？"这句话将我噎住，我红着脸不知该怎么回答，要是和她继续胡闹下去，逗出真火可怎么办？不是我装清纯，而是像她这样的女人，我实在是难以提起任何兴趣。

见我脸红，杨云一阵大笑，"看不出来，你还是个正经人。说老实话，你结婚了没有？"我几乎是下意识地要脱口而出"我结婚了"，可话到嘴边竟像卡壳一样卡住，稍后才用连我都听不到的声音说道："还没呢。"鬼才知道我心里在想什么，难道是五天没见老婆精虫上脑影响了大脑思维？

在我内心深处，一个想法蠢蠢欲动：嗯，男人嘛，三十多没结婚的多了去，再说这个杨云也不是清纯小姑娘，过的桥比你走的路还多，她才不会介意呢。这样想着，我低头喝茶，对杨云傻笑。

"那好，你没老婆管着，我们就可以好好地玩一玩，反正我也是单身，不如等下去大富豪玩玩？"我还来不及反驳，杨云已经起身结账，然后去停车场拿车。

在这一段时间里我脑袋里有两个想法，互相斗争：一个说去吧去吧，哪个少年不风流，反正老婆不知道；另一个声音又说不去不去，那女人不知都被多少男人玩过了，你要对得起老婆啊。两个声音还没吵出个结果来，杨云就开着车过来，朝我招手道："帅哥，赶紧的。"

上了车以后，我才发现自己今晚不像个男人，一点都不干脆。要去就去，不去拉倒，扭扭捏捏不像样。最后我决定干脆一点，玩玩就玩玩，去玩玩也不一定会跟她发生什么关系，大不了十二点打车回东莞，从清溪到东莞也就一小时。我发了信息给老婆，说今晚临时加班，要明早才回去，发完信息跟着关机。

和所有的酒吧一样，大富豪里充斥着喧嚣的音乐，亢奋的男女跟着 DJ 的吼叫在舞池里疯狂摇摆。说实话，我很不适应这种场合。杨云说："那是你来得少，等下喝点酒，你就习惯了。"

鬼使神差般，我竟然对杨云提出的要求没有丝毫反对，她说我们喝一打，我说行；她说我们不醉不归，我也说行；最后她说我比她大不如她就喊我做哥吧，我还是说行。杨云就拿着瓶子笑道："哥，为了庆祝我认了个干哥，我敬你一杯。"真不知道我脑子是怎么想的，一个表面看上去比我大五岁的女人喊我哥我居然还应了，而且没有一丝的羞愧心理。

后来在厕所照了镜子我才知道，原来一直都是我自己感觉良好，老以为自己还是18岁的面相，看看镜子里那个有着稀疏胡楂子的衰男，我都想喊他一声大叔。原来曾经的80后也渐渐老了。

一连喝了四瓶啤酒，我感觉扛不住了，走路开始发飘。我心里奇怪，这么小的瓶子也管用？这酒吧里的啤酒瓶都不及外面的啤酒瓶一半大，而按我的酒量喝三大瓶都没问题，可现在居然会发飘。杨云依然坚挺，招呼酒保再开两瓶，我急忙阻拦道："妹子，别，我真不行了。"

杨云笑道："你看看你看看，一个大男人几瓶酒都扛不住，还不如妹子能喝，将来走出去还不让人家笑话？来，妹子今天陪你喝，怎么也得把这酒量练出来。"说着硬往我手里塞一瓶，催促道，"喝吧，没事，今晚咱们不醉不归。"我想我是脑子犯浑了，明知道不能喝，居然还要继续喝，难道我真的是个软耳根，见了女人就没了主意？

趁着上厕所的空当，我一阵呕吐，红的白的稀的稠的全部吐了出来，整整吐了十多分钟，肚子里一阵爽快，这才清醒了些。收拾利索后出去，我发现杨云竟然在厕所门口等我，一见我就赶紧过来扶住，脸上洋溢的关切之情不亚于我老婆，"你怎么样了？是不是头晕？都怪我不好，不该让你喝这么多酒……"

我感觉丢脸，居然没喝过一个女人，我就自嘲道："没出息的男人，就是我这样子的。"杨云一愣，"你怎么会说你没出息呢？同龄人中比你有出息的我还没见过呢。"

我真的是醉了，扶着墙往回走，任由杨云搀着我。我的胳膊摩擦到了一团结实的温软，不禁有些脸红，心跳开始加快，这可是除去老婆之外第一个女人和我如此亲近。我还偷偷观察了下杨云的表情，发现她并未露出任何不悦，于是有意无意间，我摩擦的力道竟加大了些。我想，骨子里我还是一个龌龊的男人,一个没出息的龌龊男人。

到了车上,杨云柔声问道:"你住哪?要不我送你回去?"像是下意识般,我竟然答道:"我住厂里宿舍,你送我回去吧。"我没想到脑子还如此清醒,居然知道编谎要编圆,要是我回答我住东莞,杨云立马就会猜出我在东莞有女人。杨云并没有送我回厂里,她将车靠在路边,低声问我:"要不今晚不回去了?"我迟疑了下没说话,杨云就压了上来。

我惊恐地睁大眼睛,两排浓黑粗壮的假睫毛在我眼前来回晃动,一条鱼样的软舌钻进我嘴巴里,带着疯狂的占有欲和赤裸裸的贪婪,撩拨着我的神经。和老婆在一起的景象突然在我脑子里逐一闪过。我想起老婆掐着我的耳朵问我爱不爱她,想起她淘气地骑在我的背上要我做马,还想起老婆挺着大肚子在厂门口等我下班……

我一把将她推开,在她瞠目结舌的时候,我说了一句非常无厘头的话:"今天不行,今天是我爷爷的忌日。"然后在杨云不可思议的目光下,我跌跌撞撞地下车,拦下路边一辆的士。在的士上刚一开机,就收到老婆发来的短信:那你注意,保重身体,明天早点回来,想你。

我羞愧不已,同时自我安慰道:还好,总算在紧要关头把持住了。紧跟着杨云的信息也来了:李开,对不起,我怕我是喝多了,如果有什么冒犯,还请包涵。

请我包涵?这是我有生以来第一次听到女人认错。考虑到以后生意上还要合作,我赶紧回复:想什么呢?今天真是我爷爷的忌日;好吧,我说实话,刚才我也不知道怎么回事,突然间就发起神经,其实我对你垂涎已久,早在脑海里把你意淫了很多遍,只是好事来得太快,我一时不能接受,我想过些日子会好吧。

很快杨云的信息就回了过来:哈哈,你真风趣,刚才是和你闹着玩呢,别当真,以后咱们还是好朋友,还是好伙伴,你还是我的好哥哥,对吧。我总算松了一口气,心也没有刚才跳得那么快了。看来我真是个没出息的男人,偶尔出一次轨都吓得心惊肉跳,真不知道以后还能干成什么事。

对于我的突然出现,老婆很惊讶,"你不是说不回来,怎么突然又回来了?"我嘿嘿笑道:"活干完了,看看时间还早,再加上想你想得不行,就跑回来了。"

老婆一阵欣喜，搂着我的脖子问道："想我了？那你怎么回来的？现在该没车了吧。"

"打的呗！"话一说完，老婆的脸就绿了，"打的？你钱很多啊？还有你嘴里的酒气怎么回事？"

完了，这是冷战发生的前兆，我怎么把不准喝酒这条规矩给忘了？当下我急忙抽自己两个嘴巴，进行补救，"哎呀你看，我也不想喝酒，可是他们非要我喝，而且喝一瓶就给一千块，我一想咱家缺钱，就拼命地喝，一连喝了五瓶。"

"什么？"老婆转怒为喜，"钱呢？"我笑嘻嘻地把那个信封拿出来。老婆被里面一沓崭新的钞票映得满面红光，失声说道："这就是你说的那个，传说中的外快？"

"当然，要不然为夫怎敢如此放肆？"

老婆就怒道："笨蛋，你怎么不多喝几瓶？"

这个晚上，是我近三年来最高兴的一个晚上，老婆将我伺候得舒舒服服，美得我连脚指头都化了。

第二天早上我还在被窝里赖着，儿子就一阵风地冲过来，跳到床上和我闹，老婆则早早就起来洗衣服，岳母在做饭。儿子和我玩奥特曼大战怪兽，儿子一掀枕头看见手机，就捞了过来要。对于儿子我一向迁就，他要什么我就给什么，再说这手机也结实，我倒不怕他摔。看他一个人在那捣鼓，我就起身刷牙洗脸，计划下午带着他们出去逛逛。

洗脸刚洗到一半就听儿子在闹，原来是岳母担心儿子把我手机弄坏，就从儿子手里要了回来，结果儿子不依，跑去找他妈妈评理。我从卫生间出来的时候儿子还在闹，老婆哄不住，一时恼火，抬手对着儿子屁股就是一掌。儿子平时都挺硬气，今天仗着我在家，就变得娇柔了，嘴巴一咧，朝我扑来。

见儿子在我怀里哭得稀里哗啦，岳母和老婆一同指责："惯吧，惯吧，看到时长大了你还能教得过来？"我嘿嘿笑道："没事，他还小，等他长大些，我一样拿鞭子抽他，现在先攒着。"老婆白了我一眼说："收拾桌子吃饭。"

刚刚抱着儿子坐好，我就感觉不对劲，老婆的身子剧烈发抖，望着我，嘴巴张了半天，就是不说一句话。我也纳闷，"怎么了？"

岳母也感觉出老婆不对，关切地问道："是不是不舒服？"

老婆抖了半天，才缓了口气徐徐说道："没事，头有点晕。"说着进卧室，走到门口又转回来，"李开，你进来一下。"我丈二和尚摸不着头脑，放了筷子跟着进去。进屋后老婆就关了门，一把拧住我耳朵，咬牙切齿低声道："说，你干了什么好事？"

我一时慌了手脚，老婆这是发哪门子疯？看到她手里拿的手机时，我才翻然醒悟，昨晚上的短信没删。碍于岳母和儿子都在外面吃饭，老婆一句话都不说，只是默默流泪。我像个无头苍蝇一样原地打转，心里暗责自己大意，居然让老婆看到那种信息。我来回转了好几圈才灵光一闪，低声说道："苏婷，你听我解释，昨晚我们试样成功后，本来我是不回来的，可我为什么十一点又回来了呢？为什么呢？"

老婆只是低头哭，看都不看我一眼。我继续说道："就是因为我怕出事，所以不顾他们挽留，连夜打的往回赶。我指着天地良心，我们喝完酒都十点了，我回家十一点，这中间哪还有我乱搞的时间？"

"怎么没有？你抽个十分钟不就完了？"老婆怒道。我那个汗呀，"老婆，你把我想得也太那个了吧，还要抽个十分钟？要是我真的乱来我怎么会回来呢？"

"是呀，你怎么会回来呢？你别回来呀，你回来给我示威吗？"老婆一连串的抢白，弄得我不知如何回答，赶紧替她拍背消气，等她稍微平静一点我才细声说道："苏婷，那信息你也看了，从字面意思上你也能猜出来，我们什么都没做。"

"没有？是没有发生什么事，可你看看你给她回的信息'我对你垂涎已久，早在脑海里把你意淫了很多遍'，啊，这是什么意思？还意淫？我叫你意！我叫你淫！"老婆说着就动起手来，我赶紧抱头蹲着，心里一阵慌乱，嘴上却说："打吧，打吧，只要你解气了就行。"

老婆正打得过瘾，岳母在外面敲门，"苏婷，你们在做什么？还不赶紧出来吃饭！"岳母似乎听到了什么，语气里透着一股子威严。老婆停了手，坐在床上哭。我赶紧继续解释："苏婷，不瞒你说，昨晚那五千块就是她给的，你可以看我手机上存的名字，她是杨经理。说实话吧，她昨晚想扑我，被我给严厉地拒绝了，还狠狠地批评了她一顿，最后她都是哭着跑的。"说这段话时，我特意在"严厉地"和"狠狠地"上面加重语气。

这招果然管用，老婆说道："这个我不管，我只问你，你那个短信是怎么回事？为什么要垂涎她？你都拒绝她了还垂涎？你是不是给下次作准备？"

"没有没有，天地良心，我怎么会有这么龌龊的想法呢？凭着你跟我八年的相处来看，我是那人吗？我之所以那样说，是怕她想不开，怕她没面子，再怎么说她也算我们生意上的一个伙伴，以后她还得给我送钱，我得给她留点面子不是。要不然你想一个女人投怀送抱却被人拒绝，那是多尴尬的事啊，以后还见不见面？"

"狗屁，她还要什么脸面？她连那种丢人的事都做得出来，还要什么脸面？谁要你给脸面给她？"老婆越说越激动，越说越气愤，牙齿咬得咯咯响，两眼快要冒出火花，"我问你，她长什么样子？多大年龄？哪里人？"

结婚这么多年，我都没见过老婆发这么大脾气，我心里慌张，脑子却转得飞快，心想这得顺着老婆的脾气回答，于是我苦着脸说道："总共才见了三次面，长什么样子我记不太清，大概三十五六岁吧，听口音不是四川就是湖南的。"

老婆这才解了气，"哼，什么货色，才三次面就对上眼了？你给我老实交代，如果她再年轻一点，你是不是就顺从了？"

我赶紧站起，"天地良心啊老婆，这跟年不年轻没关系，这事得有感情基础，我是那种随便的人吗？"

老婆鼻子一哼，又拿起手机看了几眼，随后扔到床上，"这么说，她现在认了你做哥哥？"

"嗯，这是她一相情愿，我可没答应呢，再说，她那年龄都能当我妈了，还好意思做我妹子，我都叫不出口。"我一边说，一边帮老婆捶背，"老婆，你就别气了，昨晚那事算什么呀，我完全是看在钱的分儿上才给她回的信息，要不是因为她还会继续送钱给我，我一毛的信息都不会发给她。"老婆这才擦了眼泪道："你说的是真的？让我静一静，我得把这事好好捋一捋，现在脑子乱得慌。"

我一出来岳母就走了进去，娘俩在屋里一阵嘀咕，出来时老婆脸上已经没了泪水。岳母说道："李开，这事我跟苏婷谈了，我也了解了情况，这事我觉得你做得挺好，最起码知道拒绝，知道回家。这很好，没犯错就很好，这在男人里已经属于少见了。我跟苏婷解释过，你们就当这事没发生，以后跟那个老女人少联系就行。"我赶紧点头道："对，妈是明白人，说得太好了，我以后除了收钱我甩都不甩她。"老婆一听又要抬手打我，我赶紧一躲。儿子刚好看到，拍手笑道："打，打，机甲奥特曼大战外星怪兽，突突突！"

下午我们去了人民公园，没什么好逛的，就早早出来去了趟沃尔玛，给她们母女俩挑衣服。为了把早上的阴云冲散，我这次准备大出血。老婆似乎跟我想的一样，专挑那些贵的衣服试，可她试来试去，一看那价格标签，还是舍不得买。我一遍又一遍地在旁边鼓励她："不怕，咱马上就是有钱人了，买吧，省一件衣服也买不了房。"老婆点头道："嗯，嗯，我知道，我在挑合适的，挑到了就买。"

结果在商场逛了三个小时，就给儿子买了一个遥控机器人，还是打折的，价值八十元。我心里过意不去，就为了攒够一个首付，岳母和老婆连件衣服都舍不得买。路过肯德基，儿子忽然大叫道："爸爸，我要吃鸡腿，我同学在学校里都吃鸡腿。"

儿子一句话把我给说伤了。为了不让儿子输在起跑线上，我们给他报的是保育贵族幼儿园，一个学期就得五千的生活费。可儿子在学校里居然还眼馋别人的鸡腿。

老婆脸一虎，"吃什么吃，那玩意儿死难吃，还贵得吓人，只有那些脑残没主见的小资们才会去吃，咱回家去，吃中国大餐。"说着用手去拉儿子。儿子不依，一下子过来抱着我腿，一直哼哼叽叽："爸爸，吃鸡腿，爸爸，吃鸡腿。"街上人来人往，我不好意思，就对老婆说道："何必呢，不就一顿饭，走，吃肯德基。"

我和老婆在恋爱的时候曾经吃过肯德基，那时是因为好奇，买了两个汉堡，老婆一个也没吃完，给出的评价是：除了环境好也没什么特别，再就是贵，有点不值。今天全家陪儿子来吃，结果依然很失望。儿子只咬了一口就吐了，他在学校里吃的可是大师级烹饪美食，在家里也是岳母精心伺候，根本吃不惯这干巴巴的油炸品。倒是岳母，一边骂着不好吃还一边大口吃着。我知道，她老人家是怕浪费。

回家的路上，我在心里对自己说：李开，看看吧，这一家人的幸福可就捏在你手里了，人要是没了钱，影子都比人矮一截。

　　回到清溪的第二天，大顺的老钱又约我出去吃饭，我知道，他们公司的款也该结了。我给大顺发了两批货，按我预算大概有一万回扣，结果老钱给了我一万五。"兄弟，我们老大觉得你够意思，把你的点调高了。"我心里一喜，肯定是他们知道了恒兴给我的点数是百分之十，所以主动给我调高，生怕我一时冲动，把原本属于他们的样板全给了恒兴。对于这样的事我自然不会明说，收了钱就成，大家都高兴。

　　老钱也是个爽快人，才和我玩了几次就混熟了，铁得跟亲兄弟一样。眼下我收了一万五，心情大爽，就对老钱说道："走，今天我请客，想吃什么？"老钱一阵哈哈大笑道："好说，好说，我听说镇上新开一家湘菜馆，我们去那吃，对胃口。"

　　老钱是湖南人，我也喜欢吃辣，因此每次我们都是吃湘菜，现在又新开一家，自然要去尝尝鲜。在二楼的包间里，老钱多喝了几杯酒，笑嘻嘻地问我："兄弟，听说你跟恒兴的杨云……嗯？嘿嘿嘿。"我脸一红，连忙辩解："别瞎说，我跟她什么关系都没有。"

　　"行了吧，老兄。"老钱惬意地点了烟，跷着二郎腿道，"这个圈子你还不了解，我跟杨云是老乡，又是同一个公司出来的，她的事我怎么会不知道？"

　　"呃？你们也认识？"

　　"那当然。"老钱笑眯眯地凑过来，"围绕着大通这个圈子，哪个跑业务的我不认识？都是互相知根知底的。"难怪老钱这么快就知道恒兴给我十个点，这么说其他两家公司也会往上加，想到这里，我心里小激动了一把：老婆，不出三个月，咱们就能过上好日子。

　　老钱又道："你还不了解杨云，她可是个女强人，一个女孩子家，出来跑业务，广州、珠海、深圳都跑遍了，认识她的人没有一个不服她的。她为人又仗义，只要跟她关系铁，需要帮忙就凭一句话。听说她跟地方黑道上也有关系。"

　　"噢？这么厉害。"我对杨云刮目相看，但心里不禁怀疑，这家伙是不是个托。

　　"她可不像表面上那么弱，很多男人都以为她是个女孩子，好欺负，都在她手上吃了亏。知道你们东城总公司的刘德龙吗，就是主管业务的？"我回想了一遍说："哦，认识，脸上有道疤那个。"

"对了，就是他，你知道他脸上的疤是怎么来的吗？"老钱拿着酒杯眯着眼看我，那模样让我想起了准备扑向白毛女的黄世仁。"怎么来的？"我傻乎乎地问。其实心里早已明了，他就等着我递个话茬儿。"那小子想占杨云便宜，被杨云拿酒瓶子划的，这事当时圈里人都知道，你不信可以去问问你以前的老上司，当时他也在场。"

"金部长？"我陪着干笑，我在大通总公司待了四五年，却没听过这回事。或许是当时职位低，这些八卦轮不到我听。

后来老钱话多了，对我说道："兄弟，哥们儿是看你够意思，才给你说这么多。杨云是个好女人，虽说以前离过婚，但本性却是一等一的，你要觉着她还行，就不要寒了她的心，你要觉着她不行，就当我在放屁，这话从来没听过。"闻言我只是陪着干笑，实在不知道该如何回答。喝完最后一杯酒，老钱说道："哎呀，今天让你破费了，我过意不去，走，哥带你去玩玩。"

"玩玩？去哪？"我一时愣住，这都九点了，再玩明天上班都困难。

到了车上，老钱才吞吞吐吐地说道："我们两个玩也没劲，再约几个朋友吧，你看看还有谁，一起喊出来。"我想了想说："我刚来清溪，人还不太熟，暂时没朋友。"老钱笑道："那好说，我有一些朋友，以后估计都会打交道，不如一起聚聚。嗯，杨云也来可以吗？"我这才明白，老钱是故意的，供应商请部门主管吃饭，这在公司里是大忌，他明明知道我不敢叫任何公司同事出来，还故意这样说。

不过这样也好，人多热闹，说不定和我杨云之间的事也说开了。自从那天晚上一闹，我们再没联系过，我也感觉有点生分。这次还是去了大富豪，刚坐下没多久杨云他们就来了，都是恒兴和大顺的业务员。

人来了之后每人先喝一瓶，然后几个男的就跑去跳舞，跟着中间那些人乱扭，故意留下我跟杨云。杨云今晚特意打扮了一番，白衬衫黑短裙，看起来像个职业白领，脸上也没了那种艳俗，显得朴素端庄。杨云笑着问我："你怎么不去跳舞？"我如实答道："我不会。"杨云就低头哧哧笑，"我也不习惯这么吵闹的场面，不如出去走走吧。"

这时，我脑子又糊涂了。按正常情况，我应该严词拒绝，避免再发生任何不愉快的事情。可是我心底深处总有个声音在诱惑我：去吧，去吧，就是出去走走，说不定还能把以前的不愉快消除呢。这样想着，我指着舞池里正疯狂扭动的老钱他们问："要不要通知他们？"

杨云低头浅笑说道："不要，就我们两个。"听听，她说的是就我们两个，这话怎么听怎么不对劲，尤其是出自一个女人之口。

到了外面马路边上，阵阵凉风吹来，我酒醒了不少。我看着杨云站在路灯下面，身影消瘦单薄，不经意地回头间，显出一种落寞。我忽然心生一个想法：这个女人不像表面上那么坚强，她也是一个柔弱的女人，需要一个停靠的肩膀。想到这里，我脸又红了，赶紧抬手打了自己一巴掌。

这一幕刚好被杨云看到，她诧异地问道："你干吗打自己一巴掌？"

"有蚊子。"我抬头说道，表情严肃。

杨云被我逗笑了，"看不出来，你还挺幽默的。"

我低头讪笑，"男人见了漂亮女人都会变得幽默。"说完我又抽了自己一耳光，这不是自己找死？明明知道不能招惹还偏偏去挑逗。

杨云再次惊讶："还有蚊子？"随后我们两人同时大笑。杨云低声说道："李开，可是从来都没有男人在我面前这么幽默过，难道我不漂亮？"勾引，这是赤裸裸的勾引。

我明知道这是勾引，却还跟傻子一样往下跟，我说："那是因为他们都不是真正的男人。"

"哦，那什么样的男人才是真正的男人？"杨云笑着问道，脸上一丝狡黠。这句话我不知道怎么答，万一答错，后果不堪设想。良久，我弱弱答道："每个女人心里都会有一个真正的男人，等你碰到了，你自然有感觉。"这就是我憋了半天才憋出来的句子，也不知道是从哪本书上抄来的。

我看到杨云眼皮一跳，两行泪珠就涌了出来。坏了坏了，这下坏了，我一句话就把她弄哭了，天地良心，我最怕的就是女人哭。我手脚无措，摸了半天从兜里摸出几张餐巾纸，赶紧递给她。得先让她把眼泪给止住，几个路人已经用奇怪的眼神看我了。

谁知我的手一伸过去，她顺势一扑就到了我怀里。这下我就傻了，这可是头一次在大庭广众之下多了个女人在怀里，这个女人还不是我老婆。感觉周围奇怪的目光越来越多，我赶紧将她往停车场扶。她那辆白色雅阁我一眼就认了出来。

到了车上她才止住哭，挂着眼泪笑道："谢谢你，让我发泄了一场。"

我大度地耸耸肩，"谢什么，关系这么铁，以后你想哭就哭，我随时奉陪。"

杨云嗔道："你，你还在气我。"我就不敢再说，怕担上一个气她的罪名。

"你难道不好奇，我为什么会哭？"

我看看她的脸，想了良久才问："那你为什么哭？""讨厌！"杨云笑着用手打我。我却傻了一样坐着不动，心里惊诧了半晌，乖乖，这个动作可是我老婆专属，别的女人还没这样对过我呢。一想到老婆，我心里又是一阵惭愧，觉得对不起老婆，居然让别的女人在我面前撒娇。

杨云恢复了落寞的神情，低声说道："我也曾经遇到过一个真正的男人，他对我很好，很好，整天把我捧在手心里，生怕一不小心就没了。"我在一旁点头，及时捧哏："后来呢？"

"后来，后来他就变了，捧了别人在手心。"杨云说完又哭了。我恨不得狠狠地抽自己俩大嘴巴，这才多大会儿就把个女人弄哭了两次，这不是一个男人该做的事。

幸好这次她哭的时间短，不到一分钟就停了，笑着问道："我是不是很烦人？经常哭。"

我点点头，"其实我才烦人，经常把你搞哭。"

"讨厌，你哪里把我搞哭了，我又不是为你哭。"

"对，对，是我自作多情。"我又抽自己一个嘴巴，瞧这张破嘴，真应该用针给缝上。

杨云奇怪地看了看四周，"我车里没有蚊子吧？"

我们重新回到酒吧，老钱一见我就嚷着罚酒，说我扔下哥几个跑去泡妞，该罚。其他几个人也不例外，一个一个挨着喝，喝到后面我就高了，再看舞池里那些疯狂摆动的人就觉得顺眼多了。期间我说了很多话，我都记不清楚，唯独老钱说的几句话一直在我脑海里回荡。

老钱说："男人，出来玩就得爽快，尤其是对女人。如果你喜欢一个女人，

16

却不去上她，那就是在敷衍她，在骗她。什么是爱？爱就要做，没做就不是爱。"众人都知道他是在说醉话，唯独我听着这话不对劲，好像是在暗示我。去他的，我才不上当呢。我们从酒吧里出来，老钱说要去打牌，要不然去KTV，反正时间还早。

我一看表，这都十二点了，还说时间早。我连说不去了，可还是被他死拉硬拽地去了。到了酒店开了一个包房，他们说要斗地主，我说我不会，杨云就说她教我。然后杨云就坐在我后面，指点我打牌。两把下来我赢了六百块钱，我的酒一下子就醒了。要说这世界上有什么东西能让我为之发狂的，就数这钞票，奶奶的穷怕了。

打着打着我觉着不对劲，杨云已经整个贴了上来。我一边想着牌一边想着人。这可怎么办？要是被缠上了可就死定了，被我老婆知道我就万劫不复。不行，不行，一定要稳住，绝对不能动心。打了一个多小时我赢了不少钱，反正他们只会输，我心里明白。看看时间差不多了，我就说困了，再赢下去估计人家要跟我翻脸。

老钱让我直接睡在这，明早用车送我回去。我想想也行，反正这屋子里四个男人，我还怕她一个杨云？没想到老钱又开了一间房，回来对我说："刚才被你赢了他们不甘心，想从我这再赢回去，我们去那边继续开赌，你们在这边休息。"说完就走。我一下子呆在原地，愣了半响，然后傻愣愣地对杨云说道："那，那，你在床上睡，我睡沙发。"杨云笑笑说行。

两人都躺下以后，我收到老钱发来的短信，是个笑话。一男一女两人住店，不巧店里只剩一间房，不过有两张床，于是两人只能委屈一晚。睡前女子警告男子，若是敢半夜偷上女子的床就是禽兽，结果一个晚上男子都不敢乱动，翌日清早男子被那女子掌掴，女子愤然骂道："看你一个大男人，竟连禽兽都不如。"我当然明白他的暗示。话说回来，一个离婚的女人，和一个男人共处一室，孤男寡女，你要说晚上不发生些什么，谁信？我一个榆木疙瘩都不会信！

我躺在沙发上，作着激烈的思想斗争。上，还是不上？仿佛一个头上生角的魔鬼从脑中跳出来，朝我骂道："李开，你个伪君子，你以为你自己是个什么德行？你要不是一肚子的男盗女娼，你会和她喝酒？还让她紧紧地贴在你背上？你还假惺惺地装纯，分开睡？你就是个伪君子！过了半个小时，别人还以为你是在安安稳稳地睡觉吗？我呸！换了你，你信吗？”

我猛一睁眼，那个魔鬼就跑了。眼前一抹黑，也不是全黑，至少我能看见屋里的各类东西，有饮水机、电视、茶几、床头柜、床和床上的一个女人。我喉咙里咕咚一声，我猜是酒精开始起作用了。难道这就是所谓的酒后乱性？我慢慢站起来，眼睛在黑夜里一闪一闪，就像准备出猎的狼。

床上，杨云安静地躺着，她胸口慢慢起伏，脸上笼着晶莹的雾光。我心里一个声音催促道：去吧，她不会反抗的，老婆不会知道，就这一次。我慢慢伸出手，还有半尺就能触摸到她，可我该把手放在哪呢？放在她的脸上，或者胸口，还是放在她的大腿上？

我承认，我是个一肚子男盗女娼假惺惺却没胆量的土鳖。在快摸到她身子时，我转身跑了，就像背后有个鬼在追。我拉开门，冲到外面走廊，往左走，不认识路，往右走，也不认识路。再走回来时，我被一双手拉进门里。杨云眨着大眼睛，调皮地看着我，“你还真是个与众不同的男人。”

我尴尬地笑笑说：“很玄乎哩，差一点我就没能控制住。”

杨云笑笑，“没控制住又如何？我还能吃了你不成？”她眼睛里泛出一股笑意，那笑让人安心，“你今晚要是跑了，我以后都不敢和他们见面了。”

“呃，对不起，让你难堪了。”我低声说道，这是发自内心的。

“没什么，不过我也算知道了，这世界上的男人并不是全都一个货色，也有特别的。”

杨云说完慢慢偎进我的怀里，我不敢动，也不敢说话。“睡吧，能和你这样的正人君子过一个晚上，我也算没白活。”杨云将我推到床上，轻轻抱着我和衣而睡。我开始难受，涨得厉害。我索性不管了，男人嘛，总要洒脱一点。我说：“杨云，其实男人都是一个样。”说完我就准备动手，结果发现，杨云睡着了。“杨云？妹子？”我一连叫了两声，她都没回答。难道真睡了？这个晚上我一直处于失眠状态。到了清晨六点，我才有些困意。早上我被老钱叫起来，他笑着对我说：“兄弟，昨晚为难你了。”

这个星期，我收了回扣，又赢了些钱，总共收入两万三。我觉得我的人生充满了希望，平时走路，都感觉像在做梦，连睡觉时也能从梦里笑醒。之前家里的存款有三万，加上这个月的工资和回扣，我们已经有了六万多的存款。

六万，足够一套一百二十平方米大房子的首付了。

　　我满心欢喜地向老婆报告了这个情况，老婆高兴地又蹦又跳，"那我们什么时候回去？要买得赶紧，晚几个月房价又涨了。"我得意地笑道："涨就让它涨去，咱怕什么？咱有钱了，想什么时候买就什么时候买。"老婆嗔道："有钱了不起啊，穷酸暴发户。哎，这个礼拜你什么时候回来？我让妈给你包饺子。"我们就今年春节的时候包了回饺子，这都快半年了我都忘了饺子长什么样了，我连忙应道："好，好，我星期五晚上准时回来。"

　　现金带在身上不方便，我就利用中午休息时间去了趟银行，把钱存起来。我的银行卡密码就是老婆的生日，在输密码时，看着键盘上那几个数，我忽然想起，老婆就快过生日了，算算日子，就是下周星期二。不行，我得给她准备一个生日礼物。

　　星期五下午六点钟，我到了东莞，在恒生珠宝转了一圈，看中一个一克拉的铂金钻戒，标价一万三。在店员期待的目光中，我咬了咬牙，一狠心，买了。我若无其事地回到家里，若无其事地跟儿子玩机甲奥特曼大战外星人，若无其事地连吃了两碗饺子，再若无其事地赞美了一番岳母的厨艺，最后才对老婆提出："婷，咱俩出去逛逛吧。"

　　老婆一愣，"逛什么？你发神经了？"

　　我嘿嘿笑道："咱们，已经……很久没去拍拖了。"

　　老婆白了我一眼，"死相！"随后补道，"我要喝糖水。"

　　儿子这时也奶声奶气道："我也喝。"

　　从糖水店里出来，岳母带着儿子回去了，我则带着老婆往东城走，说是去散散步。看着马路上车来车往，我感慨道："婷，你说咱俩到时买什么车？"老婆小跑两步站在马路牙子上看了一圈，咂咂嘴道："算了，连房子都没有，还谈什么车呢。"

　　"哎呀，该谈谈了，房子不是马上就有了？我觉得东风标致不错。"

　　"不，不要标致，我觉得现代不错，又便宜，又好看。"

　　"好看？好看的话买华晨宝马，开着也大气。"

　　我俩各执己见，争了半分钟。

　　"你再跟我吵？"老婆怒了，指着我的鼻子吼道。旁边过去一老头，笑着说道："想买什么去了就知道，在这吵什么吵。"我俩同时一吐舌头，红着脸遁走。到了恒生珠宝，老婆就像脚下生根一样挪不动了，隔着十米远我都能听到她剧烈的吞咽声。这是她的自然反应，遇到珠宝就像小猫见到了鱼，小狗见到了肉，奥特曼见到小怪兽。在老婆心里，拥有一件珠宝，那就是幸福。最终老婆还是痛苦地摇摇头，装作若无其事地说道："前面有什么，我们去看看吧。"我一把拉住她，"别，来了就看看吧，现在这情况，不差钱。"老婆站在原地不动，在进行了激烈的思想斗争后说："那，就看看吧。"

我像个甩手大掌柜一样跟在老婆身后东看西看，时不时地对一些珠宝提出一些外行的评价。

"你看，这个耳环那么大，带着多重呀……你看这项链那么细，又那么亮，被人一拉就断了……这个戒指好夸张，那么粗，好丑哦！……嗯？什么？那是扳指？骚瑞骚瑞……"

老婆终于忍受不了我那白痴般的土鳖行为，准备拂袖而去，走到中间柜台时她忽然眼睛一亮。在五盏水晶灯的映照下，一颗晶莹剔透的钻石散发着耀眼的光芒，那种高傲，那种神气，无时无刻不在召唤着欣赏它的人快点到来。

像是被一双无形的手牵引，老婆慢慢地靠了过去，隔着玻璃静静地看着它。一分钟、两分钟……五分钟后，老婆缓缓抬起头来，美滋滋地对我道："好美呀，我已经把它记在了心里，等以后有了钱，我就来买。"

我鼻子一哼，"你也不看看那多少钱。"老婆嘴巴一撅，"不就一万三嘛，难道你连一万三都舍不得？"我咧咧嘴，"一万三啊，买包子的话够我吃十年的。"

老婆气得一跺脚，扭头就往外走，这时销售小姐喊道："这位小姐，请问您是苏婷小姐吗？"老婆一愣，诧异地说道："是啊，我是苏婷，你认识我？"销售小姐朝我一笑，伸手拿出那枚钻戒，微笑着说道："苏小姐，是这样子的，下午有位男士过来定做了一只钻戒，要求我们刻上你的名字，现在已经雕刻完毕，请你验收。"

老婆像是做梦一样，颤抖着接过那只钻戒，瞪大眼睛看着它，几乎停止呼吸。过了良久，才颤抖着问："这……这是谁？"

"哦，就是您面前这位先生定做的。"随着销售小姐的话音落下，老婆白眼一翻晕了过去。我赶紧一把扶住老婆，奶奶的，只顾浪漫，忘了老婆不能受强烈刺激，一刺激就会晕倒。我狠狈地将老婆抱起，对销售小姐笑笑，尴尬离去。

老婆醒来的第一句话是："真看不出，你个铁公鸡居然这么大方。"

我咧嘴笑笑，"老婆，只要你高兴，我什么都愿意付出。"老婆哭了，稀里哗啦的，声势浩大。哭完老婆就怒了，"你知不知道，一万三买包子的话都够我吃十年的！"

随后的几个星期我工作起来更加卖力，浑身上下都充满激情，跟着生产车间加班加点，每一个项目都负责到底，跟踪到位。月底总结会议上，朴理事着重表扬了我，说我为新厂作出了卓越的贡献。同时他宣布，由于近三个月来我的工作出色，公司决定在我原本的工资上再额外增加一千。也就是说，我的薪水由以前的五千块变成六千块了。六千块的薪水啊，我估计以后会经常在梦中笑醒。

我舒服地躺在宽松的靠背椅上想着这几年，周围人都说我胆子小，不干脆，为人迟钝，可我不一样过得有滋有味？尽管前几年受了些苦，但现在，我有健康的身体，漂亮的老婆，可爱的儿子，还不缺钱，人生到了这一步，真该满足了。

第二章

月底照例是各供应商清算的时候。先是大顺的老钱打电话，约我今晚见面，自不用说，还是老一套。我得意地在办公室里走来走去，按照订单，他们这个月的回扣应该是两万，恒兴也是两万，另外两家都是一万：一个月就捞了六万。现在回家我的腰板也直了，老婆肯定再不敢对我大声嚷嚷，以后我想玩游戏就玩游戏，想不洗脚就不洗脚，想不起床就不起床。哼！如此幻想着，下班时间就到了。

上了车，老钱嘿嘿笑道："兄弟，听说你最近高升了，是不是真的？"

我笑道："哪里哪里，只是工资加了一点。"

"那不就行了，上班不就图个工资，还有什么事比这个更好的？不管了，今晚你请客。"

"好说好说，去哪里，你说。"

"那好，今晚去东莞，让你开开荤。"

老钱给了我一张银行卡，"里面是两万，以后我们就不给你拿现金了，直接打进你卡里，省事。"我笑着点头，"谢了。"老钱拍拍我的肩膀，意味深长地笑笑。

我们在寮步一家湘菜馆吃了饭，随后老钱拉我去东莞国际酒店，他说："今晚好好让你玩一玩，以前有杨云在，碍事。"我心里一阵激动，"玩什么？唱歌？算了吧，我们还是回去吧。"

"嘿嘿，老弟，你就安安稳稳地坐着吧。"

到了国际酒店，老钱像是在自己家里一样直奔地下二层的夜总会。我则像个土包子一样战战兢兢地跟在后面，心里已经隐约估计到会发生什么事。男人找小姐，在东莞这个温柔销金窟根本就是稀松平常的事，平常得就像喝水吃饭。

当然，这只限于那些有钱人。我以前是个普通打工者，在东莞待了八年都不敢想去某个酒店，即使现在，也是战战兢兢。我们一进去妈咪就带来一排姑娘，任君挑选。我像个害羞的小媳妇一样在老钱的催促下随便点了一个，又像个不会动的泥娃娃般被那个小姑娘扶到房里。原本我还想装纯，结果被老钱一句话给打了回来："出来玩，就图个痛快。男人，都是一样的。"

我花了一千大洋，请了一个我不认识的姑娘，把我强奸了。这就是我第一次找小姐的感受。虽说那一千大洋花得有些冤，但我还是获得了一种说不出的快感，没来由的，就好像占了什么莫大的便宜一样。事后慢慢回想当时的细节，我竟然莫名地激动，很希望再去一次。所以，从骨子里讲，我就是一个满脑子淫秽思想的浑人，是一个表面衣冠楚楚内心肮脏龌龊的烂人。

不过似乎所有的男人都是这个德行。用老钱的话说，男人分为两种：一种是不正经的，一种是假正经的。而我，是属于后者。

星期五下午，杨云打来电话，说今晚要聚一聚。不用说，他们的款也该结了。一见杨云，她就用一种奇怪的眼神盯着我，似笑非笑，又带些玩味，让我从心底感觉不舒服。杨云也送我一张银行卡，笑嘻嘻地说道："听老钱说，昨晚你们去了东莞国际？"立刻，我头皮一阵发麻。这个老钱，果然是什么话都藏不住，一转身就把我给卖了。

杨云看出我的窘态，继续笑道："怎么？还不好意思说？老钱可是什么都告诉我了。"

"你别听他瞎说，我什么都没干，他在那住了一夜，我早早地就跑回来了。"

杨云似乎很惊讶，"你们还在那住了？不是说只是吃个饭而已吗？怎么还住在那了？"

"呃……"我这才知道，自己被杨云耍了，不禁羞得面红耳赤，兀自嘴硬辩解道，"那个，是吃了饭，不过老钱那小子后来又去找小姐了，我没去。"

杨云抿嘴一笑，随后发动了车，行至东大道时才打趣道："去了就去了，谁还怪你什么，有什么好解释的？"这时我也不知道该如何接茬，辩解都显得无力。转念一想，杨云说得也对，我去没去跟她有什么好解释的，她又不是我老婆。如此想着，我腰杆就直了，两眼望着前方，假装看风景。杨云又道："哎，听说你加薪了？"一听这话，我又在心里将老钱咒了一回，那家伙嘴巴还真是什么都藏不住，这点事都往外说。我面上笑着回答："是呀，加了一点，原本要告诉你的，不过刚才一打岔，忘了。现在刚好你问起，我就明说了，这个薪水也是在你们的帮助下才加的，尤其是因为你的帮助，为了表示我的感谢，我决定请你吃饭，不知道你肯不肯赏脸？"

"好啊，李总监请客，我怎么会不去？说吧，哪一家，在哪条路，我带你过去。"

我想了想，今天晚上还要回东莞，刚好她现在有车，不如就去东莞吧，吃完就回家。于是我说道："昨晚请老钱是在寮步那里，那家馆子是你们家乡风味，味道极好，我们就去那吧。"

杨云听了狡黠地一笑，"好啊，不过寮步我可不熟，到了那就要你带路。"

我又给老婆发了信息：今晚十点左右回来，不用留饭，洗干净等我，想你。很快老婆的信息就回了过来：猪，找死出声，今晚回来看我怎么收拾你。后面还有一个熊熊燃烧的苹果头，一跳一跳极为可爱。

这一幕都落在了杨云眼里，她笑着问我："想什么呢，这么高兴？"我干笑着摇摇头，"没什么，有人发了一个笑话。"

杨云眼一翻，"是老婆吧。"这回我学乖了，不能随便答话，否则后果很麻烦，就若无其事地说道："你说是就是了。"杨云一声嗤笑，"那你上次还骗我，说你没老婆。"

我认真地辩解："你上次问我有没有结婚，并没问我有没有老婆。"答完这个问题连我都开始佩服自己，真是滴水不漏。

杨云又道："这么说，我还是有机会的哦，怎么样，要不要考虑一下？"望着她笑盈盈的目光，我心里开始犯迷糊，她到底是个什么意思？只是和我玩玩，还是瞄着我那百分之十的提成去的？

这里不得不说我有点腹黑了，打工这么多年，什么事都听过一些。假如我跟杨云之间有了什么，那她是不是可以理直气壮地将我那一成钱吞下？如果是这样，那就划不来了。为了保险起见，我认为和她还是要保持距离。因此我就笑着答道："你就不担心我玩一脚踩两船，到时骗得你人财两空？"

杨云一努嘴道："骗就骗吧，被你骗了也是我活该，谁让我喜欢你呢。"

点完菜以后我随便说了句"要喝酒吗？"杨云立即道："要啊，当然要，好不容易宰你一顿，怎么能没酒呢。"说着就问服务员拿酒。这边一般都喜欢喝那种38度的皖酒王，味道香，力道小。一斤酒有七两都进了她肚子，我就纳闷，她一个女人家，怎么那么能喝呢？或许她是故意的吧。我再次腹黑了，等下她要是再和上次一样扑我，我该怎么办？看看时间，现在才九点，从寮步到东城最多二十分钟，如果按老婆的预算，我是可以挤出十分钟的。

一想到这个我才发现我真不是个人，脑子里怎么会有这么奇怪的想法？倒完最后一滴酒，杨云拿起杯子，笑眯眯地说道："李开，我可能喝多了，等下说话做事或许都控制不住我自己，请你别见怪。"她一说完我心就惊了，她这是什么意思，在暗示？

"我最后一次问你，你有老婆吗？"

"有！"这次我不敢再犹豫，立即脱口而出，随后还小声地补充道，"并且，我很爱我的老婆。"

"呵呵，你这人还真有点意思，那我问你，你会不会背着你老婆爱上别的女人？"

"当然不会，也没这个可能。"

杨云就不再说话了，隔着玻璃杯看我，脸上笑成一朵花。回家的路上，我收到杨云的信息：你还真是个好男人，居然对老婆如此忠贞，我佩服你，并且祝福你们，永远幸福快乐。信息看完自然要删掉——自从上次被老婆教育了一顿后我就养成了这个习惯——当按到确认键时我突然愣住，这个信息不应该删，应该带回去给老婆看看。

回到家，岳母和儿子都睡了，老婆还在上网。最近她迷上了偷菜，还一度想拉我下水，但未成功。见我回来，老婆欢快地扑上来，吊着我脖子问道："饿吗？我煲了汤，要不要喝？"我点点头。老婆立即奔到厨房，端出一碗排骨汤，"妈知道你晚上要回来，特意买的排骨让我炖汤，尝尝味道如何。"

我抿了一口，竖起大拇指赞道："已经超过妈的水平，看来你厨艺大长啊。"老婆道："那是当然，青出于蓝而胜于蓝，等以后买了房子，工作稳定了，我就不上班，专门在家修炼厨艺，到时你就是想吃满汉全席，我也弄得出来。"

听到老婆这般说，我打心眼里高兴，心里情不自禁地感叹：什么是幸福？这就是幸福。刚感叹完，就瞄到老婆去翻我手机，我立即作势要阻止，嘴里喊道："别！"老婆脸就变了，狐疑地问道："别什么？难道又有不可告人的秘密？"

"没……没有。"我叹口气，"也没什么，你要看就看吧。"

老婆很快就翻到那条信息，大呼起来："她还缠着你？你为什么不跟她撇清关系？"我装作苦笑道："没办法，谁知道他们公司怎么会派这样一个业务员来，长得又老又丑先不说，还没个人道德，死缠烂打的。不过今天好了，今天我只收了钱，连饭都没吃就回来了，见面总共说了不到三句话。"

一提到钱，老婆眼睛就亮了，"钱呢？"我掏出两张银行卡递过去，"一共四万，密码六个一。"老婆一下子就晕菜了，捏着两张银行卡张大嘴巴，学着闫妮的腔调道："额滴个神啊，俺们可算是熬出来咧。"随后又道，"哎呀，你也是的，别人来送钱，你还对人没个好脸。其实也没什么，你只要把握好距离就行了，没必要一副冷冰冰的面孔，拒人于千里之外，以后都是生意上的伙伴。"

我喝口汤叹气道："说得也是，但我真的很烦她老是说些不着边际的话，搞得我跟她好像多么暧昧似的，旁边还有那么多人呢。"

"还有人？"老婆眼睛转了一下问，"这么说你们聚会不是一男一女啊。"

"不是啊，一般业务员都是两个人啊，去的场所也是饭店之类的，人多着呢。"老婆这下就笑了，"那还有什么好担心的，说不定人家只是嘴上这样说说，像我们公司那些营业部的女孩子还不是一样，见了客户的那些审核员一口一个帅哥，背后又把人家损得要死。你呀，就别自作多情，瞎臭美了。"

晚上一番云雨后我变成一摊烂泥，不能再动。老婆依然生龙活虎，趴在我耳边说道："李开，我问你，假如那个女人没有那么老，长得也漂亮，你还会不会像现在一样，严词拒绝？"我强撑着睁开眼睛，"老婆，我说实话了，我年轻的时候或许会，但现在不会了。"

"为什么？"

"我老了，思想和以前不同，那时候年轻力壮，精力旺盛，因此见了漂亮女孩不免多看几眼，心里还意淫一番。但现在不同，家庭和事业，压得我喘不过气来，哪还有心思去乱来？一个星期两次功课我都有点力不从心，哪还敢乱想别的？"

老婆一下子就慌了，"这，你才多大啊，就不行了？刚才你还挺猛的嘞。"

我一声苦笑，"我只是说我没有过多的精力去乱搞，又没说我不行，凭我现在的体力，喂饱你还是足够的。"

老婆就笑了，"我说嘛，怎么会早早地就不行。"随后，她像是忽然想起来一样，又问道，"你不是在骗我吧，我们公司那些高管五十多岁还包十几岁的小蜜，他们怎么可以？"

"人家那是吃得好，保养得好，我们哪里能比。"说完我眼睛一闭，就要睡觉。老婆又道："那我们以后也吃好一点，保养好一点。不过我可警告你，给你吃好喝好是为我着想，可不是给你准备着包小三用的。"

我将老婆一搂，"怎么会呢，你这么漂亮温柔，我怎么会看上别的女人？再说，到了那时儿子都该成家了，我还老不正经，不是让他们笑话？赶紧睡吧，别整天老想这些虚无的事情，你也不嫌累得慌。"

老婆似乎还是不放心，躺在一边左右翻腾，就在我刚进入潜意识睡眠状态时，她又过来一扳我，"我可告诉你，现在有钱了，指不定你会干什么坏事，我现在就讲清楚，如果你敢背着我有什么小动作，我就带了儿子远走高飞，叫你一辈子都找不到，记住了没有？"我胡乱点头，"记住了记住了，你放心吧老婆，我绝对不会背着你干坏事。"

又过三分钟，在我第二次进入假性睡眠状态时又被她拉醒，"不行，我还是不放心，从今往后，你所有的银行卡必须都由我保管，每个星期的支出由我发放，如果有较大款项的支出必须经过我审查同意，你觉得呢？"为了尽快睡觉，我赶紧应道："好的好的，我全部都同意，明天就把钱都给你，我一分都不留。"

又过了三分钟，老婆又一拉我，"我们可以买房了。"我气哼哼地坐起来，"还有什么事，一气儿说完，说吧。"

老婆娇羞地笑笑，"我想了想，我们差不多有了十万，如果按这个进账速度，我们可以在东莞买房了。"

"好，就在东莞买，明天去看房，还有事吗？没事我睡了。"这次很奇怪，我躺下十多分钟都没睡着，也没睡意，郁闷。半个小时后，我刚有一丝睡意，老婆忽然掀被而起，腾腾地下床。

"你还要干什么？"

"收菜，再不收就被那帮混蛋偷光了。"

第二天，我和老婆看了一天的房。因为是第一次买，所以跑了很多楼盘，但还是没有一个相中的，人却累得半死。尽管如此，老婆依然兴致勃勃，充满憧憬地说道："明天再去南城看看，实在不行咱就在清溪买，那里离你公司也近。"岳母对此很不满意，"不是说好要在老家买房，现在又说在东莞买，真不知道你们折腾什么，这里房子又贵，物价又高，到时毛毛上学都是个问题。"

老婆笑道："没事，妈，你女婿现在能干着呢。在东莞买了房，就有了东莞户口，到时让毛毛上国际学校，光是语言都比其他学生多学几种。"岳母一阵摇头，默不作声地去做饭。

我刚在电脑前坐下，手机一阵震动，是大顺业务员来的电话，要我晚上抽个时间，好好聊聊。自不用说，他们也是来结款的，我对老婆说道："婷，我出去一下。"老婆一脸狐疑，"你又去干什么？"我扬了扬手机，"去见供应商，另一家公司的，都是男的。"老婆立即一脸兴奋，"有钱拿吗？那赶紧去吧，我还等着你拿钱来装修呢。"

大顺的业务员叫黄启发，是个肥嘟嘟的家伙，戴着一副黑框大眼镜，给人的第一印象就是滑稽，第二印象就是笨拙。但我从老钱口中得知，这家伙是个吃人不吐骨头的主，并且非常好色。因为他的长相问题，我给大顺的样板并不多，当然，他们给我的提成也少。

我们约在路边的报刊亭见面，远远的黄启发就伸着两手过来，满脸堆笑道："哎呀，好兄弟，你原来住在这啊，让我好一阵子找，在家陪老婆呢？"我笑着应道："是啊，没办法，放假就得回来报到。"

黄启发搂着我的肩膀，意味深长地笑笑，"上车，咱哥们儿一直都没好好聚聚，就趁着今晚，好好热闹热闹。"黄启发打电话给他的助理小刘，让他在水晶宫定个包间，我们二十分钟后到。说实在的，我很不愿意和他们去吃饭，不知道为什么，他们给我的感觉不像老钱和杨云那般亲热，很假。要不是看在钱的面子上，我宁愿在家啃窝头就咸菜。

水晶宫是我第一次来，从外面看毫不起眼，破破烂烂，进去后才知道什么叫豪华。其实也不是豪华，就是亮，到处都是亮晶晶的玻璃，晃得人眼晕，要在侍者的带领下才能找得到路，所经之处满是晶莹剔透的玻璃饰品，不愧是水晶宫。进了包间我才知道，除了小刘还有三个女孩子，桌上的菜也都上得差不多了。

黄启发呵呵笑道："我给你介绍一下，这三位都是我们店里的服务员，今天有空，就带她们出来玩玩，也给她们放个假。"黄启发一说完，三个女孩纷纷点头微笑。小刘赶紧起身介绍："这是阿玲，这是阿芬、阿美。"三个女孩又同时点头，甜甜叫道："李总监好。"

这一手把我给镇住了，我心里暗道：这黄启发开的什么店，怎么服务员跟酒店里的小姐一个品位？我微笑点头，"你们好，今天晚上还请多多关照。"我怀疑是黄启发叫她们来灌酒的，当然要请她们多关照了。黄启发却直接说道："那是当然，今晚喊她们来就是照顾你的。"

我一愣神，就看见三位女孩同时低头羞笑，我这才明白，敢情黄启发喊的就是酒店里的小姐。我觉得不自在了，心里安慰道：没事没事，吃顿饭而已。酒过三巡，黄启发说起正事："兄弟，听说你们公司最近在准备一款可视手机，据说那款手机的市场销量很大，是不是真的？"

我吸了口凉气，怎么他们的消息传得那么快？这事我还没接到通知呢，我如实说道："这个我还不清楚，得到了公司才知道。"但在黄启发看来我就是在敷衍他，他也不多说，笑着倒酒，"来，多谢兄弟这段时间的鼎力协助，我来敬你一杯。"我赶紧接住，"话也不是这么说，这段时间以来也多亏你们的帮助，否则我哪能做得出成绩？要敬也是我敬你。"

　　他们就开始车轮战，先是黄启发三杯，再是小刘三杯，然后是三个女孩子。以前跟老钱他们喝酒可没碰到过这种事，我赶紧推脱，可就是推不掉。推得凶了，三个女孩软的硬的一起来，没办法，我只好装醉。

　　刚好手机响，我就拿来接，刚看了一眼，就被黄启发夺过去，对着三个女生嘘了一声，然后大着嗓门说道："谁啊？哦，是弟妹啊，我是大顺公司业务总监黄启发，我们现在常平呢……啊，对……李兄弟大概晚点回去，啊对……好的好的，我们不喝酒。"

　　挂了电话，我傻在原地，寻思这人怎么随便接我电话。我还没提出反对意见，一个女孩就拿着酒杯冲过来。后面我就不是装醉了，而是真醉了，手脚都不听指挥，浑身燥热。小刘扶着我去了趟卫生间，我吐了一通后，他塞给我一个大信封，巨厚，"李哥，这是两万，我们总监说了，从今往后给您的提成就升为十个点，这些您先拿着。以后有什么困难需要帮忙的，您只管开口。"

　　不得不说，黄启发确实是个人精，同样都是两万，厚厚的钞票和薄薄的银行卡比起来就是不一样，那手感，那重量，以及那隐约散发出来的钱味，让我这个从小在牛粪堆里滚大的土鳖一下子清醒了。不夸张地说，我再喝十瓶都没事。

　　回去后黄启发已经结完账，正收拾衣服，见我回来就笑道："奶奶的，这帮小姑娘，非说要我这个老板请她们去 KTV，不去还不行。走，一起去。"我赶紧推托："不了不了，我得赶紧回去，老婆在家等得急了，会骂我。"小刘嚷道："不可能，这才几点啊，两点以前回去都算正常。"旁边几个女孩也唧唧喳喳地叫道："是呀是呀，嫂子哪里会管这么严，一定是你在骗我们。"

　　我被他们推上了他们公司的瑞丰，被两个女孩一左一右夹住，动都不能动，还要招架一些稀奇古怪的问题，诸如你喜欢林俊杰吗，会唱《狮子座》吗，对《2012》有什么看法等等。我无奈地摇了摇头，心道：也罢，跟他们去一趟，看在钱的面子上。但是我内心里又冒出另一个奇怪的想法，去了恐怕不是唱歌这么简单吧？

随后我瞄了瞄几个女孩的长相，都是二十左右的小姑娘，长得也个顶个水灵。我想起老钱说的话：大顺那个黄胖子，是个标准的大色狼，可以说是夜夜笙歌无女不欢，你最好离他远一点，小心给你传上什么病。想到这里，我心就悬了起来，这几个女孩不会有问题吧。

我们在 KTV 只喝了一瓶酒，他们就乱起来了，各自抱着一个女孩跑了，只留下我和阿玲待在包间。阿玲是苏州的，典型的江南水乡女子，大眼睛忽闪忽闪的。她凑到我耳边问道："你要不要带我出去？"

我当然明白她说的意思，只是心里一直磨不开，我可是有老婆的人，老婆还在家等着呢。阿玲又道："没事，黄老板已经替你付过钱了，走吧。"我一愣神，不知如何回答，就这么呆呆地看着她，心里很矛盾，我说不出理由，反正想去，虽然知道这样很对不起老婆。

阿玲见状拉我起来，柔柔说道："去吧，黄老板已经帮你定好了房间，如果你不去，剩下的钱我拿不到。"

"这么说……"我抖得连我都觉得害臊，索性心一横：自古男儿都风流，你又何必假正经。于是我说："如果我去了，你就有钱拿，我不去，你就没钱拿，对吧？"

阿玲乖巧地点点头，"是啊，你就当做好人好事，帮帮我吧。"帮忙？我真不知道，这种事也算是帮忙？我内心里那原始的欲望已经遏制不住，干脆大方一些，"那就去吧。"这一次我没有上次那么慌张，上次是去找小姐，怀着做贼的心思速战速决。这次不同，最起码大家都谈了三四个小时，熟了。况且阿玲还说，我去就是给她帮忙，这是助人为乐！

房间就在楼上的宾馆，装修非常豪华，最起码对我这个土鳖来说是非常豪华。服务生送了一次性用品后就带了门，这时我才感到一阵慌乱，似乎阿玲会吃了我。我强装镇定地坐在床上喝水，心里想：既然是助人为乐，要不咱就磊落一点，和她聊上半个小时就撤，这样她也可以交差，我也不至于落个骂名。

如此想着，我开始在心里组织语言，想了许久，准备开口，一转头，乖乖隆咚锵，阿玲都把衣服脱了，此刻她身上只穿了内衣，在昏暗的灯光下楚楚动人。我只瞄了一眼，就把头转了一边，心跳得咚咚响。好家伙，这和上次找小姐不同，上次是趁醉，那小姐也赶时间，这次可是一个娇滴滴的大姑娘光着身子站在我眼前，我哪里敢看。

我想着就在心里骂自己没用，男人看女人，这有什么害羞？平日里看 AV还不是眼珠子瞪得巨大？这眼下来了真人却吓得不敢动，这不是叶公好龙？俗话说：男儿好色，英雄本色，有什么大不了？我鼓足了气，僵硬地转头，直勾勾地看着她，看她下来如何动作。

阿玲俏生生地走到我跟前，柔声问："先生不洗澡吗？"我一愣，赶紧起身道："洗，洗，当然要洗。"然后我急火火地冲向浴室，进去就关了门。阿玲又在外面叫道："你的衣服不洗吗？还是脱了拿出来？"我心一惊，大声回道："衣服不用洗，你不用管了。"我心想，等下要跟一个小我十岁的女子办事，一定要把自己洗得干干净净，第一次要留个好印象，不让人家女子笑话。

我在浴室里刚把衣服脱完，阿玲就在外面敲门，"先生，我帮你搓背。"我吃了一惊，险些滑倒，赶紧扶着墙壁答道："不用，我自己搓。"阿玲不听，继续敲门，"还是搓搓吧，背上的部分不好搓。"我愣在原地想了想，舒了一口气，她都不怕，我怕什么？反正等下还不是要干？当阿玲的手摸到我背上时，我就再也忍不住了，一转身将她抱住，像个野猪一样急乎乎地扑了上去。

阿玲嘴里说道："别急，先戴个套。"此时的我，已经热血上头，哪里顾得？急火火问："怎么，你有病？"阿玲结结巴巴道："不是，我，我没病，我怕，怕……"

"没病你怕什么？"说完我将腰杆一挺，直捣黄龙。

一睁眼已经是第二天下午了，这一觉我睡得极为香甜，仿佛是这几年来睡眠质量最好的一晚。我看了时间有点慌，手忙脚乱地去找衣服，结果翻了一圈连个毛线都没看到，屋里更是空无一人，骇得我裹着毯子就冲出去。阿玲正坐在客厅看电视，见我出来，笑道："醒啦，你的衣服我已经全部帮你洗好熨好，放在床头柜。"她一说完，我就往回冲。拉开柜子，果然看到我的衣服，而衣服的最上面，赫然是一个大信封，纹丝不动。

"对了，刚才你老婆来过电话，我没接。"

"啊？"我赶紧原地转圈，"手机呢？"阿玲从枕头下拿出手机，"不过我替你回了信息，告诉她你在常平朋友家，昨晚喝醉了，下午回去。"

"是吗？"我不可思议地看着阿玲，迅速将信息检查了一遍，心里放下块大石头，长出一口气，"谢谢你，阿玲。"

阿玲微微一笑，"没什么。"我正要穿衣，阿玲又道："如果我是你，我会先洗个澡，把身上的异味都洗掉，这样老婆就不会起疑心。"我又一愣，拍拍脑袋道："谢谢你，阿玲。"当我刚用沐浴露擦遍全身时，阿玲走了进来，"我来帮你搓背吧。"

这次，我没有像昨晚上那样冲动，而是静静站着，慢慢感受她那双手在我身上轻轻游走。稍后，阿玲转到前面来，对着我笑笑，手往下去。我有心想躲开，但面子挂不住。要是在一个女人面前躲开，我还是个男人？当下我也不说话，静静地看着她。她慢慢蹲下身子，登时，一股奇异的感觉像是电流一样传遍我的全身，我不禁一激灵。

这个过程中，我甚至产生一个错觉，我面前这个面容清秀姿态羞涩的女子就是我老婆，而我们所做的一切，都是很正常很普通的行为，和一般夫妇无二。平静下来后我才清醒，她只不过是一个小姐，一个我连名字都没问过的小姐。

怀着对老婆和阿玲的羞愧，我快速洗完全身，飞速逃出去，穿好衣服。当目光落在那个信封上时，我心一动，从里面抽出一叠，或许是三千，或许是五千，放在了床上，当做这一夜荒唐的补偿。然后我就像一条脱缰的野狗般，冲出门。

在家门口，我已经准备好了说辞。我不想喝，他们非要灌，没办法，我酒量本身就不行，况且他们一直都不肯拿出钱来，我只有硬撑着，后来就醉了。老婆，这一切我都没办法拒绝，为了我们的房子，为了毛毛能上好的学校，我只能尽力了。但是老婆，请你相信我，尽管我喝醉了，但我脑子是清醒的，他们又勾引我去找小姐，我当时就火了，我狠狠地，严厉批评了他们一顿……

刚一敲门，老婆就冲了出来，将我上下左右浑身打量了一番，才松口气道："你怎么搞的，叫人担心死，我一个晚上都没睡好觉，你知道吗？"

"对不起，老婆。"

"好了好了，别说了，现在感觉怎么样？头还痛吗？胃还烧吗？你看你，这么大人了，一点都不注意。"

"头痛？胃烧？"

"怎么，你不记得了？昨晚我打电话过去，你吐得稀里哗啦的，还一直嚷着胃里难受，叫人家给你熬醒酒汤，你不会全都忘了吧？"

"有……有吗？我怎么不记得？"

我说的是实话，昨晚和阿玲进了房间，做完后我就睡了，不曾记得我还吐过，还胃烧过。老婆白了我一眼道："看来你醉得不轻啊，早上人家没有跟你说昨晚发生什么事？"登时我头发就竖了起来，老婆知道昨晚我跟谁在一起？"我……我不记得了，你昨晚打电话谁接的？"我要先探探她的口气。

"当然是你接的。"老婆一边往里走一边说道，"叫你喝，喝得什么都不记得，吃饭了没有？没吃我帮你热点饭。"

"没……没呢。"

我坐在电脑前假装看新闻，心里却在想：昨晚我吐了，还接了电话？还跟老婆通过电话？可我怎么一点都没记起呢，阿玲也没说啊。正想不通，手机忽然一震动，我收到一条陌生号码发来的信息：李生，你有东西落在我这里了，有空过来拿。我不动声色，按下储存。

我在吃饭，老婆在点钱，点了好一阵子才气道："怎么只有一万？比起上两个供应商差远了。"我叹口气解释道："这也没办法，他们公司的订单我也给得少啊。看看下个月我们的销售量会涨不，如果涨了，就再多给他们几个。"说话的同时，我又把裤兜里的钱往里塞了塞。回来的路上我点过，我给了阿玲四千六，自己还有一万五千四，为了不让老婆起疑心，我只上缴了一万。

看着老婆那堪比特工的眼睛，我心里一阵阵发慌，要是被老婆逮到怎么办？那可是死罪啊。还好，老婆很快就把注意力转移到房子上去了，"哎，我想了想，还是在清溪买房比较好，那里除了离你上班的地方近，房价还便宜，多出来的钱还可以帮你配辆车。怎么说你也是高层人员了，上下班还挤公车，多掉价啊。"我边吃边点头，"好，你说了算。"

吃完饭，岳母和儿子还没回来，我便问道："妈和毛毛呢？"

"去逛商场了，妈要买件衣服，毛毛也跟着去买玩具了，估计要到五点才回来。"老婆说着将钱给我，"晚上你去清溪的时候顺便把钱存了。"我则坐在沙发上想着，从东莞到清溪坐公车要一个多小时，如果我早上六点起来赶第一趟车不知来不来得及？如果来得及我就能在家里多待一个晚上，也好陪陪老婆。

正想着老婆就凑到我的跟前来闻，"咦，你身上怎么会这么香？"登时，我头发再次直竖起来，心也跟着悬起来，大脑开始瘫痪，不知如何回答。老婆趴在我肩膀上嗅了两下，笑着说道："看来那个黄总监的家里用的也是立白洗衣粉。"我那个汗呀！为了不让老婆有其他更多的问题出来，我要求老婆再次合体双修，老婆嗔怪着同意。

和老婆进行一次高质量的双修，除了掩饰我的慌张，还能抚慰我愧疚的心灵。不管怎么说，老婆跟着我辛辛苦苦挨了八年，我一点福都没让她享过，现在日子刚有个奔头，我却在外面乱来，十万个对不住老婆。或许是昨晚喝酒、今早又才运动过的缘故，这次双修的时间非常之长，虽然老婆非常满意，但我觉得不对劲，似乎有些力不从心。

这是一个危险的苗头。但男人的自尊让我不能对老婆说出这种苦，我依然继续努力着，期待最后巅峰的来临。刚刚有了一丝感觉，老婆忽然猛力将我推倒在一边，低声说道："猪，妈和儿子回来了。"

老婆来不及穿全套，就把连衣裙往上一套，刚刚套好，儿子就冲了进来，骇得我赶紧用毯子将自己盖上。儿子端着枪就是一阵扫射，"灰太狼，我是奥特曼机器人，快点投降吧。"然后儿子就冲过来拉我的毛毯。幸好老婆一把将他抱走，不然后果不堪设想。

老婆将儿子扔出去后对我说道："看看，也幸好是在出租屋里，我才能隔着几堵墙听见妈和儿子的声音，要是在买的房子里，今天可就悲剧了。"我打趣道："那好，我们不买房了，就住出租屋了，免得以后悲剧。"话一说完老婆直接将她的内衣扔到我的脸上，"去死啊你，现在还不悲剧？害我每次都是憋着嗓子喊，别提多难受了。"不管怎么说，今天的悲剧是实实在在地发生了。我辛辛苦苦忙了十多分钟，眼看就要大功告成，结果被踢下马，换了谁都是悲剧。

岳母买了一条鱼回来，说是做酸菜鱼，给我补补身子。我更加惭愧，老人还没补，反倒给我补了。老婆在五岁时就没了亲爹，是岳母一把屎一把尿把她拉扯大，一直供她上完高中。原本还想凭着老婆的美貌找个好婆家，谁知老婆打工才三个月就被我攻陷。

至今我还记得那日老婆告诉岳母她怀孕三个月后岳母惊恐的表情，似乎遇到了世界末日。尽管如此，她老人家还是接受了我这个一穷二白的傻女婿，还一直伺候我吃伺候我穿，儿子出生后又是由她一手代管，从来都没有一句怨言。可如今我刚有点起色，身体还是正值壮年，却被她老人家说要补身子，这叫我情何以堪？

我诚惶诚恐地对岳母表述了自己的恭敬之情，岳母只说了一句："现在你有钱了，我老婆子不图个啥，就希望你对我家婷婷好一点。"一句话，让我霞飞满面，低眉顺眼地说道："瞧您说的，我不单是对婷婷好，我还要对您好，更加孝敬您。"快吃饭的时候我又收到阿玲的短信：李生，您有东西落在我这里，速回电。是什么东西？我仔细想了一遍，不可能啊。于是偷偷删了信息，心想等下找机会打电话问问。

吃完饭老婆又帮我整理公文包，准备让我晚上出发回清溪。但是现在应该没问题，大不了我七点钟打的过去。于是我对老婆说："婷，我今晚不走了吧，明早再走。"

"来得及吗？"

"来得及，我早上六点就起，只要不堵车，八点一定赶到公司。"

"那万一堵车了呢？算了，还是晚上过去吧，下个星期我过去清溪，好好看看房子，然后在那买了现房，以后就天天在一起了。"

岳母也过来说道："对，是该买房子了，这里太吵，太闹。现在买了房子，装修完刚好毛毛放暑假，你们再在清溪帮他找个好学校，也省事。"既然她们母女都这样说，我也不好反驳，就收拾行装，准备出发。

到了楼下我给阿玲打电话，阿玲像是松了口气道："你终于肯回电话了，头先我想打给你来的，又怕你太太误会，所以一直忍着。后来我见天色晚了，怕到了晚上麻烦会更大，所以才发那个信息给你。"

"到底怎么了？我落了什么东西在你那里？我怎么想不起来？"

阿玲一声惊讶，"你，你还不知道啊？你，你穿错了内裤。"嚓的一声，我的脑子像是被火车撞过一样，我张目四望，终于发现一个网吧，那里肯定有厕所，我立即快速奔去。

苍天在上，我真的不敢相信，我居然穿了一条女式白色四角内裤，难怪今天一直觉得下面勒得慌。幸好，老婆并未注意到，不然这回我会死得连骨头都剩不下。

再次拨通阿玲电话，我连声说道："谢谢，非常谢谢你，阿玲，你真是太可爱了，谢谢你。"阿玲不好意思地说道："你先别谢我，赶紧过来吧，你穿了我的那个，我今天一直没出门，还在酒店里待着。"

"好，好，你稍等，我立刻就过去。"

到了酒店，阿玲脸红得像苹果，想笑又不敢笑，对我说道："真不知道，你急什么。"

我从包里拿出一条女士内裤递给她，"不好意思，我当时太慌了，手忙脚乱的，弄脏了你的，我又重新买了一个，算是赔偿。"

阿玲笑笑说："谢谢，我是看着马上天黑，想起晚上你太太就会发现，所以才赶紧通知你的。没给你造成什么麻烦吧？"

"没有，谢谢你及时提醒我。"说完我汗了一把，真是大意，再次感谢老天保佑，老婆没发现。我想起阿玲说她一天都没出门，于是问道："你没吃饭吧？没有的话一起出去吃饭，我请客。"阿玲笑笑："谢谢了。"

吃饭的过程中我问阿玲："你们是怎么认识黄老板的？"

"我们是他店里的员工。"阿玲平静地答道。

我这下就傻了，脑子转了半天才转过弯来，"你们黄老板是做什么的？"阿玲一愣，"你不知道？我们老板在凤岗开了桑拿店。"这下我就明白了，我说阿玲怎么会这么老实，还一直在酒店里等我，原来是她老板有令。

"是你老板让你在酒店等我吗？"阿玲摇摇头，"不是，我是不想那么早回去，老板说了，如果你没让我走，我就不用回去，也就一天不用做事，但工资还是按正常的领。"

阿玲把早上我给她的钱拿出来，小声说道："这是我们老板送你的，我不能要。"

我急忙将钱推回去，"没事，阿玲，你拿着，是我给你的。"钱还是被阿玲推了回来，"我真的不能要，要是被老板知道了，会罚我的。"阿玲说着，面上带着恬静的笑。我看看小饭馆里的其他人，为免别人误会，就把钱收回来，问道："那你今晚还回去吗？"

"如果你今晚还和我在一起，我就不回去。"阿玲的眼神里有一种祈求的神色，"李生，你别让我回去好吗？我不想回去开工。"

我心一动，"好的。"

晚上黄启发打来电话："兄弟，阿玲的服务如何？"我笑着点头，"谢谢你，阿玲对我很好。"

黄启发一阵大笑，"那就行，要是兄弟你喜欢，我以后就让阿玲跟着你。"

"那可不行。"这可不是闹着玩的，一个女孩子跟在我屁股后面，早晚要出事。黄启发也没多说，嘿嘿笑道："随便你啊兄弟，你说怎么样都行，今晚就别让她回来，让她好好陪陪你。"

我挂了电话，阿玲坐在沙发上笑眯眯地望着我，"李生，我来帮你按摩吧，我按摩可好了。"我趴在床上，阿玲站在我背上，柔软的脚掌在我背上一点一点往下挪，力道把握得极好，我甚至都开始怀疑，阿玲身体的真实重量。

我问："阿玲，昨晚我吐了吗？"

"嘻嘻，吐了啊，要不然我怎么会帮你洗衣服。"原来是真的。我再问道："我还接了电话？"

"对啊，你跟你老婆讲了几句，就把电话给了我，吓死我了，我又不知道讲什么，就只好冒充老板娘，跟她回话。怎么样？够机灵吧，你太太回家有没有为难你？"我松了口气，同时说道："谢谢你阿玲，要不然我都不知道怎么跟老婆交代。"

早上六点半，阿玲就在耳边轻声呼道："李生，该起床了，要上班了。"我睡眼惺忪地翻个身，将她压在身下，继续打呼。一般情况下，不到七点半我是不会醒的，自上班以来这是雷打不动的定律，要不然我也不会星期天晚上急着赶回清溪。

只是今天不同，昨晚我特意交代了阿玲，今早六点必须喊醒我，周一早上要开会。现在已是她第二次喊我了。阿玲见我不起，遂提高音量喊道："李生，真的要起床啦！迟到了还不起床！"

我猛的一个激灵从床上弹起，双手一阵乱抓。清醒过来，这好像不是在家，那刚才谁喊的我？我扭头一看，阿玲笑嘻嘻地看着我，柔声说道："我叫了好几声都没叫醒，所以才那么大声音喊的。"

我咂吧咂吧嘴，原来如此，也真难为她了，我笑笑道："多谢了，你刚才那一嗓子可真够劲，一下子就把我吓醒，我还以为是老婆又在吼我呢。"说着就找衣服，我在床上床下看了一圈都没找到，不禁奇怪。

"衣服在这里。"阿玲说着，从床头柜里拿出我的衣服，"昨晚你睡了，我又洗了一遍，现在已经干了。"我睁大眼睛看着她，心里暗暗咋舌，这家伙是神啊？昨晚都十一点了，她还有兴趣洗衣服，还把衣服弄干叠好，太勤快了。

等我洗漱完毕，阿玲已经拿了早餐过来，我看看时间已经六点五十，就说不吃了。阿玲道："那怎么行？早上不吃早点对胃不好，还是吃了吧，又用不了几分钟。"我估摸了下时间，再看看盘子里的糕点，将头一甩，奶奶的，迟到几分钟也不是什么大不了的事。

不料我吃得太急，被松饼卡住喉咙，又引得一阵咳。阿玲忙端了牛奶过来，一只手帮我拍背，柔声说道："吃那么急干吗？又不是去打仗，从这里打的走高速到清溪不要一个小时啦。"缓过劲来，我喝口牛奶打趣道："阿玲，你唠叨起来跟我老婆很像呢。"

"是吗？"阿玲慢慢凑近我，"那我做你小老婆好不好？"

"呃……"我再次被噎住，这次咳都咳不出来，阿玲慌忙捶背，"你没事吧，别吓我。"

不得不承认，我就是一个没出息的土鳖，换了别人碰到这么美的一件事，肯定喜滋滋地答应了，但我不行。包小三，这可不是我这种人能玩出来的。我喝完牛奶，抱歉地对阿玲说道："阿玲，虽然你很好，可是你也知道，我有老婆，我也很爱我的老婆，因此我不可能背着她再有别的女人。"

"但是……"

"好了！不要但是，最主要的一点，我没钱，养不起那么多老婆。我走了。"

车子走在路上，我心平静了些，慢慢安慰自己：还好还好，李开你好样的，没有被资本主义的小资浪漫情调给击倒，在那么严峻的考验下你都能全身而退，不错不错，将来一定会有所作为。

表扬完自己，我又开始检讨：李开，你怎么那么死心眼？你有老婆又怎么了？你老婆除了整天吼你之外还会什么？她会在早上帮你弄西式早点？还有牛奶？她会慢慢地抚慰你，鼓励你，并对你的技术大肆赞扬露出一脸的崇拜？得了吧你，她要是心情不好的时候还不一个大脚把你踹到床底下去？

还没检讨完，另一声声音又喊起：说什么呢说什么呢！苏婷同志年轻的时候比那个阿玲强多了，是谁十八岁的时候号称鼎顺一朵花？又是谁不费一分一毛就把那朵花给摘下，才短短的几年，就把那朵花给踩躏成豆腐渣？做人要厚道！

话是这样说，可也不能因为厚道就委屈自己吧。苏婷同志现在已经完全没了当年那股子清纯劲，整天就喊着要钱，没钱就摆出一副臭脸，嫌你脚臭，嫌你邋遢，嫌你龌龊。要不是你现在会挣俩钱，你还想吃饺子？还想喝鱼汤？你连面汤都喝不上！再看看人家阿玲，那眼睛，那鼻子，那嘴巴，那胸，那腰，那臀……最重要的是，人家温柔，人家懂事，会体贴人。你看，帮你洗澡，帮你洗衣服，完事后还帮你擦干净，换了苏婷试试，一早起来满屋子都是卫生纸，光是找内裤就得两小时。

你别傻了，阿玲那么对你是因为她收了钱，那么做是她的工作，你要敢跟她成家你再试试，说不定还不如苏婷呢。

说得也是啊，要不……那咱也给她钱？让她以后好好地服侍咱，让咱也过过腐败生活？

不行啊，李开，你是农民的儿子，节俭持家这是祖训，要是让父亲知道你在广东过这种糜烂生活，他还不得活活气死？

你别傻了，现在这世道就是如此，你还在这傻不愣登地装纯情，趁着年轻，多玩几个，老了想玩也没得玩。可是要玩，钱呢？对，钱呢？

"老板，到了，别睡了。"我赶紧晃晃脑袋，怎么做了个这么荒唐的梦？旁边的司机还张着手道："赶紧拿钱，我还忙着呢。"我看看时间，差一刻八点，于是赶紧拿了钱给他，快速下车。

第三章

我刚泡好咖啡，阿萍就一脸喜色地跑来："李开，老金今天要过来。"

"老金？他过来做什么？"尽管有疑问，但我还是高兴。老金是我的老上司，韩国人，全名金大川。也不知我哪里惹得他喜欢，他一路将我从员工提拔上来，又推荐至总监位置。不过他一直都在东莞总厂，今天怎么有空来清溪分厂？

八点半在会议室见到老金，我才知道，他这次特地来跟进一款新机种的研发进度，要在新厂住一段时间。这是一款新型可视手机，计划在 2009 年 6 月在韩国上市，2010 年 1 月登陆中国。主板采用的是最新的大通 PC 技术，显示屏则是国际最领先的卷轴式液晶 LED，拥有两个红外感光摄像头，除了普通手机所具有的上网、娱乐、办公功能外，它更具备了可视功能，这意味着从此以后人们将告别打电话只闻其声不见其人的时代。目前这款手机只做了三十套样机，带到中国的只有五套，供我们对比借鉴使用。

先是各个部门集中在一起开会讨论，技术研发永远不能脱离生产的帮助，再是各个部门自行开会定制样板生产计划，上面要求我们必须在两个礼拜内交出三百套成品，并制定出一套适合中国工厂的生产工艺指导书。

这样的新机种试产在老厂时司空见惯，但在新厂还是第一次，因此朴理事非常重视，要求每个部门负责人逐项确认，严格把关，不能出现任何纰漏。尽管如此，这样的打版对我来说还是轻车熟路，一个上午的时间我就把样板计划分配下去，下午就去找老金叙旧。

在宽敞明亮的理事办公室里，老金正专心致志地看着面前的云雾茶。他来中国十年，别的都不喜欢，就迷上了中国的茶。见我进来他头也不抬，就挥了挥手，我识相地站在一边。他将茶水全部过滤一遍，才递给我一杯，微笑着说道："李，你干得不错。"

我笑笑，"都是您教导有方。"

老金点点头，从挎包里拿出一个包装盒，"听说你儿子现在很淘气，这个是智能学习电脑，我保证你儿子见到这个东西，他再也不会在你办公的时候拨掉你的电脑电源。"我一阵苦笑，他连这个都听说了，多半是阿萍那个快嘴。我当下笑着接过电脑，道了声谢，随后说道："金部长，您是第一次来清溪吧，今晚我就带您去飘香园看看，那里的菜很不错。"

老金摇摇头，"不了，今晚朴理事给我接风。我要说的是，这款RB68，你知道他们为什么不放在东莞做？"我摇摇头，难道这里有什么猫腻？

"呵呵，总厂现在不安全，有很多问题。上次的大通侯爵我们才生产了一万部，可中国内地的市场上就出现了十万部，这件事你还记得吗？"老金这么一说，我才明白，老厂那边有内鬼，新机子只要从那边经过，不出一个星期，市面上就开始大量流通。他们把这款新机种拿到新厂，就是为了保密。

晚上下班时，我再次去看了下储物室的门锁，既然提到保密，我就要用点心，绝对不能让泄密这种事发生在我负责的部门。在宿舍冲完凉，我刚准备躺下看会书，黄启发就打来电话："兄弟，我在你们公司门口，赶紧出来，有事。"

我心里奇怪，上个月的款已经清了，还能有什么事？我忽然想起，上个星期喝酒时黄启发提到过可视手机的事，原来他是为了这个来的。同时我也知道了老厂那边泄密的原因，我这个内部技术总监还没收到要做可视电话的风声，他一个子公司的供应商就知道了，没出内鬼才怪了。不过他现在找我也没用，我就是再缺钱，也不会泄密。这玩意儿要是查出来，那是要蹲大牢的。

上了车我还来不及说话，黄启发就将油门一踩，向镇上飙去。我道："这是去哪里？我都快睡了。"黄启发嘿嘿一笑，"睡什么睡，那宿舍你怎么睡得好？又没哥们儿又没女人的。"一听这话，我就知道今晚他又要拉我去糜烂，这可不行，我给他那点订单根本不值这点钱，要是欠他人情欠多了，我可还不起。于是我急道："不去了不去了，今晚我想好好休息一下。"

"放心，累不到你，阿玲的表现你又不是不知道，应该算乖巧吧。她可是我们店里的招牌，天生的尤物。"

在一家酒吧门口停下车，黄启发拉了我的手就往里走。我一时没办法，只在心里告诉自己，别怕，一个大老爷们，他还能怎么样？总之想从我口里套出什么东西，那是不可能的。

我们几个照例还是喝酒、聊天、玩骰子、划拳。喝到十一点从酒吧出来，黄启发扶着我道："今天听到消息了吗？"

"你说RB68？呵呵，好哥哥，你就别想了，那机子是新机种，连总厂的人现在都不让碰，更别说外发供应商了。"

"嘿嘿，原来这样啊，那就算了，我还以为那东西不是多么严格呢。既然这样，就当我什么都没说，你也不要往心里去，以后有别的项目，再发给我，好不好？"

我一愣，黄启发什么时候这么好说话，我还以为他会对我许诺很多诱惑，然后引诱我下水呢，谁知两句话都不到人家就不谈了，一点都不刺激，太没挑战性了。

我们上了车，却不是开往我公司的方向，我问黄启发："这都十一点了，还要去？"黄启发嘿嘿一笑，"当然是去睡觉了，你以为我们还要去哪？"

我不禁咋舌，扭头看看阿玲，她正一脸羞红，见我看她，眼睛一闭，就钻进我怀里来。小刘在后面打趣道："哈哈，李哥，看出来没有，阿玲是缠上你了。"我还没答话，黄启发就笑道："缠上就缠上呗，缠上就带回家去睡，还能怎么样？"

车子到了一处小区楼下，黄启发拉着我上楼，几个男男女女都跟着，我一直找不到机会开腔，到了四楼，我才找了个空当，对黄启发道："大哥，你想害死我，我有老婆的。"

"有就有呗，人家小姑娘都没说什么，你怕什么？这年头，有便宜不占王八蛋，过了这村可就没这店。"

"不行不行，人家一小姑娘，我不能耽误了她。"

"行了吧，你不害她也有大把人害她，其实正相反，她要是跟着你还好一点，毕竟来来回回只伺候一个，她要在我那洗头房里试试，你这是在救她。等她干满三个月攒够学费，她就回家读书了，到时再做个手术，跟新的一样。"

我哑口无言，明明是很不道德的事，从他嘴里说出来，好像很有理一样。我一时想不出如何反驳，就被他推进屋里。当着其他几个人的面，黄启发语重心长地对阿玲说道："阿玲，你来我这里做事，我知道你不愿意做那些事，我也不勉强，现在就让你伺候李生，你只要伺候得好，让李生满意，三个月后我就给你结工资，那时你就可以回家，明白吗？"

阿玲羞怯地点头。临出门黄启发又警告道："记住你自己的身份，千万不要给李生惹麻烦，后果你知道的。"

黄启发等人走了以后，我傻坐在沙发上，瞪大眼睛看着这个陌生的豪华房间。这是我吗，还是在做梦？我狠狠地掐了自己一把，才清醒过来。阿玲倒了杯开水过来，柔声劝道："李生，喝口水吧。"我想了良久，问道："阿玲，你跟黄老板之间是什么关系？是不是他逼着你做这些事？"

阿玲摇了摇头，笑着说道："不是，我在他店里打工，现在学按摩，可是按摩的工资太少了，不够供我弟弟读书，我爸爸又病了，后来没办法，才做的这一行。"

"原来你也是这么惨。"我嘴上这样说，心里却在想，这他妈的是不是哪个神经作家编出的故事？但凡做小姐的必定都是有原因的，而且个顶个的悲惨，不是供弟弟读书，就是给妈妈治病，阿玲干脆，直接就是又要供人读书，又要给人治病。世界哪有这么多惨事发生？

阿玲见我不开心，就过来劝道："其实也没什么，老板对我都挺好的，我的客人都是我自己挑，他从来不管，上次有个家伙想赖账，还是我们老板出面解决的。现在老板都说了，我再做三个月，就可以回了。况且这三个月都是和你在一起，我高兴都来不及呢。"

"真是这样吗？"我不禁怀疑自己的耳朵，她小时候受的是什么教育？从日本留学回来的吗？

"当然是啊。"阿玲见我不信，不禁将声音提高了些，"比起其他客人来，你是最温柔的一个。"我心头恶寒了一下，感觉这小姑娘太单纯了，居然怀着感恩的心来看待这回事。

我忽然想起一个名人博客上写过的内容：如果一个匪徒闯进你的家里，用枪指着你说要强奸你，你肯定很生气，甚至是愤怒。但那个匪徒闯进来先说要杀掉你，后来又改主意说只强奸一下就好了，这时候你就会感激这个匪徒，多谢你不杀我。这是一个奇怪的心理，这种心理是怎么产生的？

阿玲在冲凉，我静静地躺在床上，心里琢磨黄启发葫芦里卖的什么药。我不过是一个小小的技术总监，唯一可以利用的就是为他在公司业务上多发一点订单。但那些订单根本不值得他花这么大价钱来收买我。难道是想用美色腐蚀我、软化我，最终目的还是那款新机种？

我当即就摸出手机，给黄启发发了短信：老哥，尽管我不知道你是出于什么心理要对我这么好，兄弟真的很感激，但是兄弟心里不踏实，你干吗要对我这么好呢？不划算啊，如果你不能给出兄弟一个满意的答复，兄弟现在就动身回宿舍。

很快黄启发的信息就回了过来：兄弟多虑了，我黄某的为人你可以去打听打听，绝不是那种暗地里捅刀子的阴险小人；阿玲的事是她自己愿意的，你问她就明白。如果你信不过老哥，你现在只管回宿舍，我绝不阻拦。

很快阿玲的手机也来了一个信息，我拿过来看了看，是黄启发发来的。我思忖了良久，又把手机放了回去。一会儿阿玲裹着浴巾出来，一边擦头发一边笑道："李生在想什么，那么出神？"随后又一下子扑到我的身上，"是不是想老婆了？"

我先不理会阿玲的挑逗，指着床头的手机道："刚才有人发短信给你。"阿玲看短信的时候，我很没品地也跟着凑上去瞄。

上面写着：阿玲，李生刚才问我为什么把你安排给他，你给李生解释一下，免得李生误会我。我还以为黄启发为了不让我起疑心，特地给阿玲支了什么招呢。阿玲见我盯着手机发呆，便柔声说道："李生，你就不要多想了，我……其实，其实是我主动要求来陪你的。"看我一脸疑惑，阿玲就羞答答地说，"因为……因为我喜欢你。"阿玲说完，抬头静静地看着我，眼睛里没有丝毫的波澜。

我就笑了，"你开什么玩笑，才见了我几面？换个信得过的理由来。"

"不，是真的，你不记得那天晚上了吗？你喝醉了，你说了很多话。"

"我说了什么？"

阿玲眼睛弯成一轮月，"你不记得了，可是我记得。"

"我到底说了什么？"我着急了，我长了快三十年还不知道自己有说梦话的习惯。

"你说你喜欢我，但你没办法，因为你结婚了，有老婆有孩子，又有道德的约束，所以你只能跟我处一个晚上。你还说过，如果能天天晚上搂着我睡该多好。我就答应你了，我说我陪你三个月，三个月我就自动消失。"

我整个人傻在床上，脑子一遍一遍地回想那晚喝醉后的情景，想来想去什么都想不出来，可看阿玲的表情那些话不像是她编的，如果是她编的，那也太离谱了吧，因为这些话如果按照我的思维来想，很可能是我亲口说的。

"那……这么说，你是因为喜欢我，才来陪我？"见她点头说是，我又问，"黄启发说你干满三个月就走，就回家读书？"

"是啊，我的合同早就到期了，钱也赚够了，三个月后学校开学，我就回去。至于黄老板那些话，是我让他来骗你的。"

这么一说似乎又说得过去，可是我总觉得那里不对，就是想不出来，遂弱弱问道："你真是因为喜欢我，才陪我在一起？"

"难道你怀疑我？"阿玲不可思议地看着我，眼睛里慢慢浮起一层水雾。

"不不，你误会了，我怎么会怀疑你呢，只是幸福来得太快，我有点做梦的感觉。"

"那就行了，你也不要再多想了，就陪我三个月，三个月我就放你走。"奶奶的，刚才还说是她陪我三个月，现在就是我陪她三个月，这关系是怎么捣鼓的？阿玲说完就压了上来，我则机器人似的躺在床上，心里想道：不对劲，哪里不对劲呢？

下午六点钟，我约了老钱在湘菜馆见面，着重打听了黄启发的消息。原来黄启发以前也是个小业务员，后来跟当地一些混混搭上线，在凤岗开了间桑拿，找了一批小姐，大肆拢财。后来又找了几个公司的高管，合伙开了一家地下工厂，专门做手机生意，也就是我们说的山寨手机。

我这才明白，黄启发费那么大神拉拢我原来是他自己开了私人加工厂。这种黑厂在凤岗横岗一带随处可见，不论市面上出了什么新机型，他们只用一个晚上就会山寨出来，速度之快令人惊诧。

举个简单的例子，像行货大通侯爵，市价为四千，但山寨只要一千，甚至几百。行货和山寨放在一起，外行人根本分辨不出真假，只有在使用一段时间后才分辨得出来。在广东这样一个人流量巨大的环境下，很少有人会拿去质问代销商。相反，那些购买山寨的消费者根本不在乎几百块买的手机能否持久使用，都是抱着坏了换一个的心态来买。因此，山寨的市场非常大，除了广东，在北京、天津、上海等大城市销路同样很快，而山寨手机的成本不过一两百块，利润极大。

前阵子深圳美里高丢失一部样机，结果导致一名研发人员死亡，这事在网上炒得很热，这就是那些黑心商为了暴利铤而走险的结果。一款最新的苹果手机，一夜之间就可以造就数个百万富翁甚至千万富翁。而那个冤死的研发人员，显然是做了替死鬼。

这样一分析，我就不难明白黄启发花大价钱拉拢我的原因，这款RB68不仅仅是国内的先进手机，在世界上都处于顶尖水平，真要被黄启发得了手，他可以一举跻身千万富豪行列，甚至是亿万之列。我怀疑这老小子不是第一次弄这事了，要不然他不会那么早就知道我们要试产RB68。想通这一点，我后背上渗出一层冷汗，这家伙太黑了，竟然想阴我。

当天晚上我特意回去检查了储物室的门锁和房间里安放的几个摄像头，心里才放下一块石头。这次敌人来势汹汹，千万不能失手。第二天的早会，我在部门召开会议，强调了这次RB68的重要性，要让大家都引起重视，不能有任何纰漏。

后来想想我是多虑了，保险柜的钥匙放在理事办公室，要想拿出样机，必须是理事身边的人，还必须是和样机有关系的人。那就只有寥寥几个人：我，理事跟前的张代理，我手下的项目负责人王师，再就是几个韩国人。这些人没一个心怀不轨的，除了我。也就是说，只要我管住我自己，就会万无一失。这样想着我就安安心心地去见阿玲。既然你送来了，我若不享用，那不是太可惜？这次要让你赔了夫人又折兵。

今天第四家供应商来结款，同样也是十个点的回扣，收入一万元。算起来，这个月我就收了七万，加上以前存的六万，我们是可以买房子了。由于高兴，我晚上去了阿玲那里，约她出去逛逛，整天闷在家里，除了做那事我们再没别的事，也别扭得慌。

晚上八点多钟，正是人流量最大的时候，各家店铺门户大开，里面人来人往。外面的小摊上也是人满为患，麻辣烫、烧烤、针头线脑的一些小玩意儿，到处熙熙攘攘，热闹非凡。南北方言在这里汇聚一堂，相互交错、碰撞，最后又变成另一种奇怪的方言。偶尔有卖家买家为了几毛钱争执不下，脸红脖粗，倒也有趣，反正他们最终都会完成交易，各自欢喜。在这里，没人担心会有城管来搅局。

原本是抱着逛逛的心态，结果阿玲买了不少小玩意儿，有发卡、耳钉、头绳，还照了大头贴。看着她做这些事，和普通小姑娘无异，任谁都想不到，她是个小姐。看她乐得忘乎所以，我悄悄地往后退了退，心里告诫自己：李开，你可要弄清，她和你只是利益关系，可别弄假成真。

阿玲像是没感觉到我的不对，发觉我走得慢了，就回来挽起我的胳膊，拉着往前走，"前面那里有个套圈的，我们去玩玩。"我一阵苦笑，这都多大了，还玩那个。

前面路口处果然有个套圈的，地上摆了许多娃娃、饮料、饰品，摊主手里拿着许多塑胶圈，一元一次，套中哪个就拿走哪个。阿玲指着一个黄色小熊道："看，那个，好可爱，你帮我套一个来。"我犹豫不决地接过老板手里的塑胶圈："你说哪个？那个熊？"

"对，就是那个熊。"

我深吸了口气，这玩意儿看似简单，实际很难控制，我以前套过，十块钱什么都没套着。我准备完以后，就连番出招，一连套了二十多次，都没中一个，全都滚跑了。

阿玲一阵嬉笑，"算了，很难的，我以前都试过，也没中。"话是这样说，但我毕竟花了二十块钱，什么都没捞着，对我这样的土鳖来说是非常郁闷的事情，平时我可是连给乞丐一块钱都舍不得。摊主见我一脸郁闷，就从后面箱子里拿出一个一模一样的小熊，笑呵呵地过来："老板，多谢捧场，这个就送给你女朋友吧。"

我这个土鳖立马转闷为喜，极没出息地将小熊抱在怀里，连声道谢。二十块弄个小熊，总比什么都没有要好吧。将小熊递给阿玲，看看时间不早，我就说去吃夜宵，吃完回家睡觉。我问阿玲吃什么，阿玲想了许久，调皮道："既然是你请我，那就你说了算。"

我想了想："那就喝糖水吧。"

"喝糖水？"

"怎么，嫌寒酸？俺请老婆也就这待遇。"

阿玲吐吐舌头不说话，抱着小熊跟我走。

并不是我小气，虽说吃在广东，可我来了七八年也没吃什么好东西，唯独这糖水让我铭挂于心，念念不忘。以前在车间里出汗的时候，就盼着快点下班，去外面喝上一碗糖水，一口喝下去，冰凉沁骨，从头到脚都为之舒畅，等身上的火热消退以后，一股香甜才慢慢扩散开来。最重要的是，糖水普遍价格不贵，最多也就两块一碗，大众消费，老少皆宜。做普工时我曾有个梦想，就是每天都能喝上一杯糖水，无奈就是如此渺小的愿望当时也不能达成。如今不一样了，咱有钱了，想什么时候喝就什么时候喝，想喝几碗就喝几碗。

当我喝完第二碗时，阿玲忽然眼睛一亮，和迎面过来的几个妹仔聊了起来。

"听说你去了深圳一家电子厂做品管老大，是不是真的？太羡慕你了。"

"啊……没有，别听她们瞎说。"

"那你现在在哪？什么职位？"

"……嗯，我在大通。"

阿玲说到这里忽然将目光投向我，犹豫了下说道："这是我们老大。"

其他几个妹仔同时将目光对准我，准确来讲，是对准我厂服上的标志。其中一个率先惊讶起来，"是大通高管哎，哇，他是你男朋友，还是老公？"阿玲还来不及反驳，一群妹仔就疯了起来，"恭喜你啊，阿玲，居然找到一个靓仔做老公，还是大通的高管，好羡慕你啊。"阿玲似乎很不好意思，看我的眼神都躲躲闪闪，也不知道如何回话。

我若无其事地喝糖水，心中想阿玲也不容易，就帮她一把，反正又吃不了什么亏。几个女孩子都在仔细看我，我就笑笑说道："站着做什么，一起坐下喝碗糖水吧。"一伙女子同时欢呼，纷纷拉凳子坐下。还没坐稳，一个叫阿芳的女子就咯咯笑道："今天真是好彩，居然撞到阿玲，多少年的好姐妹了，还不给我们介绍一下你老公？"

阿玲登时红了脸，声音弱弱地说道："他不是我老公。"

"不是？哈哈，阿玲还这么害羞，看看你怀里抱的什么，小熊啊，你老公帮你套中的？好有本事哦。"

阿玲再次道："他不是我老公。"

"不是就不是，早晚的事，他总有名字吧，说来听听。"

晚上回到住处，我先去冲凉，刚才被一帮二十出头的小姑娘缠住，唧唧喳喳地一顿好吵，差点让我精神崩溃。我已经不是那个年方十八的青葱小正太，我需要的是休息，两个人，静静地喝完糖水。

　　外面响起了洗衣机的声音，每天晚上洗衣服已经成了阿玲的习惯，早上起来时衣服总会被烫得平平展展地摆在我的面前。

　　我刚准备涂沐浴露，浴室门一开，阿玲怯怯地进来，"李生，我帮你搓背吧。"所谓的搓背只是一个借口，像广东这样的气候，天天洗澡，根本没什么好搓的。阿玲她只是想感谢我，用她自己的方式，来感谢我在她朋友面前给她面子，让她看起来是那么光鲜。

　　而这种感谢方式，恰好击中我的要害。如果放在以前，我会犹如惊鸟般仓皇逃窜，但是现在，我则放松身体去享受，去感受。我一边谴责自己受不了诱惑，一边享受着生理上的强烈快感。而生理上的感觉往往会压倒心理上的谴责，从而心理生理一起舒畅。我这才知道，为什么世界上会有那么多人搞小三，有条件的在搞，没条件创造条件也要搞，这都是人的天性中的欲望闹的。

　　等我彻底瘫软以后，阿玲轻声道："谢谢你，李生。"我鼻子哼了一声，有气无力，像是从腹腔里闷出的声音，"没什么，我该谢你才对。"

　　……

　　隐隐约约的，我感觉鼻子有点痒，就用手挠了一下，继续睡。现在有了阿玲，我都不用定闹钟的，到点她就会叫我。谁知不到两秒钟，鼻子又痒，我抬手抓了却还是痒，气得我一下子坐起。一睁眼就看见阿玲像只小鸟般欢快地跳开，躲在卧室门口嘻嘻笑道："李生，起床了。"

　　我洗漱完阿玲已经准备好刮胡刀，我边刮胡子边道："以后不准胡闹，耽误了我上班你可小心。"阿玲撅撅嘴巴，"不是你说我早上喊你的时候声音太大吗，我这才换一种方式。"我鼻子哼了一声，一转身头上碰到一个东西，"阿玲，你怎么把小熊给洗了？"

　　"小熊昨晚掉进水沟了，我就洗洗干净。"虽然阿玲眼神闪烁，我并未多想。

　　这几天 RB68 已经粗具雏形，但离样板标准还相差甚远，朴理事很紧张，据说过几天连安总也要亲自过来跟进。而作为这款样板的总负责人，老金更是忙得屁股冒烟，几乎是一晚一晚地不睡觉。

老大都这样了，作为技术总监的我自然也好不到哪里去，总之老金一睁眼就会喊我，而我肯定也在。我和他不同的是，他虽然晚上不睡，白天却躺在办公室里打呼噜，我是白天晚上都不能睡。我要大白天躺办公室打呼噜，那就离死不远了。

这段时间，老钱、杨云他们都来联系过，我也顾不上出去见面，直接在电话里告诉他们准备发多少样板。老钱倒没多说，照例客套两句就挂了。杨云则每次都问东问西，好像不舍得挂电话。我猜得出她那点心思，不过现在工作又忙，我又有了阿玲，哪里还顾得上她。

星期五的时候杨云又来电话，"李开，我们还是见一面吧，我有话要跟你说。"这时我刚好在看一份设计图纸，有一句没一句地搭着，阿萍又送来一杯咖啡。电话那头杨云继续自顾自地说道："我就说这么多了，你自己当心。"我刚在图纸上签完字，一扭头，杨云已经把电话挂了。刚才她说什么来着？

我已经两天两夜没正式合眼了，下午实在困得不行，我去向老金告了假，说我回去睡一觉，晚上再来。公司里就是这样，忙的时候就忙得飞起来，看样子这个星期天又泡汤了。一出办公楼我又感觉不困了，赶紧掏出手机给老婆打电话："我今晚不回去了，明天可能不放假，后天或许会放。"老婆道："那好，明天我去清溪，白天我看一天房子，晚上在那住一晚，如果顺利的话，后天我们就买了吧。"我说行。

现在宿舍正在打灭虫剂，整个楼都是臭烘烘的。我打电话给阿玲告诉她我去她那里，阿玲非常高兴，还问我要不要给我买点糖水。

的士刚进小区，我就看见阿玲提着两个盒饭站在楼下焦急地等待着，似乎望眼欲穿。我下来时，心里忽然感觉不自在，虽然头顶就是火辣辣的太阳，仍感觉浑身冰冷。我要和阿玲好好谈谈了。

我吃盒饭，阿玲在一旁看着。我刚一抬头，她就拿纸巾要帮我擦嘴。我将她拦住，"阿玲，你不用对我这么好。"

"哦，知道了，我又没对你好，习惯性的。"

放了筷子，我沉思一会儿，对阿玲道："黄老板最近有没有联系你？"阿玲摇头，"他现在不管我的。"

"那就最好，我们公司最近在弄一款新产品，比较忙，我也没时间联系他。

如果他打来电话，你告诉他，过完这几个月，我再跟他好好聊聊。"我话说得很委婉，这是让阿玲转告黄老板，那款 RB68 他就别想了，过完这几个月，正品都上市了，他再去山寨就晚了。

睡前我又告诉阿玲："下午七点叫醒我，我要去上班。"

"好的，要不要我帮你按摩？"

"不用。对了，明天晚上我不会回来，我老婆明天过来。"

到底是困了两天，一沾枕头我就睡了过去，醒来时已经晚上九点，气得我想骂人。但我看到阿玲那可怜兮兮的表情，到嘴边的话又吞了回去，只是虎着一张脸，快速洗漱。她故意的，一定是故意的，开始露出狐狸尾巴了。我如此想着，不禁有些得意，黄启发啊黄启发，你想阴我，还早着呢。

收拾完我就要出去，阿玲又拿了盒饭过来，"吃了饭再走吧，现在时间还早。"

"还早？都九点了还早？"

阿玲脸一红，"你睡觉的时候有个韩国人打电话来，他让你晚上十点钟再去，所以我才九点钟叫醒你。"

"嗯？真的？"我疑惑地拿出手机，查通话记录。果然，在两点半的时候接到朴理事的电话。等等，似乎我老婆也打了电话过来，还是一连三个。不等我问，阿玲就解释道："你太太一直打，我怕吵醒你，关机又怕她起疑心，我就接了。"

"啊？"

"不过，我告诉她我是你办公室的文员，你人去开会了，手机放在桌子上充电。"

听她这样说，我原本升到喉咙的心又放了回去，"阿玲，你真聪明。谢谢你。"我走到门口，阿玲又追上来，"你太太说她明天过来，问你能不能先租好房子。"

我摆摆手，"我知道了，明天再说。"

第四章

晚上在公司盯了一晚，要解决 LED 滑道不畅的问题，还要解决弹片过松的问题，跟着几个工程师反复试验，商讨对策。一直到第二天中午十一点，才取得一些成果。这时我看看表，心里吃了一惊，三个工程师一直跟着我加班，早点都没吃呢。刚好老金昨晚有睡觉，我就告诉老金，下午我带三个工程师去吃饭。老金点头道："大家都辛苦了，吃完饭就回家休息，没办完的事情到星期一再说。"

我让三个工程师在厂门口等我，我去办公室拿包。一进办公室，阿萍就迎上来，"你才回来啊，手机响了一个早上。"我们厂实验室里不允许带手机进入，我只能放在储物柜或办公室。

我赶紧查看，未接电话有十多个，有老钱的、杨云的、黄启发的、老婆的，还有阿玲的。信息也收了很多条。老婆说她已经开始看房，细节到晚上再讲，让我晚上早点下班。老钱和杨云则是问我有没有空，晚上一起吃个饭。阿玲则说黄启发现在来了，想见我一面。

我把这些信息都拢了拢，最后决定，还是先吃饭。我问王栋："王师，你们说，去哪一家？"王栋道："老大加薪了，还没请过我们呢，当然要宰一顿，去飘香园。"现在飘香园正是客人最多的时候，包间已经全满，我们就在大厅靠窗的位子上坐下来，他们点菜，我趁机去洗手间。

出来时眼前人影一晃，黄启发笑呵呵地站在我面前，"兄弟，这么巧啊。"

"哦，呵呵，我刚下班，带着三个工程师过来吃饭。他们跟着我从昨晚一直到现在，都没吃饭呢。"

"哦，那应该的，应该的，做老大的就要这样。嗯……那等下你们吃完先别走，咱们再聊聊。"

我想有些话早晚要说开，就点头说道："那行，等下他们走了你们过来。"

三个工程师都是血气方刚的年纪，席间自然离不开酒，拖拖拉拉就吃了一个小时。这时黄启发似乎有点不耐烦，带着阿玲笑呵呵地过来敬酒。其实这也说得过去，他们业务员经常要和我手下的工程师打交道，碰巧撞上，自然要寒暄一番。又撞上几个小子喝得有点高，就拉了黄启发坐下，一起喝。

本身是四个大男人的酒宴，又是上下级关系，怎么说都比较拘谨，随着阿玲这个小美人的介入，气氛开始热闹起来。这三个工程师，除了王栋还只是有女朋友外，其他两个老婆孩子都有了，眼下见供应商带了一位美女来，自然少不了打趣胡闹，渐渐地荤段子开始乱飞。

阿玲到底是个小姑娘，脸皮薄，刚开始还能当做听不懂装傻充愣，随着席上的语言越来越露骨，小姑娘开始脸红了。给三个工程师敬完酒后，阿玲就坐着不动了。老秦一脸不满地说道："我说这位小妹妹，这就是你的不对了，跟我们都喝了，居然不跟我们老大喝，是不是看不起我们老大？"

阿玲脸一红，也不知如何解释，只好端起杯子，结巴着说道："李生，以后我就靠你了，还请多多帮忙。"话一说完，刘师就嚷起来了："哎呀，刚才对我们都只是说要多多帮助，都没说要靠我们，原来是要靠我们老大。"其他两个也笑着附和："对啊，靠我们老大，我们老大可以靠的，完全没问题。"这些个家伙在说"靠"字的时候还故意加重语气，阿玲一下子脸更红了。

我见他们越来越不像话，只怕再这样下去要冷场，就说道："你们喝高了，要不然咱们就走吧。"几个人也感觉到自己玩笑开得有些过分，现在被我一说，都不知如何回答。阿玲适时说道："还早，再多玩一会儿。"她说话的时候看着我，眼睛里一股窃喜。

黄启发也在一旁笑道："对，还早，多玩一会儿。"另三个也跟着说："是啊，老大，人家美女都说了，要跟你多玩一会儿。"这次"玩"字又加重。我一阵苦笑，端杯子喝水，抬头一瞬间，忽然看见落地玻璃外像是老婆的身影，而且她此刻似乎在分辨里面的人到底是不是我。我一惊，一口茶就喷了出来，幸好及时用手捂上，不算太丢人。

老婆已经认出我，用手点了点我就要走进来。其他人还没察觉出我的不对，只当我是喝得太急呛到。阿玲又拿了餐巾纸细心地帮我擦领口，满脸都是关怀之色。当她准备替我擦嘴唇时，我立即一把推开，原地一个九十度转身，拉开椅子，低头媚笑道："老婆，你来了。"

老婆一脸喜气地走进来，似乎没有看到阿玲对我那不寻常的动作，我心松了大半，殷勤地帮老婆拉开椅子，又献媚地呼喊服务员过来添加茶具，再小心翼翼地问她："想吃什么，只管点。"

在外人面前，老婆向来都给足我面子。老婆先不忙点菜，而是要我帮她介绍在座的客人，我便一一介绍给她。在介绍阿玲时，老婆眼睛一亮，笑盈盈地夸了句："好漂亮啊。"阿玲也羞涩地回了句："嫂子说笑了。"

原本火热的饭局，变得尴尬起来，三个工程师都是人精，现在见正主子来了，自然不敢再大胆地开我玩笑。他们都纷纷起身告辞，远离是非之地。

黄启发笑道："哎呀，刚才一直喝酒，饭都没吃几口，现在刚好弟妹来，不如我们重开一桌吧。"

老婆紧劝慢劝都没劝住，只好抱歉地笑笑，"真不好意思，你们都吃完了，又要再吃一次，早知道我就不来了。"

黄启发笑道："弟妹这是什么话，你自己一个人吃哪有我们陪着吃香，饭就是要大家伙抢着吃才好吃。"说着他便让阿玲去喊服务员过来换菜。我在一旁低声道："没事，反正我也没吃饱，再开一桌就再开一桌，这儿的菜还不错。"

老婆轻哼了一声，凑近我的耳朵道："这儿的姑娘也不错吧。"我吓得一抖，用尽量平静的语气道："说什么呢，人家是黄老板的亲外甥女，和黄老板学业务的。"老婆凤目一转，轻哼一声："你说什么呢，我在说这里的服务员不错，你扯到哪里去了。"登时，我一头冷汗，干笑道："那是我会错意了，对了，早上看的房子如何？"

一扯到房子，老婆就变了个人，开始绘声绘色地描述，东家环境好，但是不朝阳；西家环境好又朝阳，但是面积小；南家地方大，但是距离远。说了好一通，一直感叹房子不好买，不知买什么样的才划算。

黄启发适时建议道："买房子，找我啊，我有很多朋友都是搞房地产的，不就一套房子，你们不用再到处找了，我帮你们搞定。"

老婆面有难色，"那怎么好意思，我们还是自己看看比较好。"

黄启发放了筷子说："那好说，下午让我侄女带你去看几个楼盘，她也认识一些房产经纪。"说着就对阿玲道，"下午你陪嫂子去逛逛楼市，我和李生还有事要办。"老婆跟着阿玲走了以后，我就处于焦躁状态，心神不宁。

黄启发笑道："担心什么呢，阿玲那丫头是个小狐狸，别看她外表柔弱，却聪明得紧，你就放一万个心吧，保证你老婆被她哄得溜溜转。"

我叹口气，事已至此，只能走一步看一步，求神保佑了，于是我问道："你说找我有事？"

"也没什么，就是随便聊聊，就是那款可视手机，听说你们快搞出来了。"

"呵呵，是的，就快成功了。"

"嘿嘿，那就提前恭喜兄弟，做完这款机子又要官升一级。顺便说句不当说的，兄弟你能不能从你们公司帮我弄一部出来？毕竟，这玩意儿可是高科技，拿出去特有面子。"

我苦笑着摇头，"那是不可能的，我们内部购买，至少要等正常生产两个月后才可以，况且现在还只是试产阶段。"

"那有没有样机？以你老弟的权力，还不能弄一套出来？"

我正色道："真的不行，现在公司管得非常严，进出都有保安用仪器搜身。"

黄启发笑笑，用手搂住我肩膀，"既然这么为难，那就算了。我今天来就是想问你这件事，我是做什么的想必你有所耳闻，都是混口饭吃。"说完又叹口气，"山寨手机这一行现在也不行了，能做的都被别人抢在了前面，最有名的莫过于天通，从一个山寨机，演变成一个品牌机，俨然摇身一变，从妓女变成了贞妇。"说完我二人同时苦笑，这是实情，出来混，都是求财，看谁的手快罢了。

"我折腾了几年，攒下一个摊子，可是怎么折腾都弄不到钱。听说你们公司新出了一款可视手机，心又热了。目前在国内这都是顶尖技术，我们要是能搞上一把，可就发大财了。"

我不说话，取茶壶，倒茶，心里把持住一个信念：你想害我？那是门儿都没有。

"你知道吗，这款手机的成本我们预算为三百，这是最高预算。销售我们定在一千三。也就是说，一部手机我们可以赚一千块，那要是一万部呢？别的不算，光是广东一个星期就可以销售一万部，毕竟这可是新玩意儿啊，又不贵。全国其他城市呢？怎么说也得十万部吧，这不就是一亿？"

见我不答话，黄启发再次拍着我肩膀道："一亿啊，兄弟！这辈子我们要等多久才能弄一亿？"我扑哧一声笑出来，"老哥，你在跟我开玩笑呢。"黄启发慢慢凑近我耳边，用近似魅惑的音调说道："这不是开玩笑，我有人有设备有资金还有销售渠道，就是没技术。要是有技术，我们早就开始了。"

我依然微笑不语，心里已经震惊。看来他早有预谋，万事俱备，只欠东风。只要有一部样机，一夜之间就会克隆出来大量山寨，那可是百分之三百的巨额利润。马克思曾经说过：如果有百分之五十的利润，资本家就会铤而走险；如果有百分之百的利润，他就会践踏人间一切法律；如果有百分之三百的利润，他就敢犯下任何罪行，甚至是冒着被绞死的危险。

我忽然心里一动，如果不跟他们配合，他们会对我怎么样？见我不语，黄启发又道："考虑考虑吧，事成后我分你一成，百分之十的利润。"我第一时间在心里把百分之十算了一遍，一亿就是一千万，然后我很没出息地咧开嘴笑。

"当然，兄弟你要是觉得这事不好做，那就当老哥什么都没说，你也就当没听到。"黄启发如此说着，慢慢起身。

我还正疑惑，这家伙居然这么容易就放弃，他到了门口又回头说道："老弟，这事今天你也知道了，我是不到黄河不死心，我再找找你们公司别的人，无论如何也要把这款机子拿下来，所以恳请兄弟你，不帮忙也不要阻拦我，好吗？"

这话算威胁吗？我不自觉地笑笑，"瞧老哥说的，这个忙我帮，不看在那一成的利润上也要看在咱哥俩的感情上。我想想办法，看能不能帮你弄出一套来。"

黄启发大喜，"好说，兄弟，赶明儿我就送你一套房子，再帮你买辆车。"说完他就往车上跑，我赶紧拦住："可别……"

"哦，对了，阿玲三个月期限马上到，我再给你物色一个，这次弄个原装的，保证让你爽歪歪。"他上了车就一溜烟跑了。我站在原地，无可奈何地叹了口气，拿出手机打电话："阿萍，现在老黄在吗？你转告他，下班时一定要多检查一下实验室的门锁。"

现在就剩了我一人，也没了睡意，不如趁这个时间去订个房间，晚上再和老婆好好沟通沟通。我这样想着，没走几步，杨云就来电话，问我有没有空，晚上见面。

我想了想，就让她现在来，我晚上还忙。不到十分钟，杨云就到了飘香园门口，招呼着我一起出去兜风。杨云问我："黄胖子刚才来了？"我点头，奇怪地问："你怎么知道？"杨云眼角一抹笑："我怎么会不知道？你们公司的人我又不只是认识你一个。"

我心一沉，杨云在我们公司都有其他内线，黄胖子能没有？再一回想刚才喝酒时他和那三个工程师的亲密程度，根本不像普通朋友关系，很可能在我不知道的情况下他们也在一起碰头。我越想越心惊，他说他就缺技术，如果有了我们几个工程师的帮助，那技术还有什么问题？难怪他刚才把话说得那么满，RB68 志在必得，原来是有恃无恐。

杨云见我脸色不好，遂开口问道："黄胖子威胁你了吗？"我一愣神，急忙答道："没有，他威胁我做什么？"

"哼，我想他也没那个胆量。"杨云轻轻拍了拍我大腿，"你放心，黄胖子那人我们了解他，他要真敢对你不利，你告诉我，我来收拾他。"

我诚挚地说："杨云，谢谢你。"

杨云笑笑，"谢我做什么，早先我和黄胖子差不多。"杨云把车停在路边，将窗户打开，眯起眼睛迎着风吹，良久才悠悠说道："知道我一开始为什么要对你那么好？"我不语，等她继续说。

"我一个女人，跟一帮狼一样的男人抢食吃，倦了，也累了。我就想弄一大笔钱，然后找个地方，安安稳稳地过完下半辈子。"

我鼻子有点痒，就伸手开始挖鼻屎，瓮声瓮气道："你现在不挺好，有房有车，又自由，过得挺潇洒。"

杨云一扭头道："可我没人疼。" 她见我继续挖鼻屎，就说，"你别挖了，那样子很不好看。"

我翻了翻眼睛，"不好意思，一时情不自禁，失态了。对了，你说的一大笔钱，是和我有关吗？"

杨云点点头，"一个月前我们就得到消息，RB68 计划在国内生产，但是那帮韩国人已经不相信东莞的中国高层，所以就计划放在清溪做。金部长那时就举荐了你，才让你做了新厂的技术总监。现在看来，金部长没看错人。"

我像个白痴一样傻在原地，这都是什么事儿，我还不了解的事情她就知道了。杨云继续说："金部长举荐你就是因为你不像其他人那样贪婪。你不好色，不爱财，不贪功，不求名，金部长曾经试探过很多次，最后得出这个结论。"

　　我有些自得了。老金每天叫我去吃饭，我都点一道酸辣白菜；吃完饭去唱歌，我都告假推辞；工作上出了问题，我从不推卸责任，而是想办法解决；至于工作上有了功劳，我都是和其他工程师一起分享。这是大家有目共睹的。

　　但是他们不了解的是：我不好吃肉，就喜欢吃白菜，还是酸辣的；至于唱歌找小姐，那是我想都不敢想的，除非我不想跟老婆过了；工作上面，别的工程师都是大学毕业，唯独我是从实际工作中学来的，自己感觉低人一等，只求工作能保住，哪里还敢耍脾气？只是没想到，像我这样小心翼翼地夹起尾巴做人，居然得到了领导的赏识，走了好运。感谢菩萨，感谢上帝，感谢老婆。

　　杨云又道："韩国人认为你来负责新项目的开发最合适，但我们却不这样认为。普通的金钱美色诱惑对你来说或许不起作用，但感情则不一样，你是个重感情的人，所以我们都想从情人手。"

　　有生以来第一次被女人当面说我重感情，我不禁有些小骄傲，将胸脯挺高了些，同时一脸严肃道："你说得很对，我是重感情，可我不傻，犯法的事我不做。"

　　杨云眼睛又眯起来，"你知道那款手机弄出来会有多大利润吗？"

　　"现在国内还只是在搞 3G 网络，可欧美日韩等发达国家早就开始了电脑手机合为一体的研发，这款可视手机在世界上都算比较先进。如果我们也可以生产，那就会掀起一场新的手机换代浪潮，试想一下，低价格拥有一款时尚高端的电脑手机，哪个人不愿意？所带来的盈利绝不是几个亿那么简单。"

　　我一时被杨云的话镇住，不知如何回答，只是点头，让她继续说。

　　"想想吧，能够一眨眼从一名普通的打工者跃升为老板，哪个人不动心？一旦核心技术到手，那么这款手机就是中国的 NB68，那时候我们再举一反三，就会出现 NB69、NB70。"杨云说完愣住，喘了口气道，"或许我想得太乐观，但事实的确如此，就算没完全说对也差不了多少。况且，这种事在中国来说不算稀奇。我们只要弄到核心技术，剩下的一切都不是问题。现在稍微先进的机种都被别人抢先了，唯独这款可视手机还在研发中。几乎所有的山寨机生产商都在虎视眈眈地盯着这块肥肉，你不要以为只有你所知道的这几家生产商，说句不该说的，你们新公司里凡是跟这款机型打交道的高管没有干净的。就算你不去做，也会有人做。"

沉默了良久，我呆呆问道："你说完了？你今天是来拉我下水的吗？"

"李开，这些话我本来是不想告诉你的，只是我不甘心，我想试试。"杨云凑近我跟前，"如果我们两个合伙，你负责技术，我负责生产销售，要不了半年，你就可以拥有大别墅、大汽车，甚至大美人，你想要什么就有什么。"

我鼻子又痒了，不自觉地去挠，心里想杨云不愧是跑业务的，单凭三寸之舌就让人蠢蠢欲动。钱这个东西，谁会嫌少？

"我们怎么合伙？"

"你要是信得过我，你搞一部样机出来，再拷一份技术参数，到时我会把钱打到你账上。"

"我要是不相信你呢？"

杨云深吸一口气道："我可以和你假结婚，钱自然就一人一半。就算你不愿意和我过，离婚也是一人一半。"

"咦？你胃口不小啊，连人带钱你都想要？"

"假结婚，"杨云再次重申道，"是假结婚，也就是说，我们只领一张结婚证，但实际生活我不会管你，你依然继续和你老婆过，等你认为钱足够多了，你随时可以离婚。况且，如果这样做的话，吃亏的只能是我，你有什么好吃亏的？"

"嘿嘿。"我将鼻子狠狠揉了一把，笑道，"杨云，你想得太简单了，钱没那么好赚。"

杨云似乎还不死心，在做最后努力，"你好好想想，如果你不做，别人也会做，到那时候山寨一样有，不过钱不在你手里。"我点点头，"我不要那么多钱，够用就行。"

"好吧，既然你不同意，我也不勉强，最后再奉劝你，如果你发觉别人在做，也不要阻拦，当不知道，好吗？"

我们重新回到车里，杨云不禁感叹："看来老金真没看错，你果然不是那么容易受到诱惑。"听到这话我心里一阵惭愧，我哪里有什么坚定信念？完全是因为我胆小。

杨云问我去哪，我想了想，就给老婆打个电话，想跟她一起去看房。谁知老婆已经看房归来，跟着阿玲去逛商场了。随后我收到阿玲信息：李生，你要是累的话就先回家休息，晚上我会带嫂子来找你，另外你也不用租房子，今晚就和嫂子在那住一夜，我晚上不回家，已经和嫂子说好了。

　　看到这个信息，我更加羞愧了，里外都觉得燥热。同时又有几分窃喜，情人居然伙着我骗老婆，这是多少男人梦寐以求的事。

　　到了楼下，杨云抬头看了看，"你就住这啊，不请我上去坐坐？"我笑笑，"要来你便来，反正这也不是我买的。"

　　一进家门，杨云就连连感叹："家虽然是不大，但是都整理得井井有条，看来你老婆一定是个聪明勤快的女人。"

　　我换了拖鞋，"随便坐。这也不是我老婆整理的。"

　　"哦？你别告诉我说，你另外还包了小蜜，这会让你在我心里的印象大打折扣的。"

　　"我是没包，可有人投怀送抱。"我看了看地上的女式拖鞋，问她，"你要换吗？"

　　杨云也看了看那双拖鞋，嘴巴一撇，"太幼稚，不适合我。你情人该不会是90后吧？"我不再答话，转而问她："要喝水吗？"杨云在客厅沙发上坐下，接过水杯笑道："我刚才谈的事情，你就一点都不动心？"

　　"呵，相反，我早就动心了，只是我不敢做违法的事情。"

　　"违法的事情？拿回扣不违法？"

　　面对杨云的责问，我一下子愣住，原来我早就开始违法了。

　　"同样是违法，你收二十万也是要判刑，收两百万也是要判刑，但你收两个亿他们绝对不会判你刑，相反，你要是能按月交税，他们还会颁奖给你。"

　　"是吗？"

　　"你以为那些十大杰出企业是怎么得来的？那都是用那些打工者的血汗换来的。美里高为什么会被称做血汗工厂？它是什么样的企业，大家都心知肚明，可它为什么会受到重视？所以说，钱才最重要。"

　　我再一次折服，杨云让我感觉到自己一定要去做，不做别人也会做，反正我已经开始违法，做了反而不违法。我几乎有些心动了。杨云慢慢逼近我，"你到底在担心什么？钱就放在你面前，唾手可得，你却不敢？有了钱，你就有了一切，想什么有什么，别犹豫了，我们一起干吧。"

杨云的声音似乎有一种魔力，让我不由自主地跟着思考。是啊，我千里迢迢地跑到广东为的是什么？不就是为了钱？有了钱就可以衣锦还乡，光宗耀祖；有了钱就可以居人之上，不受白眼。最起码，老婆也不会老是大声骂我吧。如此想着，我开始心神不宁。我不做，别人也会做。况且，山寨不是一天两天，没理由轮到我做就刚好被逮个正着。

杨云看着我，眼睛似乎化成一潭湖水，让我渐渐陷进去；她的唇也越来越近。我呼吸不能自已，也知道这样下去会是什么结果。

"答应我吧，我们一起做。"杨云近乎梦呓的声音在耳边响起，我鼻子又痒了。

刚用一只手将杨云推开，还没准备说我要不要做，房门忽然打开，老婆和阿玲同时愣在外面。这是很富有戏剧性的一个场面：三个女人和一个男人，三个女人还分别对这个男人有着不同的感情。此刻四个人同时聚集到一个狭小的空间，八目相对，一时无所适从。

时间像是静止下来，我迅速利用三秒钟时间把三个女人的心理做了个分析。老婆和阿玲经过几个小时的相处早已跟亲姊妹一般，这点从她们手上大包小包的衣物就可以看出。尽管如此，按着老婆那比针眼还小的心眼儿再加上今天阿玲在餐厅的表现她心里保证依然不痛快，只是暂时没有显露出来。眼下一波未平，一波又起，这地方又冒出一个莫名其妙的女人，凭着她和自己老公现在的站立姿势不难猜出，他们刚才发生了什么事。因此，老婆此刻看向杨云的目光里充满了火药味。

而杨云对老婆的态度则不一样，她只是冷冷地盯着阿玲。在杨云心里，面前忽然出现了两个女人，一个年轻一个成熟。从这间屋子的布局及饰品来看，显然是那个年轻女孩的风格。再根据我以前给出的情报来推断，我的老婆和她年龄差不多，那么面前这个略显惊讶却不显生气的年轻女孩必定就是小三，或者很可能就是黄胖子送来的小姐。而那个成熟的女人或许是她姐姐还是什么，总之不可能是我老婆。哪有老婆和小三同时亲亲热热地出现？

既然她是这么一个身份那还有什么好担心的，因此杨云摆出了一副高傲的姿态，冷冷看着阿玲。

至于阿玲，她当然知道面前这个智慧与美貌并存的少妇是谁，黄老板多次提起过，就是这个美女蛇搞得多少人家破人亡，因此业内无人不服。但今天不同，她们碰到的可是另类绝种花心男，按照老板的说法，我是轻易不动情的人，一旦动情，生死相许。这从我对老婆发信息的语气上都能看得出来。如果今天要在这开战，这个美女蛇保准颜面无存，名誉扫地。因此，阿玲此时只是细心观察老婆的表情，心里还在琢磨，万一开战，自己要不要帮忙？

三秒钟一晃而过，眼见空气中的火药味越来越浓，要是再不降温恐怕会把房子掀起，我终于开始说话了，用我一贯诚恳的、关心的、温柔的、爱护的语气对老婆说道："老婆，你回来了，我来介绍下，这位是恒兴公司的业务经理，杨云。"然后又用我一贯的那种严肃的、客气的、冰冷的、毫无感情的语调对杨云介绍道："杨经理，这位是我老婆，苏婷。"

经历过十数年江湖风雨的杨云第一时间就反应过来，迅速将表情调到惊喜、震撼、不可思议，"哇，这就是弟妹？不会吧，居然这么漂亮！"曾经有那么一刻，我心里欷歔，杨云不去做演员真是太可惜了。

常言道：伸手不打笑脸人。老婆尽管很生气，也被杨云的几句话哄得喜笑颜开。三个女人一台戏，这台戏似乎还越演越热闹。

老婆意气风发，坐在茶几对面，对面前两个渴望美丽的女人传授秘诀："要长期保持这种曲线身材和光滑皮肤，光靠运动是不够的，还得配合食物。就说我吧，生儿子那时我有140斤，可是现在呢，所以说……"杨云和阿玲都是一脸的饥渴状，孜孜不倦地接受着老婆的教诲。

而我在一旁殷勤地伺候着，端茶递水，再时不时地帮老婆擦一把汗，还兼顾着捧眼的角色，在老婆语气停顿的间歇插上一句赞同或表示思考的话。

老婆聊得正热，阿玲手机响起，说是她舅舅（黄老板）开车来接她了，她得走了。杨云也说她晚上还忙，起身告辞。老婆笑盈盈地将两个女人送到门口，还对着楼梯大喊："下次有空再来啊。"

一关上门，老婆的脸就变了，阴云密布，风雷阵阵，电光闪闪。一时间，整个屋子里狂风大作，飞沙走石，天昏地暗，日月无光，鸟匿兽藏，鬼哭狼嚎。我就像是飓风之下太平洋里的一叶扁舟，随着狂风骤雨上下激荡，眼看就要被撕得粉碎。又像是置身于万年寒冰的黑洞，四周不见丝毫光亮，心中万分恐惧，看不到一丝希望。

跟着我耳根一疼，幻觉消失，屋子还是那个屋子，老婆还是那个老婆，所不同的是，此时的老婆正提着我的耳根子，咬牙切齿而又笑眯眯地说道："老公，你本事不小哦。"随着她越来越用力，我龇牙咧嘴地从嗓子里憋出一个词："疼！"

"疼？我怎么没感觉？"老婆越说越用力。

我立马高声疾呼道："老婆饶命，我招！"

老婆一甩手松开我，眯着眼靠在沙发上，"好，你招。我警告你，我只给你一次机会，你把握住了，如果你的解释不够合情合理，后果自负。"又是后果自负，八年了，整整八年了，每次我都被她的后果自负吓得魂不附体，可我并不知道那会是什么样的后果，正是因为不知道，所以才会更恐惧。

抹了一把头上的汗，我小心道："能否让我先上个厕所？"老婆微微颔首，我立即转身犹如野狗般逃进卫生间。并不是我有多急，而是我的手机响了。我在手机上对专人设置了不同的铃声，如果是其他人打电话，手机就会唱嫁人要嫁灰太狼。如果是阿玲或者杨云来电话，手机就会先震动五次，然后高唱国际歌。刚才正准备招供时手机忽然一阵震动，不是阿玲就是杨云。在老婆那天马行空的想象力下，这两个女人任何一人的电话都能让我陷入万劫不复之地。

从生理角度讲，膀胱过于憋涨会造成心理紧张，心情烦躁，严重者若不能及时解决，便会一泻千里，一发不可收拾。反之，如果能及时解决，便会全身轻松，心旷神怡。不晓得别人在小便时会不会有我这样奇怪的想法，反正我从厕所出来时已经容光焕发，神采奕奕。或许是在厕所接了阿玲电话的缘故吧。

到了老婆跟前，我又把表情换成痛苦难过懊悔又带着几分迷惘的样子，最后才转变为痛改前非式的果断。说起来或许大家不信，一个人怎么能在一秒钟内变出那么多表情？我来告诉你，如果你是一个既不高又不帅的穷鬼却娶了一位如花似玉的漂亮老婆，不出一年你也会练成这种绝技。

"老婆，我说实话了，刚才那个杨云是想勾引我来着，但被我拒绝了……哎，先别动手，听我说完。"我咽了口唾沫，继续说道，"最近我们公司新开发一个机种，杨云想让我帮她拿一部样机出来，我不肯，她就想用美色来诱惑我，好让我就范。你想啊，我作为技术总监，怎么可能做这种傻事？我当然不会同意。我不但不同意，还严厉地批评了她。就在我快要把她说哭了的时候，你们回来了。"

老婆鼻子一哼，"李开，我多大了？"

嗯？老婆怎么会突然想起问这个问题？老婆问这个问题自然不是随便问的，肯定有她的目的，我要揣摩，说出来的答案一定要让她高兴，让她满意。

我一边轻轻帮老婆揉腿，一边用我那低沉而又略带磁性的男中音柔声答道："老婆，尽管你的真实年龄是 28 岁，但在我的心里，你依然还是 18 岁，你 18 岁时的模样，我这一生都不会忘。"说完，我用略带沧桑的眼神眺望远方，尽量营造出一种追忆往事的气氛。这个姿势还没保持到两秒就被老婆一脚踹倒。

"28 岁？18 岁？呵！"老婆一声轻笑，"我还以为你说才 3 岁呢。"

"这怎么会，老婆 3 岁那我成什么了？"我继续干笑着，想从地上爬起来。老婆一下子就骑在我身上，双手开始连环出击，掐、拧、挠、撕，嘴里还伴随着节奏感超强的 Rap："3 岁？你也知道我不是 3 岁？那你还用 3 岁的语言来回答我的问题？你是在侮辱你老婆的智商还是在侮辱你的智商？难道我就蠢得连骗 3 岁小孩的谎言也分辨不出来吗？"

"够了！"老婆这次太过了，我破天荒地雄起了一次，轻轻一挺腰杆，老婆就从我身上翻了下来。

"你闹够了没有？是不是一定要我承认我和她有什么你才甘心？"

老婆一愣，满脸的不相信，她或许还在惊讶，我居然也敢反抗她了。

看到老婆这副表情，我心软了，这样如花似玉的一个老婆，我还真不忍让她伤心。老婆惊讶过后就是平静，从地上爬起，起身将身上的衣服弄平抚顺，拎起挎包就往外走。

早就说过，我是个没出息的土鳖。老婆才略施小计，我就感到彷徨无助，懊悔万分，就奋不顾身地从背后向老婆扑去，临到跟前身子一扑地，将老婆的腿死死抱住，声泪俱下，"老婆，我错了，爱母骚瑞。"

尽管是在背后，我也能感觉到老婆想笑却硬憋下去的痛苦，但我要装作不知，继续煽情道："老婆，原谅我吧，爱母外瑞外瑞骚瑞油。"

老婆缓缓转身，面色冰冷，"你刚才不是很牛吗？继续，继续，让我看看，你到底有多威风。"

"闹，爱看特，我不敢了，刚才是我一时冲动，头脑发热，还请老婆大人原谅。"

"原谅？你跟她在一起缠绵时，怎么不想着我会不会原谅？"

"啊！天地良心，我怎么会跟她缠绵？那根本是不可能的事。"我目光炯炯，面容坚毅，一字一顿地说道："老婆，误会，这是天大的误会，就算我再怎么缺女人，也绝不可能和她怎么样。更何况，我还有你这样的美人。"

"切！"老婆开始绷不住了，脸上露出些微笑意，但还在强板着脸，"这么说，你是因为她太难看，所以没有同意？那个阿玲总该可以吧？又年轻，又漂亮。"

"老婆你这是说哪里话，我跟她叔叔都是称兄道弟，说起来她也算我侄女，我怎么可能对她有什么想法。"

"她叔叔？不是她舅舅？"

"啊对，她舅舅，老婆记性真好。"

"你少来，别以为两句话就把我打发了。我告诉你，我今天一直都憋着气，从早上吃饭到现在，我是满肚子火。想不到啊想不到，这才刚有了几个臭钱，你就敢背着我在外面胡来，一会儿是个杨云，一会儿又冒出阿玲，还什么业务上的交往，我压根就不信！"

"老婆！这你就误会了，真的是生意上的交往。"

"误会？生意上的交往人家会替你擦衣服？我要不来恐怕她都要脱你衣服吧？哪有这样子做生意的？这是做什么生意？皮肉生意？还说没有，人都带到家里来，明明对我说是有事，恐怕要等到晚上才见面。结果呢？一回来就被我撞见。还有刚才你居然敢打我，难道是怪我坏你的好事你心中有气？"

"冤枉啊冤枉，这都没有的事，老婆，这些都是你臆想的，都是子虚乌有的事。"

"少来，你敢说你没背着我干坏事？我告诉你，我的第六感最强了。还不承认？"

眼见她越吵越凶，我一阵头大，根据经验，再吵下去又得冷战，得想办法让她从愤怒中兜出来才行。

"老婆，你先冷静下来，光发脾气是没用的，要有证据。现在让我来给你解释，她们为什么会对我那么热心。试问一句，你要凭良心回答。如果给你一千块，要你替一个陌生男人擦一下衣服，你愿意吗？"

老婆鼻子一哼，气咻咻地坐下，"这还用问？那么下作的事给我多少钱都不做。"

"好，那给你一万呢？要知道，你现在只是个二十岁的打工者，你一个月的工资才一千出头，你愿不愿意？"

老婆有点犹豫了，"那也得我喜欢的人才行。"

"给你十万呢？换句话说，要直接给你一百万，让你陪一个不算很糟糕的男人睡一夜，你会不会同意？"

老婆头发都竖起来了，双目圆睁，"你什么意思？"

"别激动，别激动，只是打个比方。如果是我，我就会同意，哪怕是跟一个老头子，大不了眼睛一闭，就当是被鬼压，一个晚上一百万到手，这事我就会干。"

老婆的眼睛眯起，"哟，这么说是有人愿意给她们付一百万，就为了把你骗上床？我跟你睡了六年怎么就没看出来你这么值钱？"

我就把公司里 RB68 的事情给老婆解释了一遍，老婆也在电子厂上班，当然知道这其中的猫腻，她担忧地问道："这么说他们是一定要弄到那款样机了？先对你美色诱惑，不成功他们会不会换别的招？"

老婆的担忧不无道理，这事一早我就想过，真要是能赚那么多钱，他们肯定什么办法都会用，软的不行就换硬的，保不准他们会用家人来要挟，所以我一直都没把话说死，都留有余地。

我安慰老婆："不怕，我已经答应他们先试试，但能不能成功我不保证。再说，他们也不只是靠我一个人，公司其他高管他们都有联系。"老婆才松了口气，复又紧张起来，"对了，阿玲今天说她舅舅替你买了一套房子，你知道吗？"

"真有这事？我不知道。"

老婆愕然，"我还以为你知道，又想和上次一样给我来个惊喜，所以我下午都没看房，跑去逛商场了。"老婆一脸忧色，我心里也是乱得慌，随后安慰自己：不怕不怕，买了房子又没写我名字，我不去住他还能怎样？大不了我以后多发几个样板给他们。于是我说："没事，他买随他买，我们不住就行了，反正咱们钱也攒得差不多，自己买。"

话一说完，老婆原地转圈，麻利地将沙发上的衣物捡起，"不如今晚我们去住旅馆吧，我不欠她这个人情，免得以后你脱不开身。"

"这个不用，这套房子是黄老板的，他现在住凤岗，空也是空着，我们暂住一晚也没事。再说了，你现在出去他们又不知道，人情已经欠了。"

老婆想想也对，赌气地将衣袋丢开，一屁股坐到沙发上，眉头不展地说："李开，要不你把这个工作辞了，咱安安稳稳地过日子，那种钱赚不来。"

"辞职？"我脑袋里嗡的一下，老婆还真是敢想敢说，好不容易爬到这位子，有多少人都在虎视眈眈地盯着，还要我辞？我打趣道："辞了职，就没那么多油水，到时你又嫌我穷，天天骂我打我。"

"我什么时候骂你打你？"老婆一下子爆发了，又开始拧我掐我。掐了两下以后愣住，呆呆看着自己鹰爪似的手，"还不是你每次都气我，你要好好对我，我怎么会打你？"说到后面声音越来越轻，她又坐回沙发扮淑女，"你现在不辞职，样板丢了就是你的责任，万一被别人拿走了，你就是替死鬼，那时就不是辞职，而是撤职，你好好想想。"

"嗯，老婆所言极是，为了保住饭碗，我会尽全力看住那些样板，保证不让他们得手。"

话虽如此说，但我心里也觉得很玄，不怕贼偷就怕贼惦记，围绕着样板有七八个人，每个人都有可能是黄胖子的内线，一旦其中有人经不住诱惑，被黄胖子的糖衣炮弹给击倒，被他得手，背黑锅的反而是我。我想到这里，脑袋就大了。

吃完消夜回来，老婆先去冲凉，我坐在屋外沙发上心神不宁，虽然暗地里和阿玲对过口供，但还是难免出错。就在刚才，老婆去阳台上看夜景，一抬头发现上面挂了一溜衣服，女孩子的牛仔裤、超短裙、蕾丝花边罩罩、半透明的底裤，还有我的白衬衫。

神啊，这就是传说中的蛛丝马迹，这就是传说中的无巧不成书，这就是传说中的天网恢恢疏而不漏。然后我就看到了老婆那杀人般的眼神，带着阴寒的气息从我身上扫过，最后落在我胯间，登时让我浑身起鸡皮疙瘩。

只见老婆朱唇微启，语调轻柔，"有没有需要解释的？"我强装淡定，谨记以不变应万变的六字真言，继续装傻充愣，"解释什么？"老婆下巴微扬，"你的衬衫怎么会出现在这里？"

我装作莫名其妙地奔到阳台，抬头看看，"哈！你说我的衣服啊，这个……"我一阵脸红，万分惭愧，"我说了你不准打我。"

"你说，我不打你。"

"我昨晚又喝酒了，还喝醉了，吐了一身。"说完立即做出诚惶诚恐状，闪到一边，做出防御姿态。

老婆脸上一阵狐疑，"那衣服是谁洗的？"

"阿玲洗的。"我似乎很害怕，还特意多加一句，"昨晚喝醉了我没走，老黄也不让我走，后来我吐了，就换了老黄的衣服，我的衣服让阿玲帮着给洗了。"

老婆点点头，"这样啊，那你还骗我说你昨晚上班？"我低头不语，这时候也不用多说，看样子老婆是不打算深究了。

我正感觉不自在时，老婆轻轻偎进我怀里，拦腰将我抱住，"李开，我保证，以后不打你了。以前不准你喝酒，一是担心你身体，二是咱没钱，还不起人情。现在你升了高管，应酬自然会多，那种场合我知道，我们老大每天早上都是醉醺醺的，我也不怪你。只是有一点，以后你要诚实，不要对我撒谎，就算你是喝酒了我还能怎样？你是我老公啊，是我唯一的老公啊。"

天地良心，日月可鉴，这可是老婆第一次对我说出这么动听的话。那语气，那音调，无不让我心灵触动，感激涕零。感动过后就是羞愧，老婆对我这样，我还背着她找别的女人，真是作孽啊。随后我将老婆用力抱紧，朗声说道："老婆，既然你这么理解我，我向你保证，以后绝对老实，绝不撒谎骗你。"

按惯例，表白完就该对啃了，况且我和老婆已经一个星期未见，也算是夫妻小别。啃了一会儿老婆开始迷醉，我却暗自叫苦，原本应该在对啃的第一时间就挺起的小兄弟竟然罢工了，已经三分钟了，它还安静地吊在那里，无动于衷。

这是一个悲剧。为了避免悲剧发生，在老婆正迷醉时我很煞风景地将她推开，"对了，这里没有套，我去买。"

老婆娇嗔着摇头，"一晚上不用没关系，我明天吃避孕药。"

"不行不行，那样对你身体不好，我还是去买套，买那种带颗粒的，你等着，三分钟就回来。"

我用豹的速度，奔到楼下一间药铺，喘着粗气道："老板，来盒蓝色小药丸，快点，赶时间。"伟哥一般是服用一小时后才有作用，因此我回来后又借口先洗澡，能拖一分钟是一分钟，怎么也要磨蹭到药力发作的时候才行动。老婆提议我们一起洗。我说不好，书上说在热水里做对男性身体伤害极大。老婆很惊讶，"你从哪本书上看到的？我怎么没听说过？"

"嗯，上班闲来无事我就在网上搜一些男性保健的文章来看，那上面有提到。"

"哦。"老婆狐疑地向浴室走去，临到门口又回头，"那我们用冷水洗啊？"

"哦，冷水刺激也不好，会导致硬度不够。"我信口胡捏，反正在药力没发作之前就是不做。

老婆没辙了，脸色一寒，"那我们不做还不行？过来给我搓背。"

"啊，不做？"我脑子快速旋转，嘴巴张得老大，"那怎么行？你穿着衣服我都有一股子冲动，你要脱了衣服我还不喷血！更何况还要从后面给你搓背，不做可能吗。"

"真的吗？"老婆半信半疑，"我怎么感觉你是在找借口推托，是不是不想和我做？"

"冤枉，老婆你冤枉我了，我其实是在准备，准备今晚要好好地大干一场，我要把我攒了一个星期的库存全部奉献给你，现在这种状态，其实是在准备。"

老婆终于露出一抹微笑，"那好，我先洗了，等下我来检阅检阅，看看你准备得如何。"

"放心，保证挺得端端的。"老婆一进浴室，我迅速跑进卧室，床上床下全部检查一番，将所有可疑的女性物品全部藏到柜子里，收拾完毕又迅速坐回沙发，心神不宁地等着老婆沐浴出来。

老婆沐浴一般需要十五分钟，特殊情况下，她会沐浴二十分钟。特殊情况是指她有需要的时候，那时她就会把全身上下弄得极香，连脚指头都洗成白玉，喷上香水。按照日子算，这几天正是她每个月最迫切需求的时候，看来今晚的蓝色药丸是准备对了。可二十分钟后药丸的药力还没发作,我该怎么办?

趁着老婆没出来,我开始在脑中意淫,希望能借此重振雄风。可是我无论如何都无法集中精神,从国内一线的各个女星一直幻想到身边稍微有些姿色的女同事,身体依然没有反应,似乎从此不再听我使唤。

浴室里已经没了水声,老婆即将出来,如果看到我现在这副衰样,难免心生疑惑,这一个星期没碰过女人怎么会不行了呢?浴室门慢慢打开,身着睡袍的老婆如同出水芙蓉般从雾气缭绕的浴室中出来,带着几分妖媚,几分羞涩,一笑一颦间,无不散发着熟女独有的性感,举手投足间,都带着令人窒息的诱惑。

可尽管如此,我的身体仍是无动于衷。还有半个多小时,怎么过?为了不让老婆看出破绽,我快速地扑了上去,造成一种我很猴急的假象,随后一个二郎担山,将老婆横抱在怀里,急火火地向卧室跑去。

到了床上,我格外卖力。只是有意地尽量不让身体接触到老婆,以免老婆察觉出异样。要说刚才意淫它没反应也就算了,可现在眼前摆了一个活生生的大美人它还是没反应。努力了一分钟我就心虚了,老婆开始有意无意地去抓了,要是被她一抓一个空,只怕今晚不得安生。

我赶紧停手,喘着粗气道:"老婆,稍等,我也去洗个澡。"刚一起身就被老婆抓了回去,"土鳖,你把我逗起火来就想跑,门儿都没有。"说着就向我要命处抓来。我心里一阵叫苦,她这一手要抓牢那可真是要命了。我赶紧拦住,苦脸说道:"老婆,稍等,我必须得去下卫生间。"

躲进洗手间插上门,我心里才落下块石头,只要熬过半小时,那我就无所畏惧。坐到马桶上,我心里寻思着,怎么会突然间不行了?我正值壮年,要说以前少年不懂事曾经没少放空炮,但也不会现在就不行了啊;更何况,昨天和阿玲在一起时还好好的。

我猛然灵光一闪,会不会是跟阿玲老是对我用口有关?要知道,这和自然站起来的是两回事,莫非它现在有了依赖性?

想到这个原因,我禁不住浑身冒汗,这可如何是好?老婆是彻头彻尾从山沟里长大的乡下姑娘,保守得跟个旧社会的尼姑似的,结婚后三个月和我上街都不敢手拉手,现在要叫她给我用特殊技巧,那还不要了她的命?这样一想我心里就发寒,要是真是这个原因,我恐怕就完了。

复又一想，应该不会那么糟，阿玲才和我待了不到两个礼拜，没理由这么快就培养出了依赖性。应该是我最近做得太频繁，再加上对老婆心存愧疚，好好休息几天，应该就会好起来。

我低着头，心里暗道：伙计，您可真有谱，以前叫你不要冲动，你老是乱发飙，不管我是在车上，还是在开会，又或是在大街，只要稍微有些姿色的女子经过，你都嗷嗷地跟个种猪样；如今该你显身手，你却软得像根面条样，你不是成心气我吧？

越想越气，越看他越丑，黑黑的一截，无力地耷拉着，我一时心起，抬手就是两个耳光，那厮兀自左右摇摆，丝毫不见有悔恨之意，反而带些嘲弄意味竟还越摆越欢，末了停下来又复回原位，一副死猪不怕开水烫的模样。我正想再加大力度扇它几个耳光，忽然浴室门一阵啪啪响，吓得我差点坐到地上。老婆在外面叫道："你拉井绳啊，半天不出来？"

再回到床上时老婆已经假寐，这样也好，我有足够的时间等待伟哥药性发作。我才刚动了一个念头，顿觉斗志昂扬，意气风发，登时就让我笑开了花。

我迅速钻进被窝，老婆一个翻身，给我一个后背。我心道：乖乖，这是生气了，要哄。不过今晚这事算不上什么大事，等下活动开了，也就好了。那句老话说得好，夫妻吵架，床头吵来床尾合。我从后面顶着她，她又一转身平躺着，淡淡道："别动，我想睡了。"语调里别提有多幽怨了，那是在赌气呢。

我憋笑着，"睡什么呀，我还没服侍你呢。"

"不用，劳驾不起您老人家。"

"这是什么话？我就是你的牛，你的马，随你用来随你打，怎么会劳驾不起呢？"

我一翻身趴上去说："男人是牛，女人是地，我这头牛，就要来耕你的地。"老婆一用力又翻了过去，"不用，你的力气省省吧，留给别人用。"

她还是在怀疑我，要不就是故意说气话。此时我已经蓄势待发，没时间跟她多解释，于是笑道："你还是怀疑我，好，咱就让事实说话，让你检验检验最近有没有亏。"说完就扑了上去。

老婆的反应异常强烈，根本就不想让我碰，她挣扎了许久。我恼了，"你还是不是我老婆？"老婆就不再反抗，转过身去，只给我一个后背。你无法想象，当一个女人不配合你时那种感觉是多么荒诞，就像奸尸。她就那么躺着，一声不吭。

我心里一阵恐慌，这还是我老婆吗？恐慌后就是气愤，既然是我老婆，为什么要用这种态度对待我？倔脾气一上来，我越发卖力了。好吧，你厉害是不是？我看看你能挺到几时？我就不信，你能一声都不吭。

在伟哥的帮助下，我强硬地冲刺了十多分钟。若是以往，老婆早就号起来，可现在她依然一动不动。当我软在了床上，手臂有气无力地搭在她腰上时，我心里满是失落，更多的则是害怕。由始至终，她都没发出任何响动。

我变得焦躁，打算好好质问她，为什么不能像往常一样配合我。当我想强硬地将她脸扳过来时，却摸到一手水淋淋的冰凉。老婆哭了，一直都在咬着牙默默流泪，而我却像个畜生一样在她体内肆意冲撞。霎时我乱成一团，慌忙将老婆抱住，连声说对不起。这是发自内心的，没有丝毫做作。听到我的道歉，老婆终于忍不住，哇的一声，眼泪决堤般涌了出来。

"老婆，你别哭，是我不好，我不是人，是畜生，求求你别哭，你一哭，我心里好难受。"哄了二十多分钟，老婆才将手一指。床头柜的抽屉里，两条底裤安静地躺着，一条女式蕾丝花边的，一条我的。

"你还说你没背着我做坏事？"老婆说从她看见阿玲在餐厅那一刻起她就感觉出不对，是女人的第六感。她从阿玲的眼睛里看出来，阿玲对她有一种莫名的敌意。起初她以为这只是出于小女生的天性，原本只有一位女性的饭局，因为她的到来全都变了，所有的男人都围着她转，而那个原本应该受到吹捧的小公主却受了冷落。

随着后面的仔细观察，老婆发现了问题所在。整个席间，阿玲都极少说话，头都很少抬。偶或抬头，眼光也是偷偷瞄向我，至于其他人，都是一扫而过，不曾停留。

对于这种事，女人向来比男人感觉敏锐。老婆不动声色，假装开心，还应邀和阿玲一起去看房，看到中途又去商场买衣服。其实老婆心里早就没了看房的念头，她最关心的，是我当时在做什么。尤其是逛商场途中阿玲借口上厕所更让她疑惑，她觉得阿玲是跟我发信息通气。

至于买衣服，她根本就没心情，一路上都是阿玲在说：李太太，这件衣服颜色很靓，很适合外出郊游用，你试试吧。老婆心里跟明镜一样，那些衣服根本就不适合她穿，反倒适合年方二十的阿玲穿。后来的杨云也让老婆吃了一惊，不过疑窦很快就烟消云散。按她的判断，杨云和我之间才是利益关系，因为她从杨云眼里看不到对我有感情的意味。当阿玲和杨云要走时，老婆能感觉出阿玲心里那份恋恋不舍，而杨云则是落荒而逃。她几乎百分百地断定，我和阿玲之间一定有问题，只是她没有证据，不好责问。一直到晚上，她都假装什么事情都没发生，刻意扮演着一位好妻子的形象。

直到刚才我上厕所时，她在床头柜里看到了那两条底裤。尤其是那条白色四角底裤，是她亲自买的，她还记着价钱，因为比较贵，买的时候还犹豫了好一阵子。而此刻，那条底裤却和另一条粉色网眼花边的女裤躺在一起，那么刺眼的甜蜜。是个傻子都知道是怎么回事，一下子她连生气的力气都没有了，只有泪水。

老婆的叙述方式很零散，像梨花体的诗，不过我还是听明白了。此时再辩解都显得多余，反而会增加老婆的厌恶感。我像个无头苍蝇，在床上四处乱转，一下子抱着老婆说对不起，一下子又跪求老婆原谅。老婆依然是闭着眼睛默默流泪，间或抽噎一声。老婆这次是真伤心了，以前再怎么气她都会先打我一顿，回家她也会骂，这次，她连骂都不骂了。

哭够了，老婆擦擦鼻子，悠悠说道："对不起，我刚才的表现让你失望了，不过这也没什么，反正你也有了新欢，以后你的力气就留在她身上用吧。"

"婷，说什么呢？"

老婆一声苦笑，"还能说什么，都这个地步了？明天我们就回去，办离婚手续。"

"你疯啦！"我像一个暴躁的豹子般跳起，气愤地说道："就凭这两条底裤你就能断定我有事？我告诉你，你被骗啦！"外出偷食被老婆抓住把柄，还能如此理直气壮，我恐怕是世界第一人。

第五章

我个人觉得，自己生平最大的缺点就是骨头软，没出息。没出息就没出息，我并没有因此而自卑，因为我还有一个最大的优点，就是脸皮厚。整个晚上，我把老婆死死抱住，不管她怎么骂，怎么打，我都不松手，也不松口，死咬一句：我没有乱搞。

折腾了一个小时，老婆眼泪都哭干了，"那好，我问你，你是不是不想跟我离婚？"

我连忙点头，"那当然了，跟你离了，我还去哪里找这么好的老婆？"

"那你老老实实地给我承认，你和阿玲多久了，有过几次。"

"没有，老婆，你误会了，虽然我昨晚喝醉了，但脑子还是清醒的，我昨晚绝对没做对不起你的事。"

"你还不老实？有意思吗？这些证据还不够？你还是不是男人？敢作不敢当！"

"我哪里不老实？这些证据根本证明不了什么，这和我是不是男人没关系，这是我做人的原则，有就有，没有就没有。如果我和她有事，承认也没什么，反正我不会和你离婚，但没有的事我干吗要承认？"

"你还嘴硬？那这些事情你怎么给我解释？"

我装出一副无奈的样子，"现在解释了你也不信，明天我拿证据给你看，一看你就明白。"见我说的有鼻子有眼，老婆不免有些狐疑。女人天生好奇心就强，尤其是在对待这个问题上，老婆当然不会轻易放过我，非要我现在拿出证据，我说拿不出来，老婆就说先把证据描述一番，也好让她心里有谱。

我说："其实我也拿不准，只是怀疑。你想啊，那个黄胖子又是送钱又是送房送车，目的是什么？就是为了那个样板，可万一这些东西打动不了我怎么办？所以他肯定会有两手准备，我现在就怀疑，昨晚是他们故意设的局，先把我灌醉，然后设计出我和阿玲糜烂的场景，以后如果我不配合，他就可以拿来要挟我。"

老婆吃了一惊，"那怎么要挟你？"

"当然可以啊，比如他拍了照片，又伪造了证据，做出我趁酒强奸的假象，假如我不配合，他们就会拿那些照片去报警，那我还不乖乖就范？"

老婆睁大眼睛想了半天，还是不信，"他们有必要对你设这个局？你又是怎么猜到的？"老婆声音忽然拔高，"你骗我，根本就是你酒后乱性，真的把人家姑娘给那个了，才被人家要挟，对不对？"说完老婆还气不过，原地转圈，气哼哼道："笨蛋啊笨蛋，你就那么没脑子？天上哪会掉馅饼，人家一个小姑娘会无条件跟你上床？现在傻了，被拍了照，受了要挟，你舒服啦。"

我不得不服，老婆的脑筋转速越来越快，已经懂得诈我了，但毕竟道高一尺魔高一丈，我哪会那么容易上当，当下将牙齿咬得咯咯响，据理力争："你说什么呢，昨晚我是真的喝醉了，醉得一塌糊涂，动都动不了，我哪还有力气干那事？"

"你还抵赖？你和我第一次不就是你趁着醉酒？"

"冤枉啊老婆，我和你第一次时我根本就没醉，那是我故意装的。"话一说完，我后悔不已。

只见老婆面色苍白，浑身颤抖，已是哭得梨花带雨，她指着我的鼻子道："好你个土鳖，六年，六年了，你整整骗了我六年。"说完就张牙舞爪地扑上来，"说，你个土鳖还有多少事瞒着我？"

女人是种奇怪的动物，她们的思维是男人永远都无法琢磨透的，尤其是在和她们讨论理性问题的时候。明明是想讨论下午是去看电影还是去听音乐会，结果到最后则是在争论邻居家小女儿是五岁还是六岁。比如现在，老婆在拷问我："说，去年我要参加同学会，是不是你给妈告的状让妈骂了我一顿？说！"我缩在床头频频点头，心中苦不堪言，很想反问她：你现在还怀疑我出轨吗？

老婆将这六年来所有的疑问全部问完后，气喘吁吁道："我渴了，给我倒杯水。"我如逢大赦般地冲到饮水机前，献媚地问道："老婆，你想喝水温多少度的水？"

原本以为，老婆吵了这么久，又哭了一场，肯定很累了，喝完水就该睡觉了。

看情况也确实如此，老婆放下杯子，拉过被子，缓缓躺下。谁知我刚一上床，老婆忽的一下又起来，"你确定你昨晚真的喝醉了，没有丝毫的行动能力？"

"没有，绝对没有，我向你保证。"

老婆愤愤躺回去，"希望你说的是实话，我告诉你，你最好不要骗我，不然我会杀了你。"

"不会，绝对不会，我怎么会骗你呢。"我像只无耻的章鱼一样慢慢往老婆身上蠕动，一沾她皮肤就用全身的触角将她缠绕，丝毫不放松。没办法，老婆现在反抗得很厉害。她气愤地说道："你下去，我现在心情糟糕到极点，不想。"

"可是我怕我一松开，你就不见了。"

老婆气极反笑："你的嫌疑暂时被排除了，在没看到证据之前我是不会跑的，跑了还便宜了你和那个狐狸精。"

"不是，你听我说，我都一个星期没见你了，如果我有乱来，那么质量一定很差，你说是不是这个理？"

老婆羞得脸红，转向一边，"死鬼，憋了一个星期拽你，还不快点。"

第二天早上十点，我和老婆应邀来到东城星河传说售楼处，黄启发一行早就在那等着了。当踏进那可以媲美五星级酒店的富丽堂皇的接待大厅时，我的小小心灵霎时被震撼了，心里念叨：哎呀我滴个乖乖，这是人住的地方？

不用看老婆的表情我也知道，她的幼小心灵也被震撼得七零八落，整个行程她都紧紧握住我的胳膊，身子微微发抖，完全忘了她早上铿锵有力的豪迈宣言：我就是穷死，也不会住那个狐狸精送的房子。

黄启发帮我们定的是36层，电梯直达。大约一分钟的电梯行程让我大感惊奇，真没想到，电梯也可以做到悄无声息地上下自如。

我和老婆对望一眼，老婆脸上全是惊奇，悄悄说道："我感觉这楼好低啊，一下子就到了36层。"

整个楼层就设计了对门两户人家，都是一百八十平方米的四居室，简装修。都逛了一圈后，黄启发笑呵呵地问道："怎样，老弟喜欢哪一间？"我清了清嗓子，按照早上和老婆商量好的语言答道："现在还不知道，容我先考虑考虑。"

此话一出，售楼小姐就急了，嗲声嗲气道："哎呀老板，还考虑什么？现在新楼盘优惠期间，买的人都挤破头，要不是你们预定，这两栋房子早就卖了。你看看这周围环境，以后有很大的升值空间，不管你们是自己住还是搞投资，星河传说绝对是最好的。"

或许是售楼小姐过于急功近利，身体离我靠得太近，老婆有点不爽，一把将我拉到身后，"房子是不错，不过我们还要多看几家，又不是着急没地方住。"售楼小姐给呛住了，红着脸吐了吐舌头，心里已经明白面前这个女人才是真正有话语权的人物。

见老婆面色不善，黄启发脸上一寒，按约定好的对我一挥手，"老弟，这边谈。"我略一迟疑，和老婆对望一眼，跟着黄启发进了里间。外面阿玲和售楼小姐一起对老婆火力进攻，我从窗户看得清清楚楚，老婆根本就没听她们讲什么，注意力全都集中在我和黄启发身上。

黄启发和我故意给她一个背影，窃窃私语。黄启发道："你怎么那么不小心？这都能让老婆给抓住？"

"哎，一言难尽，还好老哥帮忙。"

"嘿嘿，没什么。兄弟，这套房子我想过了，就算你不帮我拿样板，这房子我也要送你，算是老哥的一份心意。你要认我这个朋友，就什么话都别说，不然我现在就告诉弟妹，说你确实和阿玲有一腿，还串通我来骗她。"

"不会吧，你这么绝？"我吃惊地一抬头，皱着眉头低声道，"不是兄弟小气，只是无功不受禄，这么做我心里实在不踏实。"

"没事，你要担心，那以后我就不给你送回扣了，什么时候你觉得那些回扣够一套房子，我再接着给你送，好不好？"

我面有难色，回头看看老婆，她也一脸紧张，直直看着我。

"那你就帮我付了首付，月供我自己来，以后那些回扣你就不用付了。"

黄启发立即一声大笑，"爽快，早这样不就好了，哪里会有这么多事？哈哈哈……"我一脸尴尬地赔笑，回头无奈地看着老婆。

定了3601室，首付二十万，黄启发代我交了。由始至终，阿玲都没抬头看过我一眼，偶尔和老婆的眼神相撞，她也如惊慌小鹿般逃开。他们走后，老婆紧张道："刚才那个胖子是不是用照片要挟你了？"

我羞愧地点头，"他说，两个选择，要么就接受这套房子，要么就准备进大牢。"

老婆一声惊呼："他们还真的有照片？"随后嘤嘤地哭了出来。

我急忙将她抱紧，轻声安慰道："乖乖，不哭，现在不是好了，我们有了房子。"

"可是，你要是帮他们拿不到那个样板怎么办？"

"不怕，我只答应他付首付，只有二十万，下个月拿了回扣加上我们的存款，我凑齐了再还给他。至于那个样板，我尽量拖一拖，实在不行，就拿给他了。"

老婆一惊，呆呆地看我许久，随后扑进我怀里，号啕大哭。等她哭累了，擦干眼泪，将房子打量了一圈，露出一抹苦笑，随后盯着我，"那些照片你看了吗？都照了些什么内容？"

我一脸尴尬，结巴着说："用手机拍的，虽然模糊，但也能看出，我光着身子压在阿玲身上，阿玲一脸泪水。"

老婆眼睛眯起，若有所思，忽而发怒，"你是不是真的把人家给那个了？"

"没有，绝对没有，阿玲可是老黄亲外甥女啊，他舍得？"

老婆一怔，"说得也是，要摆出这样一张照片也很简单。"随后叹口气，愤愤然道，"算了，这件事我不再追究，就当是被鬼压，不过你给我记住，以后不准再和那小狐狸见面，不然我饶不了你。"

生平第一次的外遇风波就这么过去了，老婆对我的怀疑已经全部转化为有了房子的喜悦，当天下午她就飞奔回东城出租屋，将丈母娘和儿子一起接来。

儿子一进门就连声大呼，飞一般地在客厅和各个卧室之间乱窜，岳母则满心欢喜地跟在儿子后面叮嘱："你慢些行不行？看碰到桌子。哎呀，阳台上不敢去，你给我下来，别爬栏杆。哎呀，你想挨鞭子是不？"

在岳母的震慑下儿子才安静下来，睁大眼睛对我道："爸爸，我想要一个玩具仓库，我们班上张小花都有玩具仓库。"我说："好，爸爸给你弄个玩具仓库，比张小花那个还大。"儿子立时一阵欢呼雀跃。

岳母担忧道："这房子月供多少，你们工资够吧？"

老婆道："妈，你不用操心，现在就是我不上班，李开一个人的工资都够我们用。"

岳母脸上的忧虑更重了，"胡说什么，你不上班你干啥？想累死李开？孩子有我带着，你好好上班。"

我笑道："妈，你年龄大了，身体又不好，干脆苏婷就别上班了，在家伺候你，也该享享福了。"

岳母听后不言语，像是有什么心事，稍后叹口气道："苏婷还是要上班，为你减轻些负担。"说完又是叹气，颤巍巍地去阳台上拽儿子。

老婆神色黯然，"我五岁那年，我爸就跟另一个女人过了，我和妈妈是被赶出来的。"说完又惨淡地笑笑，"那时候我以为，这辈子我都不会有家了，没想到……"老婆忽然哽咽，说不下去。

我忙将老婆揽入怀里，紧紧搂住，"乖，不哭，现在不是好了，你有老公，有孩子，又有房子，不是挺好。"老婆闻言，嘤咛一下，哭了出来。哭够了，老婆擦擦眼泪笑道："现在是有了房子，可我怎么还是感觉不踏实？"

"怎么会不踏实？你还想要什么，摘星星要月亮？老公只要有办法，全给你弄来。"

老婆再次扑进我怀里，"我不要，我只要你一直在我身边就好。"

有那么一刻，我差点要对老婆跪下承认错误，这或许就是杨云说的，我重感情吧。我从来都不知道，老婆的成长经历那么坎坷。岳母一个大字不识的农村妇女，就靠一双手，不分寒暑地走街串巷卖凉皮，才把她拉扯大，想来都让人心酸。我甚至都能想出，年仅 7 岁的老婆穿着一身补丁衣服坐在一群城市孩子中间遭受白眼的场景。

我哽咽着说："老婆，我向你保证，这辈子都不会离开你。"

第六章

我想了好一阵子，要不要把 RB68 的样板偷出来给黄启发。拿出来，手脚干净点，最多是被辞退，不过我会从黄启发那里得到一大笔报酬，不下百万吧。至于黄启发说的能赚几个亿，那是忽悠。最大的山寨机生产商天通用了三年才攒下十亿的家产，他黄启发仅凭一款机子几个月就能弄几亿？那是痴人做梦，几千万倒是板上钉钉的。

假如他给我一百万，那也只够付清房款，不过我可以先用这一百万做资本，弄点小生意。问题是，万一我有什么把柄被公司抓住，那可就悲剧了。人一进大狱，老婆啊房子啊什么都别想了，将来儿子都不光彩。

我仔细想了想，还是不拿为妙。反正现在每月都有回扣拿，步入小康生活是早晚的事。对于阿玲，我已经坚持两天没去见她，她打电话我也不接，发信息我只回了一条：阿玲，别傻了，我靠不住，赶紧找个男人嫁了。

老婆最近也变了，每天都会发一条短信给我，诸如"想你了，在干吗呢？吃了吗？"等等，还经常在短信里撒娇，说儿子又不听话，岳母又吵她了。这样的短信，让我心里暖暖的。

样板生产也进行到了关键时刻，我们已经完成模拟试验，剩下的就是成机组装测试，测试成功，也就意味着，我们可以进行生产了。

星期四晚上开完研讨会，出门时碰到张代理，他笑嘻嘻道："李开，你加薪了也不请客？"张代理是朝鲜族人，是朴理事跟前的红人，甚至有些韩国人都比较怕他，据说此人很喜欢在理事面前搬弄是非，也正因为如此，他才深得理事信任。当下他主动来打招呼，我自然热情应道："好说，今晚有空吗？去喝一杯。"

张代理笑笑说："那好，现在就去。"

走到楼下，我心里有些打鼓，于是问道："就我们两人，是不是少点气氛？"

我心里想着，不如把我们部门的几个工程师和文员也叫上，毕竟他们都为我做事，也该慰劳慰劳。

没想到张代理嘿嘿笑道："是少点气氛，不怕，我在镇上有几个姑娘，等下一起喊来，吃饭你请，姑娘我请。"

我急忙辩解："不是，我想多喊几个同事。"

张代理一捅我，"不喊，喊那么多人麻烦，传出去对你名声不好。现在上面可是很看重你，你不能自毁前程。"

我心里叹口气，面上笑道："那工作上以后还要老哥多多帮忙。"

张代理和我去了一家叫做韩湘居的韩国馆子，进去要换拖鞋，还要洗手，他说特意带我来领略异国风味，将来跟韩国人一起吃饭免得因为不懂规矩而尴尬。

张代理讲完了韩国礼节，就开始讲中国酒桌文化。他说吃饭得有女子陪，没有女人吃不痛快。我有心阻拦，但看他兴致正高，又怕落个间隙。男人和男人之间关系要融洽，还得靠女人来拉拢。俗话说：一起同过窗，一起扛过枪，一起嫖过娼，一起分过赃，这是当今四大铁杆关系。我和张代理之间，连其中的一条都沾不上。

来的是两个湖南女子，据她们说都是大学毕业，比我小不了几岁。健谈，能喝，又懂荤段子，她们很快就把气氛搞得暧昧起来。三杯酒下肚，张代理就高了，搂着我的肩膀道："伙计，我可是听到内幕，如果这次 RB68 样板成功，总部就会派你去韩国学习，回来后让你做东莞总厂的技术总监。"

"当真？"他这一番话来得突然，让我措手不及，不由自主地喊出心声。

张代理笑道："我说的话还能有假？你就好好努力，等着听信儿吧。"

两个女子听出来是我要升职，就跟着祝贺起哄，接连敬酒。人逢喜事精神爽，原本还战战兢兢的我立时放开，跟着她们你来我往，一瓶白酒干完。张代理起身摸摸肚子，嘿嘿笑道："我吃好了，结账吧。"

张代理和另一名女子上了一辆捷达，我目送他离开后掏出三百块对另一个女子道："谢谢了，我还有事，不能和你玩。"女子接过钱笑笑，"能留个电话吗？下次玩还找我。"

我摆摆手，"免了，我对这个不感兴趣。"

本以为我终于成功抵制了一次异性诱惑，结果对方仍不死心，缠住我撒娇："哎呀老板，玩玩又怕什么，吃亏的又不是你。我的技术很好，保准你试一次就忘不了。"我正要推开，旁边闪出来一个人对她劈脸就是一耳光，口里骂道："贱货给老娘滚开！"

挨打那女子先是一愣，随后从地上捡了散落的钱就红着脸跑开，仓皇得像条无家可归的小狗。我望着眼前的女子张了半天嘴，眼前的阿玲和我印象里那个温顺的小姑娘判若两人。我呆呆地问："阿玲，你怎么在这里？"

阿玲穿着一袭白衣，勾勒出无比诱人的火暴身材，脸上带着她这个年龄女孩特有的倔强和单纯，只是那双眼睛，释放出她这个年龄不该有的幽怨委屈。"你不是说十二点才下班？"这是一个奇怪的问题，我和她只是钱肉关系，她管得了我那么多？

我摇摇头，"你知道的，我有老婆，我不能害你。"阿玲对我的委婉说辞不置可否，赌气似的说道："我饿了，我一天都没吃饭。"我看看四周，"你想吃什么？我请你。"

阿玲说她想喝糖水，我想有必要把事说清楚，要不然不清不白的，麻烦。

只是她的要求很奇怪，打车转了两条街，非要到我们上次喝糖水的那家店不可。我想她是有用意的，因此心里更加担忧，这是个富有心计的女孩。

阿玲说："别那么愁眉苦脸，好像我欠你什么一样，给我讲个笑话吧，要不就帮我个忙。"

"我不会讲。我帮什么忙？"

"我以前的同事过来了。"

我左右瞄了瞄，还是上次那几个女孩，一路说说笑笑地走来，看到我们顿时变得兴奋起来，"看哪，阿玲和她老公又来了。"

我亲热地笑着，不动声色地凑近阿玲，"我该怎么做？"

阿玲从桌下塞给我五十块，"请她们喝糖水，亲我。"我接过钱，笑呵呵地将身子靠后。阿玲又追上来，"那我亲你？"我几乎没有思考，扭脸就在阿玲面上碰了一下，然后搂着她脖子小声道："我帮你，你得保证以后不再缠我。"

阿玲道："那你得亲得热情些，像亲你老婆那样。"

我心里替阿玲惋惜了一下，她把婚后的生活想得太美好了，我和老婆结婚后很少接吻，一个暗号就直接开始，估计她婚后肯定会对她老公失望。为了不至于让她恐婚，我照做了。她的朋友打趣道："哎呀，晚上回去有的是时间，还在乎这一刻。"

我绅士般地站起让几位姑娘坐下，请她们喝糖水。

从糖水店出来，我说："阿玲，你也是成年人，这些道理你该懂得，不用我多说罢。"

阿玲道："我知道，我又没缠着你，我过几天就走了。"说完从包里拿出一张机票给我看，后天飞往南京的。

我抱歉地对阿玲笑笑，"对不起。"

"干吗对不起？这句话你该对你老婆说。"

走到岔路口，我局促地笑笑，"那提前祝你一路平安……"话未说完，被阿玲打断，"急什么？我后天就回去了，再陪我一晚上。"她的眼睛不停地扑闪，像调皮的精灵，蓝色的眼影闪着诱人的魅惑，蛇一样的腰肢在我身前轻轻扭动。我的心开始摇摆不定。

一晚上也没什么，反正她后天就走了。这时，我才知道自己是一个什么货色。说好听点，那是洒脱，是风流不羁；说难听点，那就是无耻，就是没有自制力。明明发过誓了，自己以后要对得起老婆，可人家小姑娘一勾，我就去了，还大义凛然地安慰自己：出轨一次是出，出十次还是出，反正都出了。

在浴室的镜子里，我看到自己略微鼓起的小腹，不甚健壮的胸肌，不禁欷歔，当年那个青葱小正太跑哪去了？反观身后给我搓背的阿玲，身体似玉如缎，光滑细腻，凹凸有致。就这么看了两眼，我的身体就有了反应。

阿玲又蹲下去，被我拒绝了。阿玲一愣，笑笑说没事，她喜欢。我说："我不喜欢，这不是正常人干的，你起来，我们好好的。"阿玲就哭了，带着笑说："谢谢你，我帮你搓背吧。"

我很羞愧地转过身子，心里黯然，其实我是怕总是这样会影响我的身体。正想着肚子里一阵咕噜，有个屁要喷发而出，我赶紧憋住。这时我不禁想起老婆的好来，要是她在后面，我只要说"闭气"，她立马明白，会噗笑着踢我一脚，"赶紧的，可别憋坏了。"我就会运足全力，来他个地动山摇。

但后面的是阿玲，不是我老婆，一个巨大的响屁就此屈于腹中。但憋得了一时，憋不了一世，那屁在腹中积攒力量，竟越来越大，形成一股旋风，在腹中上下迂回，似乎要爆发出来。

我要先出去一下。阿玲一把抱住，不解问道："出去做什么？还没打沐浴露呢。"我据实交代，阿玲就笑了，笑得前仰后合。她这么一折腾，那个原本能有一番大作为的屁不见了，消失了。这一刻我才真正感觉自己无用，连个响屁都不敢放的男人，还能做什么？

在床上，阿玲发疯一样在我身上起伏，忽然情不自禁地叫道："老公，我要，快点啊。"她这一嗓子，登时就把我吓疲软了，幸好，她喊完也到了，一阵抽搐我就趴下了。

我躺在床上大气不出，还在怀疑刚才是不是听错了。阿玲伏在我耳边悠悠道："李生，我后天就走了，以后就永远见不着你了。"我说："见不着好，你该找自己的幸福。"阿玲就哭了，"我的幸福早就被人毁了，这辈子都不会有了。"这时候她在玩矫情，我不能随便说，说出的承诺，欠下的债。

她哭够了，瞪大眼睛看着我，莞尔一笑，"我能求你个事吗？你可不可以叫我一声老婆？"

"不行！"我不假思索。这事绝对不行，喊了这辈子就完了，毁她手里了。

阿玲又道："那我喊你老公可以吗？"

我一脸郁闷，"刚才你不是都喊了？"

阿玲呵呵笑道："我要不那么喊，我舒服不了。"看出我的疑惑，阿玲羞答答地笑，"女人和男人不同啊，你们男人随便找个女人都可以舒服，女人则不行，一定得和喜欢的人才能全心全意地投入。不知道为什么，我一喊你老公，感觉一下子就来了。"

我才明白，她以前都是在演戏，做的时候只是迎合地喊。她说："老公，要是你能喊我一声老婆，那该多好啊。"

第七章

今天 RB68 试产，安总、朴理事、金部长等一帮韩国人都在等我们的结果，我这个项目负责人自然是一马当先，来回在几个车间穿梭。外壳要跟，芯片要跟，基板也要跟，最麻烦的是摄像头，由总厂光电子部生产，中午十二点还没送来。

中午的时候安总请我过去，详细地问了生产进度，最后问我："下午五点之前二十套可以完成吗？"面对公司里的最高 BOSS，我不由得有些紧张，遂报喜不报忧："没问题。"

吃完饭我就喊了王栋过来："你去总厂一趟，亲自把镜头取过来，总厂那班人太磨蹭。"

王栋一点头，"好嘞，你放心，我去不把他们老大催死才怪。"随后开了调车单，拿给我签字。临走时我再次叮嘱王栋："这次很重要，我在安总面前打了包票，五点前做二十套出来，现在就差镜头，看你了。"

王栋摆摆手，"你就瞧好了，要搞不定这款机子我就不回来见你。"

我还在车间忙，阿萍一个电话打到组里车间："哎呀，原来你在这里，我把几个部门都找遍了。"

"什么事？"

阿萍在那边嘻嘻笑道："一个女人拼命打电话找你，说有很重要的事情要说，打了不下一百个，每隔十秒就打一次。"

"哦，那让她打去，我还忙。"

"哎，别挂，你老婆也在拼命打，已经打了六个，我都不敢接，你就回来看看吧。"

老婆？我想了想，该不是家里有事？

回到办公室，我打了回去，才知道老婆是问我今晚回不回去，如果不回去她就过来找我。我想了想，就说今晚回去，不过要晚些，大概十一点。老婆这才放心，说她等我。

刚和老婆通完话，杨云就打过来，"李生，你们今天样机试产成功了吗？"语气之急堪比安总，这些人的消息就这么灵通？安总都不知道工程进度，她们就先来打听。我道："还没呢，不过也快了，五点之前完成。"这个没什么好隐瞒的，反正她消息那么灵通。

杨云松了口气，又压低声音神秘说道："那你再考虑考虑，我们合作的事，机会就这一次，没了就没了。"

我笑笑，"姐姐，这个事我真的做不来，能答应我早就应了，何况那时还搭了一个美人。"

杨云一愣，随后想起她对我说的话，笑了一声，"那好吧，我先挂了，你再去忙。"挂了电话，我心里有些忐忑，杨云找我不成，不会再找别人？不管谁拿了样板，我都脱不了干系，如此想着，我越发窝火。

再次回到实验室，我心里很不痛快，看着每个忙碌的工程人员，都感觉他们有偷样板的嫌疑。最后我坐在编程电脑前发呆，心里想着，有没有办法阻止他人盗取技术。

就这样提心吊胆地过了一个下午，终于在五点前，二十套样板制作成功，由三个工程师小心翼翼地捧着进了成品检验室。各个部门的负责人都在，全部将目光对准台上那几款小小的塑胶盒子。

64寸的屏幕上，演示员的手轻微颤抖，"这是主菜单，这是设置栏，这里是娱乐区域，这里是办公区域，特别强调一点，我们的手机除了能简单的收发邮件和编写文档表格之外，还具备了一些工程制图功能……"随着解说员的声音介绍，每个人脸上都带着一丝会心的微笑，直到最后一个音调落下，所有人都开始鼓掌，纷纷将目光对准我，那种骄傲和自豪的表情，让我深感惭愧。说起来，我做过什么？技术是从韩国引进，其他简单项目都是工程师在负责。

散会时，安总照例做了总结："大家辛苦了，这款机子终于成功，如果不出问题，我们下下个星期就可以投产。为了感谢各位长久以来的努力工作，公司决定，今晚聚餐。"又是一片掌声，比上一次的更热烈。

说到生产周期，我们做好样板还得寄往韩国检测确认，结果 OK 后再回传，那时我们才可以生产。这一段过程就需要四天左右的工夫，再加上准备，自然要下下个星期才能投产。

晚上聚餐全公司的高层几乎都参加了，少不了一番吹捧玩笑，比起我升职的那次请客，灌酒之风更为严重，很快我就被灌得头重脚轻。要不是手下几个工程师帮我挡了一道，估计我都摆在地上了。

期间老婆打过一次电话，我据实回答。老婆就一阵担忧，"那你少喝点，伤胃。"末了又叹气道，"那你晚上还能回来吗？实在回不来，也别勉强。"

我脑袋一撇，高声叫道："谁说回不来？我今天就是爬也爬到你床上去。"

旁边的几个文员立即喷酒，阿萍在一旁推着我道："老大，你跟你老婆讲话也太直接了吧，旁边还有未成年小姑娘呢。"

老婆在那头嗔怪："你喝醉了，赶紧回宿舍，别在外面丢人，明天一早我就去看你。"

喝到最后我去吐了一次，回来才感觉舒服了些，只是坐在椅子上，一点也不想动。

散场的时候，张代理过来低声道："等下你别走，安总要犒劳你。"尽管醉了，我脑子还没乱，当下强打精神，坐得笔直，笑着点头。有人塞给我一杯饮料，轻声说道："西红柿汁，喝了头不晕。"我一口闷完，这才惊奇问道："阿玲，你怎么在这里？"

阿玲低头弄腰上的丝带："我明天早上的机票，今晚就来看看你。"

张代理过来一撞我，"这谁啊，你老婆？"

我慌忙摆手道："不，不是。"

"哦，不是就好，那赶紧走吧，安总他们还在等着呢。"

我抱歉地对阿玲笑笑，阿玲一把拉住我，祈求道："别，你今晚再陪我一晚好吗？"

我慌忙扯开她的手，"你疯了，金部长他们认识我老婆，你想害死我？"见她一脸落寞，我心里不忍，便柔声安慰道："好了，等下看看我几点回来，到时打你电话。"

张代理在我后面喊："李开，快点，走啦。"

阿玲咬着唇看着我，忽然一把夺过我手机，又把她手机塞给我，"你一定要回来，不然我给你老婆打电话。"我愤怒地看了她一眼，却也没办法，就抛下一句话："我会打电话给你。"

在君威酒店的 KTV 包间里，醉到快睁不开眼的安总对着我们各个部门的中国负责人道："因为大家长久以来工作努力，我们公司下个季度的订单又加了一倍，因此公司决定，今天晚上给你们一个奖励，希望你们好好享受。"尽管大家不知道他说的奖励是什么，依然努力鼓掌感谢。

说完安总就带着一帮韩国人离开，只留下朝鲜族翻译和我们几个中国高管。大家正面面相觑时，包间门一开，一长溜的小姐鱼贯而入，在我们面前摆出最优雅的姿势。一伙人都露出笑容，或大笑或微笑，总之没有一个哭的。

我扭头找张代理，想告诉他我要走了，结果眼睛扫了一圈都没见人，心想打个电话问问，手里拿的却是阿玲的手机。其他人已经开始挑姑娘了，组装部的经理推着我道："怕什么，去拉一个来，比你老婆好玩多了。"

我不好意思地笑笑，"我得走了，有事。"也不管其他几个朝鲜族翻译的阻拦，直接出门。

好不容易爬到阿玲住所，哐哐地敲了一通门，喊了几声都没人来开，心感奇怪，难道阿玲没回来？我拿起手机拨通，等了好久那边才接电话。我说我在她家门口，同时有点迷惑，那边还有韩国人说话的声音，于是问她和谁在一起。

阿玲不答，反而急切说道："你稍等，我很快就回来。"说完迅速挂了电话，我再打就是占线。我就这样躺在阿玲家门口，身子渐渐冰凉，脑袋也越来越晕，最后想抬一下发麻的胳膊都办不到，只能一遍一遍地用手指按下重拨，无奈不是占线就是无法接通。

我有些气了，要是老婆知道我躺在冰冷的地板上，肯定会第一时间坐飞机飞过来。这样的想法一旦产生，我竟然有些恨起阿玲来，明明是她约我来陪她，反而把我一个人丢在这里，她却在外面花天酒地。

对，一定是的，刚才我明明听到有韩国人讲话的声音，那些韩国人就喜欢她这样类型的中国女孩子，看上去温柔乖巧，貌似清纯，其实骨子里就是一股贱味，为了钱什么都肯做。对，阿玲本来就是为了钱，人家怎么会管我现在是好是坏？说得好听，还不是为了钱！

我天马行空地想着，忽然感到尿急，可这门又打不开，怎么办？我摇摇晃晃地下楼，费了好大神终于来到墙角，也来不及看周围是否有人，就地解决。随着膀胱里的液体排出，整个人才松了一口气。还是老婆知道疼人，每次都劝我少喝点。

我刚一转身，就看见阿玲慌慌张张地往这跑，气喘吁吁，手里还提着两只鞋。我冲她喊了一嗓子，阿玲身子一顿，看清是我后赶紧过来，喘着气惊道："你怎么下来了？赶紧上去。"

我看看她手里的鞋子，"那是怎么了？"

"哦，跑得太急，鞋跟断了。"听到这话，我先前的气愤一扫而空，打了一个酒嗝，轰然倒下。

我是被老婆的电话吵醒的，铃声响起的第一刻我就条件反射般从床上蹦起，嘴里乱叫着迟到了迟到了，转了一圈才想起今天星期六。老婆问我现在情况咋样，头还疼不疼。我愣了半晌，才想起昨晚喝醉了，老婆似乎还说今天要过来看我，赶紧给老婆回话："没事了，现在一切正常，我马上就回去。"

挂了电话我匆匆忙忙穿衣服，希望赶早回去还能吃个早饭。我一扭头看见阿玲穿戴整齐地站在面前，她原地转了个圈，笑嘻嘻地问我："漂亮吗？"

"漂亮漂亮，你穿什么都漂亮。对了，你是今天走吗？"

阿玲乖巧地点点头，睫毛扑闪扑闪。

"几点的票？赶得及吗？"说话间我已穿好衣服，心里纳闷昨晚是怎么上来的。看她这个样子，想起我昨晚什么都没做，就晕了一晚上，真是亏了。

"嗯，阿玲，本来你走，我是买了礼物的，谁知昨晚上一喝醉，给忘了。"我尽量装出一副抱歉的表情，带着些自嘲，"真是不好意思。"

阿玲笑着说："那你就补偿一个，亲亲。"

"啊，我还没刷牙呢。"说完我的舌头在嘴里晃了一圈，咂吧两下，"甜的？我昨晚吃了什么好东西？"

阿玲一阵咯咯笑，"你先去刷牙，我等你。"

洗漱完毕，我对着镜子一番臭美，左看右看，满意点头。阿玲说："你不刮胡子？"

"不刮，要留给老婆看，刮了回去她会怀疑我。"

阿玲不做声，仔细看着我，猛地扑上来，舌头灵巧地在我齿间巡游。

我再次皱眉，咂嘴，"还是甜的？"

阿玲嘿嘿一笑，"我也没刷牙。"

"我们昨晚吃的什么东西？怎么这么甜？"

"哈，我不告诉你。"

看着阿玲在我面前一副依依不舍的娇羞态，我有些担忧，知道不能再纠缠下去，万一她不走麻烦就大了。于是我说："你收拾好了吗？我送你一程吧。"

到了门口，阿玲忽然停下，静静地说："我走了，以后我们就不会再见了。"

我喉咙有点痒，干咳了一声说："这个，十里搭长棚，天下没有不散的宴席，我祝你此后平平安安，万事顺心。"

阿玲扑哧一下笑出声来，低头揉眼睛，"你就不能说点认真的？我都要走了，还来敷衍我。"

"嗯？那你想听什么？"

"真话，内心最深处的真话。"

我沉默了，看着她乌黑发亮的眼眸，我心里有一丝惭愧。我当然知道她想听什么，但那是不可能的。良久，我抽抽鼻子，"嗨，回去找个好人，嫁了吧。"阿玲低下头，泪水点点滴落，哭了很久，她才破涕为笑，"时间到了，再不走要晚了。"我点点头，帮她提起箱子。

到了楼下，她说："如果你想继续让我留在你身边，还像以前那样照顾你，我愿意。"

我头一大，不自然地咧开嘴笑，"拦车吧。"

车子要走的那一刻她还探出头来说："如果你后悔了，三天之内给我打电话，我就回来。"

我掏出一百块递给司机，"师傅，送到国际机场。"

看着她的车子渐渐远去，我苦笑着摇头。这女人怎么这么难缠，我哪里说过喜欢她？不过是钱和肉的交易，还想留在我身边？天真。但内心里不知为何还有说不出来的酸楚，以及淡淡的失落。

第八章

　　为了避免悲剧，我在商店里买了一盒伟哥。不知道为什么，自从阿玲走后我就浑身轻松，甚至带着欢喜。那种感觉，像是原本欠人一笔巨款，忽然人家说不要了。这样说或许不太确切，仍然不能准确表达出我此刻的心情。其实说白了就是，我把一个姑娘白白睡了许多天，人家啥也没要，就这么走了。

　　我想，是个男人都会明白我此刻的感受，这种感觉让我喜笑颜开，充满活力。我在客厅里和儿子玩猫捉老鼠，在沙发上跟岳母讨论《意难忘》的剧情，在厨房里偷偷捏老婆的屁股。这一切，都是基于那种窃喜，甚至吃饭的时候，我还举起杯子说："来，为了庆祝，我们喝一杯。"

　　老婆问我："你庆祝什么？"

　　我一个愕然，差点说出真话，赶紧改口："为了庆祝我们有了新房。"

　　老婆白我一眼，"得瑟！"

　　吃完饭，老婆对我说："这个房子我不想要。"

　　"为什么？"我感到奇怪，这样的房子她还不要，她想要什么？

　　"我想在清溪买一套房子，那离你上班的地方近。"老婆说完，幽怨地看着我。

　　我当然明白老婆的意思，立即点头，"好，过几个月把钱还清，我们就把这套房子卖了，再搬到清溪。"

　　"还要过几个月啊，我现在就想住过去。"老婆开始撒娇。我赶紧安慰，搂着她道："淡定淡定，三四个月的工夫，一晃而过。几年都过来了，还在乎这几个月。"老婆一笑，往我怀里扑。

　　这时，我忽然有了感觉，蓄势待发。老婆低头一看，笑说："咦，这家伙这么灵呢？"

　　我嘿嘿傻笑，"憋了一星期，快憋疯了。"

老婆在我肋上一拧："我还不是也憋了一个星期？"随后低声道，"等下妈带毛毛去游乐场。"我立即明白老婆的意思，赶紧笑着点头。

　　站在阳台上，我偷偷打量着手里的蓝色药丸，吃，还是不吃？我将心一横，都花了钱的，不吃浪费，再说，就吃几颗能对身体有什么危害？我一仰头吞下。

　　有了伟哥的帮助，再加上最近喜事频发，我只感觉神威无比，直到老婆开始告饶我才收兵。老婆醉眼迷离，轻声低吟："老公，我爱你。"我心里顿时泛起涟漪，眼前老婆的面容，竟然模糊不清，渐渐变成阿玲的模样。我赶紧闭眼摇头，将脑子里那一抹残影甩去。

　　幸好，手机及时响起，将我从梦幻中拉回现实。老婆看了看，一脸不悦地递给我，"韩国人疯了，这时候打什么电话？"我接来一听，金部长在那头急切地说道："不管你现在在哪，一个小时，必须赶回公司。"

　　在去往公司的路上，我心里就在犯嘀咕，礼拜天的，还是下午，这么着急地喊我回公司做什么？难道是 RB68 性能有问题？昨天检验结果不理想？

　　到了公司，我才感觉事情不是一般的严重，院子里停了两辆警车，另外还有很多保安在楼层间来回穿梭。我在会议室门口碰到张代理，他像是专门在等我一样，压低声音道："昨天晚上样板被盗了。"像是一记炸雷，在我脑中炸响，我一时无法呼吸。

　　我整个人痴痴呆呆地进了会议室，里面坐了一堆人，但我认识的只有三个：安总、朴理事和金部长，其他的不是保安就是警察，每个人都是目光如炬，充满怀疑。一个中年警察站起来对我说："你是样板负责人，对吧？请坐。"我傻傻地坐下，张目四顾，心里满是恐惧，不知道他们到底要做什么。

　　"这位是保安公司的张总，下面我们开始吧，你先看录像。"我麻木地转过脑袋，看着屏幕。昨晚 10 点 28 分，我手下最信任的工程师王栋，大模大样地拿着密码卡，走到实验室门前刷卡。镜头切换，他又来到保险柜，拿出钥匙，输入密码，拿出两部样机。接着他又走到另一个保险柜前，拿出程序储存电脑，和样机放在一起，又拿箱子装好，再大模大样地转身，走出实验室。

　　看完片子，我已经恢复镇定，很明显，他们已经知道是谁拿了样机，这样就与我没关系，我也没理由怕。我心里松了口气，摇摇头道："太不可思议了，没想到，他居然是这种人。"

警察还没说，一旁的保安公司张总就笑了，轻蔑地说："李总监，不可思议的事还在后面，你再看看保安室的监控录像。"保安室前，王栋被两名保安拦住，王栋似乎有些无奈，拿出手机，拨了一个电话。很快，公司的商用瑞丰就开过来。王栋又把手机给了保安，保安疑惑地听了一阵，无可奈何地将手机还给王栋，挥手让电子门打开。王栋上了瑞丰，扬长而去。

　　看到这里，我才明白点什么。公司丢失财物，保安公司负有全责，他们播出这段视频的目的，就是想推卸责任。只是，这与我有什么关系？张总笑问："你知道我们保安为什么放那个人离开？"我不语，抬头看着他。而其他人，则静静地看着我。

　　"我们保安听完那个电话，认为他已经获得授权，才放行的。"

　　见我继续沉默，警察耐不住了，敲敲桌子道："李总监，事情到了这一步，我看你还是交代吧。你们是怎么串通偷窃技术的，从什么时候开始，都有哪些人参与，现在样板到了哪里，你统统都要交代清楚，争取立功，获得宽大处理。"

　　"为什么是我？你们凭什么怀疑我？"我心里一股憋屈，音调开始颤抖，语气也带着愤怒，死死看着他，"你有证据吗？"

　　"废话！"保安公司的张总在后面冷冷说道，"那个电话是你打给他的，这一点我们保安可以证实。"

　　张总说完，他后面一个保安站起，就是监控录像上值班的那名保安，对着警察一点头，"是的，我可以作证，当时我知道他拿的是公司产品，但看他是高级工程师，就问他要物品放行条，他说事情比较急，老大在外面，来不及开。我就说如果没有放行条，我是不可以放你出门的。他就说他打个电话给老大，还让我听。我看了屏幕上的号码，他手机上显示的是李总监的名字，然后我听电话，就听李总监说让我放行，出了问题他负责。本来我是不想放的，可是那边把手机给了一个韩国人，叽里咕噜我又听不懂，不过中间夹了几句中文，意思是比较着急，让我必须马上放行，不然他要给我老大投诉。"

　　那名保安说完，张总就舒了口气，两腿叉开靠在椅子上，笑眯眯地看着我，手在兜里掏烟。警察再次敲桌子，清清嗓子，"现在，李总监，你还有什么要解释的吗？"

　　我无语，大脑一片混乱，根本不明白他说的什么意思。他是在说我和王栋是一伙的吗？身后有人咳嗽了一下，张代理缓缓站出，先对三位韩国人点头，然后对警察说道："我并不是对保安队长的话有怀疑，只是有个疑点，十点多的时候我们都在一起吃饭，总经理、理事部长都在，我并没有发现李总监给任何人打过电话，而且，我们公司人都知道，李总监不会说韩国话。我的话说完了，请你们考虑一下。"

张代理说完，安总的眼睛亮了一下，和其他两人对视一眼，缓缓点头，"是的，当时我们在聚餐，并没有看到李总监单独出去过。警察同志是不是再调查一下？"安总说完，会议室里一片平静，气氛压抑。

几位警官相互低声讨论了几句，一位貌似队长的人物说道："我们想见见当时和他坐在一起的人。"很快，当晚和我同桌的人都来到会议室，挨个说了我那晚的表现。他们都记得很清楚，我当晚吃饭时只接过一个电话，当时还是喝醉了，是我老婆打来的。

在这段期间，我一直沉默不语，心里却异常愤怒。这是个阴谋，一个策划已久的阴谋，一个为了利益处心积虑专门针对我而策划的阴谋。

他们早就想好了拿走样板的办法，但他们不说。他们在等，等我们能够成功做出成品之日。这样他们不仅可以拿走样板，连我们国内制作工艺的各项参数全都可以拿走，甚至连芯片程序的复制技术也全部拿走。这样一来，他们根本不费吹灰之力就可以上线安排生产。想到这里，我一声苦笑，心里骂道：你们这伙王八蛋，哪能那么容易让你得手，当我是傻子吗？

事情问来问去，警察又检查了我的手机通讯记录，并没有发现当时我和王栋有过联系。至于保安公司的张总，自然是一脸乌黑，还没出门就开始对着保安队长狂骂，什么难听污秽的语言都往外喷，要不是有警察在场，估计当时都能将保安队长生吃了。

从会议室出来，我又去了安总办公室。在那里，我和理事部长一起，被总经理像训狗一样地训斥。我极其狼狈，听不懂他说的内容，只能低着头傻听。很多次我都想一巴掌甩在他脸上，用我们的中国话告诉他老子不干了。

但一想到老婆，想到儿子，想到父母，我就怯了。全家人的幸福都压在我身上，我这一骂，当时是爽了，以后谁来帮我养家？从总经理室出来，金部长回头看着我，一脸无奈，摇了摇头，慢慢转身，蹒跚着走远。

朴理事对我说："事情到了这一步，你先回家休息几天，不要乱跑，等总经理消了气，再回来。"我低头无语，心里一阵悲凉，又自嘲地笑笑。走到厂门口，我明显感觉到周围那些保安对我投来很不友好的目光，我不敢多停留，快步离开。

走在路上，我开始琢磨。现在我已经肯定，那个保安没有说谎，当时我的手机在阿玲手里，因此保安才会看到我的号码。至于那个说韩国话的人，除了张代理，不会有别人。难怪那天晚上在包间，我到处找不到他人，他早就和黄启发认识，一直以来，替黄启发提供情报的人也是他，要不然，黄启发得到内部消息的速度不会比我都快。

我想起昨天晚上，他还假惺惺地问阿玲是不是我老婆，还真是会做戏。明明我和阿玲已经断开联系，刚和他吃顿饭就和阿玲撞上，世界上有那么巧的事？一伙混蛋！黄启发，张代理，阿玲，王栋，他们早就计划好了，只有我一个人傻乎乎地被蒙在鼓里，像个猴子一样，撅着屁股给人表演。他们早就计划好方案，只等着栗子烤熟。而我，就是那个兢兢业业的蠢猫，在栗子烤熟时双手奉送给猴子。我就是他妈的一傻子！

天已经完全黑了，我呆坐在路边超市的台阶上，看着面前人来人往，心底悲凉迭起。工作就这样没了，我该怎么办？

坐了一会儿，终于有人打来电话，是张代理，这在我预料之中。张代理在那头嘿嘿笑道："兄弟，在哪呢？哥知道你心里不痛快，哥请你喝酒。"

我们去了一家东北馆子，找了一个包间，酒过五巡之后，他说到正事。

"兄弟，过去的就过去吧，别往心里去。我看哪，总经理也是一时之气，这事根本就不能怪你。"说着他敬我一杯，放下杯子俯首过来，"其实啊，我倒有个法儿能让总经理对你改变看法，你就告诉总经理，你把那个芯片程序加了密，没有密码谁都打不开，如果强行解密就会导致程序自毁。你这样一说，总经理一高兴，肯定要拉你回去。"

我扑哧一声笑了出来，心里骂道：王八蛋，狗杂种，现在还来给我装，好，就让你装，我倒要看看，你能玩出什么花样。我淡淡说道："我是给那个程序加了密，不过那有什么用？人家找俩电脑高手几下就破解了。"

张代理一愣，随后憨笑，"还真是你加的密，呵呵。"

一时无语，冷了一分多钟，张代理将我肩膀一揽，"兄弟，如果有人愿意出五百万买你的密码，你愿意吗？"

我扭头看着他，心中冷笑，面上微笑，"那要看谁来买。"

"如果是我呢？"张代理终于露出狐狸尾巴。

"呵呵。"我笑着看他，心里骂道：狗日的你终于肯招了。我抄起桌上啤酒瓶，甩手抡到他头上，登时张代理满面开花。

我拿着半截啤酒瓶，指着他道："操你大爷！这样玩老子，当我是什么？"我抬脚就踹，我要将我的满腔怒火，全都发泄出来。刚踹两脚，包间门就被踹开，进来四五个光头青年，围着我就是一顿好打。我下意识地抱头蹲下，尽量不让自己吃亏。张代理一声怒吼："住手。"他们才停下。

狭小的屋子里，充满了男人的喘息，雄性荷尔蒙在这里快速积累。我抬头看看张代理，他的脑袋已经破了皮，血水正往外冒，他正拿着纸巾按住伤口。尽管这样，他依然面不改色，稳如泰山。我不禁开始双脚打战，心里责怪自己的鲁莽。

有人给他点了一根烟，他将烟递给我，"兄弟，敬你。"

我哼了一声，"谢了，我不抽。"

他自己吸了一口，烟从鼻孔缓缓喷出，"我知道你心里有气，但气也不是这么出的。你打了我又能如何？事情已经发生了。"说完，他摆摆手，几个小子迟疑了一下，退了出去。

"实话说吧，这事没有退路，你住的那套房子，是别人送你的，也可以说是商业贿赂，今天要不是我帮你说话，你现在就躺在公安局的铁栅栏里了。你不但不感谢我，还用酒瓶砸我？"他坐到我跟前，"两条路，第一条，我不想说，太残忍；第二条，你有五百万，还不包括先前的房子，净给你五百万。另外，我能重新把你弄上来，你还是那个总监，他们每个月的回扣依然送给你。"

等了良久，他又说："考虑考虑吧，我是真心想交你这个朋友。"

我们去医院处理伤口，那帮孙子下手很重，才几下我的眉骨就被打裂，血糊了我半边脸。

我们从医院出来又上了一辆瑞丰，一直开到龙岗和凤岗交界处的一栋别墅。我远远就看见黄启发穿着短裤站在门口，脸上的笑让人想起弥勒佛。一下车，黄启发就愣了，黑着脸问张代理："你搞什么鬼？怎么可以把李兄弟弄成这样子？"张代理耸耸肩，指指自己头上的绷带，直接走进屋里。

黄启发不看我，直接走到车前，对着车里的几个光头喊道："滚下来。"五个光头阴着脸，灰溜溜地从车上依次下来，在黄启发面前排成一排。

"自己打自己脸。"

我没转身，只听到此起彼伏的啪啪声，干脆响亮。黄启发还不解气，"用点力，没吃饭啊。"啪啪声更响了。

黄启发揽着我走进屋里，一脸诚恳，表情肃穆，"兄弟，对不住了，是哥哥不会做事，寒了你的心。哥哥现在给你道个歉，希望你能原谅我，好不好？"

我苦笑着点头，"哪敢啊，黄老板对我仁至义尽，我感谢还来不及呢。"

"好说，好说，哈哈。"黄启发一阵大笑，随后招手，"来，上菜，我要跟兄弟好好喝一杯。"

到了餐厅，我才知道，所谓的老板，不止一个人。这里除了黄启发和张代理，还有三个人，其中两个人西装革履，另一个人獐头鼠脑，一看就不是善茬。黄启发介绍道："这位是马总，这位是赵总，这位是飞哥，大家都是一起做事的，以后都是兄弟。"

我站在桌前不敢坐。飞哥抬头看我一眼，寒光闪烁，吐了根牙签说道："你是李开？我听说过你。"

张代理从背后推我一把："坐下吧，当自己家一样。"

其他两个人则惊讶地问飞哥："你认识他？怎么认识的？"

飞哥嘴角一咧，"还不是杨云那婊子。"说完低头点烟。

我还在想，这个飞哥是何方神圣，说话如此不堪，就听呼的一声响，一盆新鲜的酸辣鱼全都浇在他头上。在场之人无不震惊，纷纷侧目，唯独飞哥一人，点烟的姿势不变，像是被定格一样。

杨云慵懒的音调从我身后传来："王八蛋，你说谁是婊子？"我紧张地看着飞哥，心跳不已，被人这样泼上一盆汤，不当场发火才怪。出乎意料地，飞哥只是丢了烟，拿毛巾随便擦擦，又重新拿出一根点上。

黄启发干笑两声，拿起酒杯，"来，我们先干一杯。"其他人都拿起酒杯，唯独飞哥不拿，右手弹了弹烟灰，眼皮耷拉着道："说那么多废话干吗？问问那小子知不知道密码，不知道穷耽误事，早死早超生。"

我心一沉，目光在桌上来回转，要是他突然发难，我拿什么东西还击？气氛再次冷场，杨云抓住我胳膊一拉，"走，我们上楼谈。"

我们听见背后飞哥狂笑，"刚见面没一分钟就等不及了啊，羞先人咧！"

进了房间，杨云去倒水，背对着我道："那人是个疯子，不用理他。"我点点头，有些后怕。这里的人，没一个善茬，包括笑起来像个佛爷的黄启发，做起事来也不含糊，门外那几个自己抽自己嘴巴的光头就是例子。我一个老实巴交的农村土鳖，生平第一次遇到这种情况，说不怕那是吹牛。

手握到杨云给的水杯，我心里安静了些，但依然不想说话，只是静静坐着。杨云问我："你知道密码，对吧？"我不语，心里一团糟，也不知说什么好。

"如果你知道密码，那就好办，如果你不知道，那就很麻烦。"杨云如此说。我麻木地点头，"密码是我设置的。"

杨云貌似善良地笑，"你还挺聪明，也幸好有这个密码，不然你就麻烦了。"的确如此，要不是这个密码，张代理怎么会帮我作证？那时我就是跳进黄河都洗不清。杨云在我面前坐下，静静看着我，想了一会儿，悠悠说道："我们商量过了，给你五百万，外加一套房子，换你一个密码。你觉得合适吗？"

我低头喝完水才感觉心还在肚子里，我想了想问："你们是一伙的？"

"不是，我们是三伙人，原本是分开进行，后来因为不好下手，就合到一起。其实后来我都打算不做了，昨天黄胖子说他一家吃不下，靠他一个人周转，一下子弄不出那么多产品，就问我有没有意思。"杨云说完看着我，良久，莞尔一笑，"这次，我们打算做大的。你们公司要生产，最快也得下下个星期，我们就利用这一个星期的时间，做出十万成品，投放市场。"

"十万部？"我吃了一惊，抬头看她，"你们做出十万部，我们就不用生产了。"一个星期，十万部，这个产量不算大。但对市场的影响就不同了，光是沿海的一百多个城市，每个城市一千部，几天就卖光。有了资金，他们就会继续购进材料，再生产。而那时，我们公司的产品还在流水线上等待检验。等我们的产品出来时，消费者的购买力早已透支，再加上山寨版的质量问题一定会让真品蒙受冤屈，那时还有谁来买？

一部手机从无到有，所投资的金额大概是一亿左右，要捞回成本，必须卖出去十万部。这样一来，公司连成本都收不回。而山寨机，两百块的成本，一千五的售价，早就赚得盆满钵盈。

对于我的质问，杨云只是微微一笑，"我改正一下，从现在开始，你也属于我们。"

我摇摇头说："我再想想。"

难怪总经理会发那么大火，难怪理事和部长也会装孙子，出了这档子事，就相当于亏了两亿。韩国人再有钱，两亿也亏得他心惊肉跳。如果我给了他们密码，我就犯了重罪。可是没证据，谁知道？

杨云再次开口："别犹豫了，没什么好想的，他们在我们国家捞了那么多血汗钱，却不把我们的同胞当人看，拿他这点钱，算不了什么。"我依然不语，低头思索，这是一个大是大非的问题，一旦做出决定，无可挽回。杨云等得不耐烦，一拉我胳膊，"过来，我带你看一个人。"

我们走进另一间房里，里面的整体布置和装修不见丝毫的家庭生活气息，俨然一个高度现代化的办公室。门口窗户上挂着一面48寸的显示屏，上面显示着12个不同区域的监控画面。在其中一幅画面上，我看到了王栋。此时的王栋和我平日里见的那个风华正茂的小伙子大相径庭：他头上缠了绷带，胳膊吊在胸前，面上也是鼻青脸肿，漫无目的地在生产线前巡游，时而有人过来问他些什么，他也谦卑地回答。

我摇摇头，感到不可思议，问杨云："你们不是一伙的？"

"不是。"杨云面无表情，"他也是个倔强孩子，我们都私下里找过他，但他不干。后来没办法，黄胖子才想出那个法子，让阿玲拿来你的手机，让张代理给他打电话，以公司的名义，让他带样板出来。"

"什么？"我脑袋响起一道炸雷，仔细看着屏幕上的王栋，他憔悴，衰弱，无助，像一条无家可归的流浪狗。

"你们！"我心底升起一团无名火，"你们要的是样板，他已经拿给你们，何必对他下毒手？"

杨云转脸看我，目光冰冷，"你又错了，我们要的是钱，光有样板有什么用？没有程序密码，我们什么都做不了，问他又问不出，当然要给他点苦头吃。"

我倒吸一口凉气,不敢再说,想了一会儿,问她:"如果我没有密码,你们会怎么样?"

杨云咬着下嘴唇,用鞋跟磕着地面,冷冷说道:"没有密码,会很麻烦,我们材料都砸进好几百万了,总不能落个亏本吧。"

"那……"我咽口唾沫,"我告诉你密码,你们又会怎么办?"

"安全你放心,我来保证,我们求财,不要人命,这一点你一定要相信我。"我看着她,不说话,心里在嘀咕,杨云怎么说也是个女人,她能管得了楼下那帮男人?我不相信,他们会真的拿出五百万,让我顺利出去。

杨云似乎看出我的顾虑,柔声说道:"下面那几个人,都是大老板,只求财。唯独有一个敢背人命官司的,不过他怕我。"我抬头看她,用目光询问。

"飞哥是我前夫。"杨云说完,身子背过去,不再看我。我习惯地想抚一下额头,却抚到伤口,痛入骨髓,"好,我告诉你密码。"

我们下楼的时候,所有人都期待地看着我们,那种眼神,就像熬了四十年的光棍汉快入洞房。飞哥站在最后面,皮笑肉不笑,"呵呵,这么快?小伙子不行啊,这才多大会儿工夫?"其他几个都厌恶地看他一眼,黄启发愤愤道:"你丫有完没完?就不能注意点素质?"

飞哥鼻子一哼,不再看我。旁边的马总笑道:"李总监,考虑得怎么样了?"我没说话,杨云在一旁笑答:"李总监答应了,还免费替我们提供技术指导。"

"真的?那太好了。"黄启发用肚皮笑着,冲上来和我拥抱,"早就说了,有钱大家赚,大家好才是真的好。"

从别墅出去不到两百米,我看到一间民房改建的小作坊,里面三条小型流水线一字排开,不少员工在辛勤操作。我第一眼就看到王栋,他也瞪大眼睛,不可思议地看着我。我走过去,笑笑,"王栋,受苦了。"

王栋傻傻地看着我,手抖了半天,才怯怯道:"老大,你也被他们……"

我拍拍王栋肩膀,"啥也别说了。"

黄启发从后面过来,呵呵笑道:"这个,对王工,我早就道过歉了,就是那帮龟孙不懂事,妈的,老子让他们一个个跪在王工面前磕头。呵呵,对了,王工没和你说吧,他现在是我们公司的技术总监了,月薪两万,哈哈,比你这个名牌总监要强多了。"

王栋一脸尴尬，"我去基板房看看。"说完，低头和我擦肩而过，惶惶而逃。

我明白他的感受，他此刻没有其他选择，外面警察还在找他，名声也臭了，除了这里，他没别的地方能去。看着他萎缩的背影，我心里一阵酸楚，想起昨天下午他还信誓旦旦地对我说："老大，你就瞧好吧，要搞不定这款机子我就不回来见你。"那语气，那神态，那种自信和活力……我真想一拳将后面那个人渣砸倒，但我不能，我只能继续赔笑，麻木地看着生产线上那些劣质产品。

马总过来笑道："有大通的技术总监和项目工程师，我们做出的可就不是山寨货啦，那是正儿八经的正品啦，哈哈哈。"第一部手机很快下线，几个人捧在手里来回看着，喜悦之情溢于言表。我一时产生错觉，仿佛此刻是在公司的车间，面前的人则是公司的高层。原来，在成功面前，大家都是一样的。

黄启发看看时间，对负责生产的班长道："现在离早上八点还有九个小时，你们加快速度，务必在下班前做出两千套成品，我们明天要在深圳地区销售。"此言一出，皆大欢喜。黄启发问我："你还有什么要求？可以提出来。"

我转头，"我想见见阿玲。"

"阿玲？"黄启发觉得奇怪，"她已经回家了，难道你还真看上那个小丫头？不值得，呵呵，走，去我的桑拿房，有几个新来的，随你选。"

"不，我还是想见她，你有她家里的电话吗？"

黄启发看着我，摇头，"走了的女孩子，我从来不留电话的。"

我走到窗口，拿出手机拨她东莞的号。我也只是试试，因为阿玲说过，如果三天内我想让她回来，就可以给她打电话。阿玲的号码一拨就通，她在那头很欣喜，激动地说道："你这么快就打电话给我了？我才下飞机几个小时，还在等车呢。"

我喉头滑动一下，想想该说什么。我很生气，尽管我知道这一切不是她的错，但我就是气。她说爱我，可她依然跟人合伙骗我，我像个傻子，还在沾沾自喜，把一个女孩白睡了几十个晚上——我被那个女孩白白玩了几十个晚上！还害得我被老婆埋怨让岳母生气，最可气的是，我手下最得力的干将，一个风华正茂的小伙子，国内名牌大学的毕业生，却被他们弄成这副模样，他有什么错？

这都是那个女人搞的鬼，要不是她来亲近我，要不是她来博取我的信任，要不是她来拿走我的手机……我胸口一闷，鼻子一酸，却说不出话来。阿玲在那头继续欣喜道："我就知道你舍不得，你个坏家伙，但我现在也不可能回来啊，已经到家了，好歹我要看看我父母吧……"

　　"贱人！"我在这边低声骂道，咬牙切齿。

　　"什么？"她似乎没听清楚，疑惑着问，"你，你刚才说什么？我听不大清。"

　　"烂货！"我愤怒了，低声咆哮，手臂不由自主地发抖，"听清楚了吗？我是在骂你，你这个烂货，你这个婊子，你这个……"我一时词穷，说不下去，痛苦地蹲下身子，却碰到额上的伤口，发出一声闷哼。

　　那边没声音了，静了一会儿，阿玲才怯怯地问："你是谁？"

　　我一声嗤笑，"你还装？你把老子害得这么惨你还装？你他妈的有没有人性！"这次我是真咆哮了，面目狰狞到扯得眉骨剧痛，"王八蛋，你给我记住，这辈子都别让我见到你，不然我一定……一定生吃了你！"说完这句话我赶紧挂电话，头上一阵虚汗，心里惊魂未定，我怎么会说出这种话？

　　"骂得好！"身后有人鼓掌，是飞哥。他一脸气愤，过来搂着我的肩膀道："我只当你是个软骨头，原来也是条硬汉，这种女人，就是该骂、该打、该杀。"

　　我愕然，"你知道我骂的女人是什么样？"

　　"哼，当然知道，全天下挨骂的女人都是一副鸟样，她们都会装，在我们面前纯得跟个圣女一样，其实骨子里都透着贱。你那个女人不用见面我都知道，她肯定是假惺惺地说对你如何如何忠心，背地里却做着损害你的事。这种女人，我见一个杀一个。"说完他还不解气，恨恨地朝地上吐一口，"兄弟，我们是同路人啊。"

　　不管我愿不愿意，飞哥非要拉着我出去喝酒，说今天和我一见如故，要不醉不归。我这边心里还正憋火，被他这一闹，反而不知所措。出门时杨云还追着我喊道："别跟他去，他是神经病。"

　　飞哥将我一搂，指着杨云大骂："骚货，我们哥俩都看出了你的本质，已经甩了你，你就别他妈的自作多情。从今天开始，我们哥俩就是亲兄弟，而你，只是一个破鞋。"

　　我还没反应过来怎么回事，就被飞哥塞进车里，"走，我们去喝酒，不醉不归。"尽管我心里害怕，但也没办法，只能走一步看一步。

一路上，我脑中闪过无数个念头，他们这是不是要灭口？找地方活埋，还是枪杀？一直到了夜总会门口，我悬着的心才放了下来。

老婆忽然打来电话，我还没接，飞哥一把夺过，接了大骂："操你妈的你烦不烦，我兄弟都说不要你，你还来纠缠？你信不信老子把你卖到泰国去？"骂完他奋力一摔，手机成了碎片。我傻看着地上的碎片，飞哥将我一拉，"走，去喝酒。"

我跌跌撞撞，拉着一个服务生道："帮我把卡拣回来，我给你一百块。"

第九章

现在我才知道飞哥的势力有多恐怖，进了包间不到三分钟，不下十个人过来问好，有男有女，态度均是恭恭敬敬，一口一个飞哥。每次飞哥都会对他们介绍我："这是我的好兄弟，叫开哥。"对方就会毕恭毕敬地鞠躬，"开哥好！"每逢这个时候，我心里都犯嘀咕，眉骨隐隐生疼。

最后一个似乎是夜总会的负责人，飞哥一脸不耐烦，"喊几个人站在门口，别让人来了，他妈的烦不烦？喝酒都喝不安生。"

对方忙点头哈腰道："是，是，要不要喊几个妹仔？"

"不要，看着眼烦，叫他们上酒，快点。"

我终于明白杨云为什么要把他称为神经病。他喝酒都是用灌的，一瓶接一瓶，不歇气，一连四瓶下去，都不见他有什么不适。我都怀疑，他是不是有四个胃。不但他喝，我也得陪着，喝得慢也不行，他会闹，又吵又叫。我甚至想，等下他要是喝醉了，我要不要给他头上来一下子逃走。

就这样，我像个傻子一样陪着他喝，一瓶又一瓶。终于等到他去厕所的间隙，我赶紧出门去找部手机。刚才老婆来电话被他那么一吼，现在还不知道她会怎么想呢。门口站着两个穿黑衣的家伙，见我出来慌忙扶住，"开哥，您有什么吩咐，小弟帮您去办。"我哆嗦了一下，支支吾吾不知说什么好，生平第一次被两个浑身刺青的家伙叫大哥，不尿裤子都算是万幸。吞吐了半天才说："谁有手机，借我用用。"

立时，两部诺基亚 N78 出现在我面前，我颤抖着拿起其中一部，对那人点头，"谢谢。"对方几乎快哭了，赶紧回话："不敢当。"

我拿出电话卡要换，那人立即拦住："别，开哥，您只管打，不用换卡。"

我愣了一下，另一个小子一巴掌拍在那人肩上，"笨蛋，开哥那卡上的号码你有吗？"

我脸红成柿子，赶紧退到包间里面，关上门迅速按下老婆号码。还没说话，飞哥就提着裤子从卫生间里出来，边系裤带边问："做什么？打给谁？"此时老婆已经接了，在那头喂喂个不停，我赶紧掐了，笑道："打给一个女人，她没接。"飞哥脸一黑，"想那娘们儿了？瞧你那点出息！"后面的话几乎是吼出来的。随后他按下召唤按钮，很快就进来一个女子，恭敬地说："飞哥，有什么吩咐？"

飞哥躺在沙发上，手对我一指，"你跟她说，想要什么样的，她都有。"我一下子呛住，不知说什么好。妈咪又转来问我："开哥喜欢什么样的？我帮您介绍。"我脸红面烧，只是呵呵傻笑。飞哥大手一挥，"弄个新鲜的，有没有新来的啤酒妹？喊来看看。"妈咪忙笑着退出去，似乎避之唯恐不及。

刚才借我电话的小子推门进来，点头哈腰地拿着手机，我赶紧起身过去，不用说，肯定是老婆拨回来的。那小子并不识趣，笑嘻嘻道："开哥，嫂子……"我立即做了一个噤声的动作。

老婆一连串的问题接踵而至："你在哪里？为什么电话打不通？刚才嗷嗷叫的那人是谁？"飞哥正狐疑地看着我，我不好跟她多说，当下也不管老婆说什么，自己先心平气和道："我很好，你不用担心，明天早上我再给你电话，这个号码就不要再打了。"

挂了电话我对飞哥笑笑，"一个熟人，随便聊聊。"

飞哥鼻眼不是地笑了一下，"我看你还是吃女人的亏没吃够，也好，今天就让你看看女人的本质。"飞哥拉着我出了夜总会，站在路边四处望，像是在寻找什么。我不解，也不好问，心里更加肯定杨云所言不虚，这家伙真是个神经病。

等了大概十分钟，飞哥手一指，远处过来一个女孩子，大约二十岁左右，像是厂里上班的小妹，清纯朴素。飞哥问我："你说，这样的女人，我现在过去让她脱光衣服，她干不干？"我吃了一惊，心想这家伙果然是个二货，脑子绝对差窍，我要回答不肯，他多半牛脾气上来会要强，万一真把小姑娘给怎么了，我就罪孽深重。于是我笑着点头，"以飞哥的英明神武，什么样的女人见了你都得投怀送抱。"

飞哥咧嘴一笑，复又变脸，"你看好了。"说着快步走过去，紧盯那女孩。我见状不妙，赶紧跟着，心想万一他要发疯，我也好阻止。哪知根本不是那回事，飞哥过去拦住女孩，很客气地一点头，"你好，我叫孟飞，请问小姐叫什么名字？"

那女子显然被突然跳出来的两个男人吓坏了，急急忙忙想躲开，却被飞哥一把拉住。女子急得大叫："滚开，你这个流氓！"她边叫边用一只手拍打飞哥。我担心飞哥胡来，还在一旁解释："不好意思小姐，我这哥们儿喝醉了。"岂知飞哥异常冷静，挥手拦住我，对那女子道："我没喝醉，很清醒。我看见你从那边过来，模样很像我的初恋女友，所以想过来问问，希望能交个朋友。"

女子又急又气，大声怒道："快放开，不然我喊救命了。"飞哥依然不放手，对那女子道："我很有钱，是个大款，只要你肯做我女朋友，要什么有什么。"女子大怒，抬手就是一耳光，响亮无比，带着哭腔怒道："放开我！"飞哥一笑，松手。那女子就如惊慌小鹿般，急急跑开。

飞哥再问我："你说，就今天晚上，我要她脱光衣服，她干不干？"

我哭笑不得，"饶了我吧飞哥，那女子性格再烈，男人一用强她也没办法。"

"不！不是用强，也不是下药，是她主动的，你信不信？"

我心里骂道：这个神经病！嘴上笑道："不信。"

飞哥拿出手机打电话，三言两语，夜总会停车场就开来一辆奥迪 A8，服务生跳下来，将钥匙给了他，点头离去。后面一连串的事情完全出乎意料，他开着车，我坐后面。车子追上那女孩停下，飞哥下车，语气态度和刚才一模一样，再次恳请那女孩做他朋友。

女孩犹犹豫豫，又害怕又期待，飞哥直接用手拉，把女孩拉到副驾驶上，驱车前往 KTV。快到地方的时候，飞哥对那女孩道："帮我拿点钱，等下要付小费给泊车仔。"女孩愣了一下，飞哥手指女孩面前的储物柜，"在那里面。"女孩笨拙地在储物柜上面摸了一圈，稍一用力，从里面弹出一沓百元大钞，花花绿绿，洒得到处都是。飞哥毫不介意，将那些钱全部又塞了回去，就像塞一团烂布那样随便，随便一揉一揉，合上盖子。

刚一下车，就有人快步过来招呼："飞哥好，欢迎光临。"他一声不吭，捏着几张钞票塞进泊车仔手里，再回来替女孩拉开车门，深情款款地请她下车。就是这样，我心里还抱有一丝希望，那女子只是对他略有好感，至于晚上主动脱衣服，那是绝对不可能的事。

进了 KTV 里面，两队人齐刷刷鞠躬，"欢迎光临，飞哥好。"

飞哥略一点头，拉着那女子向前，对众人道："这是我老婆。"

众人又是齐刷刷地一鞠躬，齐声喊道："嫂子好，欢迎光临。"就这么一瞬间，那女子脸红了，羞涩胆怯，带着些甜蜜。

我这才知道自己犯了什么错，这个疯子，不是一般的疯子，他看人比我看得要透彻。选择这样一个女孩来做实验，我将一败涂地。我拉过飞哥低声道："飞哥，我输了，你说得对。"

飞哥严肃道："这么快就认输？我还没给你示范到她是如何背着我偷人的阶段呢。"

我慌忙摇头，"不不，我相信你说的话，你说的都是对的。"

飞哥挠挠头，"这样吧，今晚我先给你看看她是怎么对我表忠心的，三天后我再让你看她是怎么背着我和别的男人上床的。"

"不用不用，真的不用，我信你了就是。"

飞哥皱着眉头，"真的不用？你确定？"

女孩这时从后面走来，羞怯地问："我们怎么不进去？"

这个晚上，我又喝醉了，但不是别人灌我，而是我强撑着喝。我想把飞哥灌醉，不为别的，我不想让那个女孩成为悲剧，如此而已。她只是一个可怜的路人甲，是飞哥拿来做实验的，如果今晚让这个实验继续进行下去，她早晚是个悲剧。但悲剧就是悲剧，永远不会变。

我晕晕乎乎地拿着酒瓶，搂着飞哥肩膀，大着舌头，说着一些不是肺腑的话："飞哥，好样的，小弟今天才算遇到高人，不服不行。来，干完。"我想要诈，但总被飞哥看穿，他会拿着我的酒瓶检查，还会站起来数我有几个空酒瓶，很快我就扛不住，吐了三回。可飞哥依然端坐在沙发上，连厕所都不去。我开始怀疑，他不但有四个胃，还有四个膀胱。

当我第四次吐完回来时，悲剧发生了，我一推门就看见那女孩坐在飞哥腿上两人正在啃嘴。见我进来，两人迅速分开，女孩一脸羞红。我晃晃脑袋，大脑一片空白，这就是传说中的情圣？飞哥起身去厕所，经过我身边道："兄弟，不好意思了，等下我们就回去，我要今晚日了她，让她知道贱人的下场。"我稍一侧脸，露出一个比哭还难看的笑。

飞哥走后，我过去对那女孩道："你走吧，再不走就晚了。"

女孩不解，反倒问我："什么意思？"

"他有老婆，他在玩你，明白了吗？"

女孩摇头，一脸坚毅，"我不信，他不像会说谎的人。"

"你了解他？你知道他是什么样的人？"我彻底傻了，这个女孩跟他不到两个小时，居然这么相信他！

灌下第六瓶酒后，我就人事不省。第二天醒来是在楼上的房间里，我躺在沙发上，身上盖着厚厚的毛毯。我揉揉眼起身，才发现房间里还有其他人，离我两米远的床上，一个女人的侧影裹在被子下面，地上满是凌乱的纸巾和衣服。我看着床上的女人笑了笑，真是悲剧。

在回去的车上，我忍不住问飞哥："那样折磨一个女孩子，你忍心吗？"飞哥鼻子一哼，吐出一个漂亮的烟圈，"不能怪我，那是她们自找的。女人，天生就是贱货。"

我抽抽鼻子，"飞哥，能不能不说得那么粗俗？"

飞哥一笑，"操！那说什么？你还能把这事说得多高雅？"

我又道："不可能全天下的女人都是那个样子，总是好的多。"

飞哥猛然一踩刹车，车子吱的一声停下。他缓缓转头，一双眼珠浑浊不堪，仔细盯着我，"难道你认为你的女人对你很忠心？你信不信，我只要三天时间，花费不出十万，就能让她乖乖躺着让我日？"

我纵使再熊，这句话也让我怒火中烧，顿时就想一拳砸过去，纵使左边眉骨也碎了都值。但我没有，我只是冷冷说道："那我们来打个赌，我赌这一辈子杨云都不会乖乖躺着让你日，你敢不敢？"

一句话击中他的死穴，他嘴唇剧烈发抖，双目圆睁，脸上表情异常痛苦，明显精神到了崩溃边缘。良久，他才从牙缝里蹦出一句："她早就乖乖地被我日过了，好马不吃回头草。"我斜着眼嗤笑一声，心道：原来你才是最大的悲剧。

回到黄启发的别墅，他们正在吃饭，看样子似乎是庆功宴，准备得相当丰盛，王栋也被邀来一起。他们见我们回来纷纷表示欢迎，杨云首先急切地问我："昨晚你们跑哪去了？我们都快担心死了。"

我还未答，飞哥鼻子一哼，"我们是去嫖了，你有什么意见？"杨云一怒，又要拿东西摔他，被黄启发拦住，"好了好了，两口子见不得离不得，一见面就吵，要吵当初就不要一起合伙做事嘛。"

吃完饭，黄启发拉我到楼上，呵呵笑道："李兄弟，我也不知道你跟那个阿玲怎么回事，我也不瞎掺和，反正昨晚她打了好几个电话来问你，你的电话又不通，我就来转达一下，她说她后天就到东莞，到时她去找你。"我鼻子里一声嗤笑，心说：她最好别来，来了我就不让她好过。

黄启发又道："其实我喊你上来主要是说钱的事，你也看到了，目前我们处于发展初期，手里其实没多少钱，所以那五百万就先缓缓，你看可以吗？"

"呵呵，黄老板还跟我客气这个，我都没说要钱。"

"不，要给的，你出了力，也遭了罪，这钱要给的。还有，张代理走时留了话，最多不出半个月，他会让你官复原职。"

我没心思再听下去，粗粗打断："出来一个晚上，没跟家里联系，我也该回去了。"临走我从桌上拿了一部高仿真 RB68，装了我的卡上去。

刚一开机，就收到三十多个短信，全都是老婆发来的，几乎每隔半小时发一次，内容大致相同，都是问我在哪里，看到短信速回电话等。还有一条是阿玲发来的，问我为什么那样骂她。我想想好笑，果然够无耻，都这时候了还来装可怜。

我看完短信就给老婆回电话，电话只嘟了一下那边就接了，老婆焦急地问："你在哪？"

"我在车上，正往家赶，大概一个小时到家，不用担心。"

老婆立刻号啕大哭，将满腹的心酸全都哭了出来，边哭边说："你都快把人吓死了你知道吗？我听那个电话就知道你出了事，都没敢跟妈说……"老婆足足哭了十五分钟，我听见手机里一阵急切的嘀嘀声，一看是手机没电，赶紧对老婆说："我就回来，手机没电了，要挂。"

　　老婆一惊，"别挂，我没在家里，我在清溪这等你呢，就是上个礼拜我们住过的那间屋子。"说到这里，手机没电了。我暗道一声，好悬。

　　旁边的司机看看我的手机，啧啧赞道："不错啊，挺漂亮的，哪买的？"

　　我眼睛眨了眨，忽然问道："你喜欢？那送你了，当是的士费。"

　　司机吓了一跳，"不会吧，车费顶多250块。"

　　"250块就250块，这手机就折价250块给你了，反正也不是我买的。"司机哦了一声，露出一副理解的笑容，同时将自己车上的手机放进口袋掖好。丫的把我当偷手机的了。

第十章

　　我到了清溪阿玲住处，远远就看见老婆站在楼下焦急地张望，我刚从车里出来老婆就一路哭着奔来，对着我眉上的纱布看了又看，不停地问我是怎么回事。我一阵无奈，只好先将她稳住，说等到家再细说。老婆又问我吃饭没，饿不饿。我想老婆等我一晚多半也饿着肚子，就拉她一起吃饭。

　　老婆昨晚七点就到了清溪，原本是准备来抓我和阿玲一个现行，因此一直在清溪街道乱逛。她晚上十点去了阿玲家，发现家里没人，十一点又来一次，还是没人。老婆不禁心里嘀咕，是不是自己怀疑错了，于是她想打个电话确认一下，问问我在哪。结果电话一通，反被飞哥骂了一顿。老婆这才惊觉我很可能出了事。原本她想报警，但又不了解实际情况。好在十二点时我回了个电话给她，心才安了一些。

　　尽管如此，她还是担心了一整晚，生怕我有个三长两短。等了一晚，也哭了一晚，为了不至于失去我的消息，她硬是在阿玲家的楼道里蹲了一个晚上，滴水未沾滴米未进。我心里颤了一下，这就是我的老婆。

我问她："你怎么又怀疑我和阿玲有问题？难道一点都不信任我？"

老婆黯然道："女人多疑，这是天性，你应该为此感到高兴才对。哪天我要是不怀疑你，你就该哭了。"

我笑，"那你也不该怀疑到阿玲头上啊，她那么烂。"凭良心讲，我说阿玲烂，是发自内心的，她把我害惨了。

老婆一瞪眼，"那个时候我怎么知道你说的是不是真的？很难说你不会串通一伙人来骗我。"

我心里惭愧，原来一直都把老婆低估了。说到这里，老婆忽然盯着我的眉骨双目生疑，表情耐人寻味。我放下筷子，冷冷说道："你是不是怀疑我头上的伤也是骗你的？"说完我一把扯下额上的纱布，露出缝了四针的伤疤。老婆吓得一声惊呼，差点打了面前的汤碗，"怎么会弄成这个样子？他们也太过分了吧。"

我不语，又把胸口的衣服拉开，露出里面的淤伤，"再看看这个，还说我是骗你吗？"

老婆又哭了，过来摸着那些伤，"那帮天杀的，怎么能下这么狠的手？"

我一把抱住老婆，将她的头埋进怀里，发自肺腑小声道："现在没事了，还能见到你跟儿子，已经是我最大的幸运了。"

老婆给我买了顶遮阳帽，戴在头上遮伤口，又陪我去医院换了次药，这才准备起程回家。在这期间，我对老婆说了他们挟持我的经过。根据需要我把情节加工了一下，重点放在把自己塑造成为一个宁死不屈，最后为了家人幸福又不得不低头的有血有肉的英雄好汉。

当然，作为一个不学无术的理科痞子生，我在叙述过程中不免有漏洞，甚至漏洞百出，但老婆没有介意，有时还帮我解围。比如我说我被他们关了一晚上连口水都没喝，老婆说因此他们在阴谋得逞后就给我灌了四五瓶啤酒做补偿，以至现在满口都是酒气。后面我就不好再说，这件事让我明白了一个道理，最好不要在老婆面前说谎，不然下场很惨。

谈到最后，老婆问我："他们有了密码，给了你什么好处？"

我沉声道："一套房子加五百万。"

"这次没有美女？"老婆打趣道。

我咧嘴笑笑，"你还笑话我，要是用美人计我还能挨打？早就主动招了。"

老婆直接赏我一个爆栗，"美得你。"随后老婆又黯然，"那我们回家吧，不在广东了，免得你再被他们欺负。"

我愕然，"可是钱还没收到呢，他们只是口头答应。"

"什么？那你这顿打白挨了？"

我忽然心里一寒，老婆怎么这么说话？

老婆没看出来，继续气鼓鼓道："那他们也太过分了，如果没有密码，他们什么都没有，有了密码，这次少说都赚一个亿，连五百万都不肯付？不行我们就去告他们。"

看着老婆咬牙切齿的样子，我心惊胆战，弱弱问道："钱很重要吗？"

"怎么不重要？我们千里迢迢跑到广东为的是什么？有了五百万我们还打什么工，直接回家享福了。再说，这钱也不是白拿，你被公司除了名，今后还有哪个公司敢要你？又挨了一顿打，就不该拿点补偿吗？"

我愣了愣，心里乱得慌，想起飞哥说的话：女人，天生就是那副鸟样，平时在我们穷苦人民面前崇高得不得了，可是在那些权贵面前你再看，立马判若两人。

我再看看老婆的表情，满腔怒火，分明是在乎那五百万。想到这里，我吃了一惊，我怎么会这样想？老婆明明是替我鸣不平，作为一个关心我爱护我的老婆不应该这样吗？我越想越心慌，越想越害怕，难道老婆也是那样的人？

老婆正在愤愤不平，见我脸色不对，遂轻声问我："怎么了？哪里不舒服？"

"没有，没有。"我静了静神，弱弱说道，"我只是在想，我能活着回来就好了，至于钱，有没有都无所谓。"老婆这才反应过来，握着我的手道："话虽如此，我心里仍不舒服，毕竟你遭了那么大罪，就这样回来……好了，人回来就好，我也只是发发牢骚而已。"

回家之前，我又和老婆对了口供，若岳母问起我的伤是怎么回事，就说我自己磕马路牙子上磕的。也只能这样，不然会害得老人家担心。晚上睡觉前，老婆问我："那你今后不上班做什么？"我想起张代理的话，就说先休息一段时间，等养好伤再说。

老婆叹了口气，"最好是他们把钱给你，就算不给五百万给五十万也好，不然以你现在的情况很难找到工作，若是有两个月不上班，我们就难熬了。"不晓得为什么，我一听老婆提起那五百万就满心不舒服，她就那么在乎钱？我现在伤成这样叫我怎么去找工作？于是我赌气道："要是不行就把房子转了，首付的二十万也可以拿回来。"

"你疯了？"老婆叫道，"好不容易有套房子你还想卖？别人买都买不来。"说完一扭身给我个后背，看来又是冷战前兆。不过今天我心里没有一丝害怕，反倒有些胆壮，继续躺着不理她。过了大约三分钟，老婆那边有翻身的声音，很快就听老婆疑惑的声音问道："你怎么了？"

"我没事。"我冷冷答道。

老婆鼻子一哼，"你骗我，你肯定有事，说，什么事？"

我闭目不理，心里满是委屈，气得大骂：你眼瞎啊，你老公都这个样子了，你也不说好好安慰他，就知道逼着他赚钱，他是赚钱机器还是你老公？老婆显然没有窥探人心的本事，她比我还气，过来就拧我耳朵，声色俱厉，"你敢给我装？起来！"

我猛一睁眼，低喝："你神经病啊，有完没完？"老婆傻了眼，呆呆看着我，嘴唇哆嗦了半天，说不出一句话。随后，眼泪吧嗒吧嗒掉了下来，极为悲伤。

若是平日，老婆一哭，不论对错，我都会立即道歉认错，细心安慰。但今天不会，今天我也郁闷，我也需要人安慰。老婆哭了良久，见我还是不动，老婆气得一掀被子，蹭蹭下床，披了衣服出去，似乎有和我分居的意思。反正我等了她二十多分钟，她都没进来。

我躺在床上，将我们在一起这八年细细回想了一遍，感觉自己很失败。这八年来，无论大事小事，我都得依她，就算我有不同意见，也只能放在嘴边说说，起不到改变她的作用。虽说我娶她时亏了她，可也没必要八年来都做个缩头乌龟，看看周边其他女人，哪个的丈夫有这般温顺？现在房子有了钱有了，她还有什么不满意？她还想要我怎么样？

我越想越气，越想越觉得自己孬种，在外受气，在家也要受气？然后就想起飞哥的话：女人，就是惯出来的，给她一点好脸色，她立马就蹬鼻子上脸。

112

女人，就得好好管教，不然你一辈子都抬不起头。

想完了老婆的不好，我气得肚子一鼓一鼓，似乎有个屁快要成型，当下老婆又不在身边，也就用不着请示，想放就放，放得响亮。结果，因为没有老婆的批准，这个屁没响，是个蔫屁，而且奇臭。我就郁闷了，和老婆睡了六年，连屁都惯出了毛病。论起来，最吃亏的还是我，因为老婆不在，这个臭屁就只能我自己闻，原本该由两个人承担的痛苦全都由我一个人来负责。

想到这里，我又想起了老婆的好。其实老婆也挺不错的，这么多年来，我的衣服从来没自己买过，我连自己的腰身多少都不知道了。老婆还能弄一手好菜，全都是我喜欢吃的。还有个怪现象，但凡我喜欢吃的，老婆必定不喜欢吃，比如，我喜欢吃鸡腿、鸡胸、鸡翅，老婆则只喜欢吃鸡头、鸡脚、鸡屁股。想起来，老婆还是不错的。她上得了厅堂，入得了厨房，到了床上也疯狂，唯独有点小脾气，可哪个女人没脾气？所以，老婆还是比较好的。

想到这里，我觉得应该再次向老婆低头，去外面道个歉，也没什么大不了，又不是第一次。我就躺在床上开始组织语言，怎么才能把老婆哄开心……想着想着，就睡着了。再次醒来已是半夜三点，一睁眼，四周一片漆黑，手一摸，旁边没有老婆。我立马就慌了。

出了卧室，我看见老婆抱着枕头，歪在沙发上，眼角还挂着泪痕。我站在客厅，拼命地用头磕墙。居然这么大意，让老婆一个人在客厅躺了大半夜，幸好岳母没出来，不然明天吃饭都是个问题。

事情已经发生，后悔也没用。我蹑手蹑脚地走到老婆跟前，轻轻地用手将她环起，准备抱回卧室。我稍一用力，老婆就醒了，看了我一眼，冰冷如霜，随后拿起枕头，自己走回卧室。

我一阵惭愧，默不作声地跟着老婆进房，没想到枕头被子迎面扑来，老婆冷冷说道："你去住书房。"我做了个鬼脸，厚着脸皮往床上摸，老婆抬腿就是一脚，我从半空重重地落在地板上，我傻了般地看着老婆。老婆也是一惊，在看到我无碍后又恢复到冰冷的表情，转身躺下，拉上被子。

我望着老婆的侧影呆了半晌，心里一阵酸楚，强忍着不让眼泪流出，缓缓弯腰捡起枕头和被子，出门走向书房。我的婚姻再次进入冷战，已经不知道是第几次了，不过这次我绝对不会主动道歉，也不会主动跟她说话，除非她来找我。

书房里有张钢丝床，是我们住廉租房时买的，岳母舍不得扔，就放在书房了。我抱着被子，呆坐了半晌，前前后后想了许多，得出结论，老婆那种刁蛮任性的脾气，是我惯出来的，若一开始我便强硬，她哪能这般大胆？以后得治。

我睡不着，就打开电脑玩游戏。我曾经玩魔兽世界沉迷过一段时间，后来被生活压得透不过气就戒了，现在有钱又有时间，玩一下无妨。我按照记忆登陆我的法师号，守在部落任务点等待来做任务的小号，趁其不备虐杀一把，心情变得舒畅，已经忘了刚才老婆那一脚的痛苦。

玩了半个多小时我听见门咯吱响，门缝里露出老婆那双贼兮兮的眼。我心里哼了一声：原来你也怕啊，这是过来喊我回去呢？哼，我才不回去，这次非得你向我道歉不行。老婆看了我一眼，冷冰冰道："你是不回来睡啊？"

我脖子一梗，闷声道："睡什么睡？都从床上被端下来了我还有脸回去？"

老婆也哼了一声，"不睡拉倒。"转身关门。

我愣住，她这就完了？太不像话了吧！我每次道歉差不多要一小时，她就冷冷的一句话，连个对不起都不说？我越想越郁闷，气得一把打翻桌上的塑料花盆，老子就不回去，求我也不回去。

第二天早上，岳母做早点，发现我在玩游戏，正气得胸脯一鼓一鼓，回去问老婆："你是跟李开怄气啦？他怎么一个人在书房玩电脑？"

老婆淡淡答道："他爱玩游戏你又不是不知道，我喊不回来有什么办法。"

岳母又回来问我："是不是苏婷气到你？你给我说，看我怎么收拾她。"

我心里一阵气愤，明明是她不让我上床，却说我爱玩游戏。是，她是来喊过我，就那冷冰冰的一句，连个表情都没有，那也叫喊？我越气越怒，但在岳母面前不好发泄，依然憨笑着回答："这几天不上班，就玩一下，放松放松。"

岳母责怪道："哎呀，这刚有几天休息你不好好养养身体，玩什么游戏？今晚上不准玩了。好了，赶紧洗脸准备吃饭，等下去送毛毛上学。"

岳母特意煎了四个鸡蛋，我吃两个，老婆两个。儿子是不吃煎鸡蛋的，岳母也不吃鸡蛋。老婆向来不吃油腻的东西，唯独我，只要是鸡蛋，随便什么样的都吃。岳母这一举动很明显，这是借机会让我们和好呢。

看着饭碗，老婆很不耐烦，面无表情地将鸡蛋夹到我碗里，"你多吃点。"我没有像往常那样嬉皮笑脸地说谢谢，也面无表情地一筷子夹起，塞进嘴里。

余光扫到岳母脸上的忧愁，但我心里打定主意，这次一定不低头，非要她给我道歉不行，还要用求的，不然就不跟她和好。奶奶的，不治治你还真不拿我当盘菜。

吃完饭我送儿子去上学，站在小区门口等校车。儿子问我："爸爸，你眼睛疼不疼？"

"呃？你说这里？"我指着自己眉头的纱布，"呵呵，当然不疼，男子汉是感觉不到疼的。"

儿子拍手大叫："爸爸，我也是男子汉，我也不疼。"

校车很快过来，一个小胖子趴在车窗上喊："毛毛，那个是你爸爸呀？他怎么受伤了？"

儿子大声回应："我爸爸是警察，他抓坏人受伤了，是我妈妈说的。"不愧是我儿子，我喜笑颜开。车门一开，一个小妹仔从车上下来，对儿子笑道："李可乐同学，赶紧上车，跟爸爸再见。"

儿子回头朝我招手，我的目光却被那个妹仔吸引，她阳光清纯，活泼可爱，就像八年前的老婆。等校车走远，我还没从失神中缓过来。等反应过来，我一阵脸红害臊，这要是让人家老师知道，还不知道怎么想我呢。

我不想回家，就沿着马路闲逛，不出十分钟就看见一家手机店。我一进门就被销售小姐热情地劝到新品柜台，然后看见了两部异常耀眼的 RB68。销售小姐说："先生请看，这是国内目前最新款的视频手机，可以利用 3G 网络进行视频通话，先生要不要试一下，拥有这部手机，从此就告别打电话只听人声不见人影的时代……"

后面我就再也听不下去，随便选了一部摩托罗拉，在付款的时候，碰见一对男女，他们买了那两部全店仅有的视频手机。我想，要照这速度，黄启发他们估计不会只生产十万部就停手，怎么也得三十万。

装上卡没有十分钟，我就接到金部长打来的电话，他问我是不是受伤了。我很奇怪，反问他："你怎么知道？"

金部长呵呵笑道："张代理也被人伏击了，已经报案，据说是那帮偷样板技术的人干的。总经理也知道此事，不过他没说什么，估计很快就会召你回公司，这几天你就先好好休息吧。"挂了电话，我嘴角露出一抹笑。

一连三天，我和老婆都没讲过一句话，形同路人。尽管岳母一直在制造让我们和好的机会，但我们都不配合。而这三天，我一直沉迷在游戏世界里，对外界漠不关心。当然，除了每天接送儿子。

　　也说不清楚是怎么回事，我每次看见儿子的老师，都有一股莫名的激动，喜欢看着她笑，那么阳光灿烂，那么纯洁高尚，甚至晚上独自在电脑前，我也默默地想她。但也就只是想想，我还没有迷恋到要去和她说话的地步，我对她只是出于身体本能的性冲动，还没上升到灵魂的地步。

　　第四天早上战争终于爆发，起因很简单。我猜老婆原本是想与我和好的，她轻轻问我："喂，你什么时候去找工作？"语气和以前大不相同，柔和了许多。这种情况下，我只要顺着她回答，哼哈两句，晚上就可以回卧室了。但我没有，我也不知道当时怎么想的，反正觉得从床上被踹下来的事就这样过去，太便宜她了，那我也太窝囊了吧。

　　因此，我用很冷的语气回答："我不找工作。"

　　老婆很迷惑，"那你想做什么？一直玩游戏？"都这个时候了，她还不知道她错在哪，明明很简单的一件事情，我受伤了，我需要休息一段时间，又不是穷得揭不开锅，非要逼我去找工作？数日来压在我心头的怒火开始喷发，我大声吼道："工作工作，你就会让我去工作，我是赚钱机器吗？"

　　老婆很惊讶，"你疯了，我只是这样问问，你发那么大火干吗？你要休息我还不让你休息？"

　　"那你把我从床上踹下来！"

　　"那你也让我躺在客厅大半夜！"

　　"那还不是你眼里只有钱！"

　　"我什么时候眼里只有钱？我逼着你要钱了吗？"

　　岳母刚好买菜回来，站在门口傻傻看着。我一扭身，拿起手机钱包出了门，任凭岳母在后面大声喊也不回头。

　　真的，我真傻。我早就该在她面前发火了，现在看看她，在我面前多霸道，明明做错事还顶嘴，还当我是她老公？这样反复想着，我出了小区，却不知往哪里去。在门外转悠了一会儿，我想起该给黄启发打个电话，那五百万给不给也该有个信了。电话那头黄启发迷迷糊糊的，似乎刚刚睡醒，一听我的声音，立即清醒，高兴地说道："兄弟，赶紧过来，分钱了，呵呵。"

我立即拦了辆的士，飞速开往凤岗。五百万，那要是堆地上该有多大的一堆啊。车子才到寮步附近，老婆打来电话，我很不屑地问她："干吗？"

老婆静了一下，才有些哀求地小声说道："你回来吧。"

"我回哪？都被踹下来我还往哪回？不回！"我恨恨地说，心里没来由地一阵快感，结婚这么多年，终于扬眉吐气了一回。

老婆又道："那算我错了还不行？你不回来你去哪，身上都没带钱。"

"什么叫算你错？错就是错，还有什么算不算的说法？"我在这头怒道，"我去找工作了，免得被人看不起。"

"谁看不起你？"老婆声音也提高了，"有本事你就一辈子都别回来。"说完咚的一声，似乎是摔了手机。

我看着手机愣了愣，心里郁闷至极，刚才老婆都说她错了，我顺着原谅她不就完了，现在倒好，等她下次再说对不起就难了。

第十一章

在黄启发的别墅，我没有看到想象中的那堆钱，黄启发只是递给我轻飘飘的一张银行卡，呵呵笑道："这里面暂时没有钱。不过下午会计会往里打一百万，你先用着，剩下的四百万也会陆续打进来。"黄启发话音一落，顿时我就觉得这张卡重了起来，要用两手抬着，又不知放哪里合适，干脆就捏在手里，手又插裤兜里，心道：今天这手就不出来了。

黄启发告诉我，就这短短的几天，在广东省的各大城市就卖出去两万多部，平均每个城市卖出两百多部，每个镇也能卖出十多部，按照销售店来算，几乎有的店子还没见过货，可以说是货源奇缺。

他们几个已经商量好了，打算把赚回来的钱再投进去，多开三条线，再招几十名工人，二十四小时不停产，争取这一个月生产出五十万部。黄启发还问我，“要不要一起做？这可是个绝好的机会。”

我笑笑摇头，“我目前没那么多钱，下次吧。”

黄启发一阵大笑，“好，那就这样说定了，下次也算你两成股份。我听说韩国总公司正在搞一款新机型，除了目前的视频功能外，还可以将画面投射到墙壁上，还具备指纹识别和语音命令功能，还有 GPS 导航系统。我估计啊，三个月后他们就会将样本带到中国，到时候免不了要一起合作，呵呵。”

我再次吃了一惊，他连三个月后的事都知道了，看来我还真是白混了。我叹道：“恐怕我是没那个福了，现在还在放大假呢。”

黄启发道：“怕什么，张代理不是已经替你在老板面前美言了，你就等着官复原职吧。”

我自嘲地笑笑，这时院子里一阵发动机的轰鸣声。黄启发嘴角一咧，“那个神经病又来了，估计是来找你的。”

“找我？”我莫名其妙，看着大门口，飞哥穿着花裤衩戴着墨镜晃晃悠悠地进来。

飞哥果然是来找我的，他觉得我和他性格比较像，经历比较像，说话方式也比较像，总之他认为他和我很投缘。在我回东莞的这几天，他曾打电话联系我，无奈每次都打不通，所以天天来黄启发这等。

我刚才听到的发动机轰鸣声，来自于他的新坐驾，一辆白色跑车。以我的汽车知识只能知道那是宝马。飞哥告诉我，这是 07 款宝马 Z4，价值八十万人民币，是他新弄的泡妞工具。

尽管我很眼馋那辆车，但男人的自尊让我表现出不屑一顾的神情，鼻子里轻飘飘地哼了一下，心道：不就八十万，我也买得起。但当飞哥提出要载我去兜风，我立即欣喜地答应了。车子在三江工业园里兜了一圈，前后不到三分钟，一路上看到无数行人羡慕崇拜的目光，我的虚荣心得到极大的满足。

飞哥问我：“这车子可以吧。”

我淡淡答道：“还行。”

飞哥又问：“你似乎兴致不高？”

“还行，挺高兴的。”

“又在为女人发愁？”

我干笑，摇头，"没有，你的车不错，我也想要一辆。"

飞哥眼睛眯起，"别装了，我是过来人，你肯定是在为女人的事情难过。"说完叹口气，"关二爷曾经说过，唯女子与小人难养也。这话说得没错，想想，多少英雄都是栽在女人手上，比如说我吧，要不是杨云，我早就身家亿万，哪里像现在，给人卖命过活。"

我很诧异，"你不是混得挺好？我看他们都很尊重你。"

"不，你不懂，他们只是怕我，背后他们一点都不尊重我，我心里清楚，他们在背后都喊我神经病。他们凭什么这样喊我？还不是因为他们有钱？包括杨云，她也喊我神经病，还在那么多人面前羞辱我，当着我的面跟别的男人亲热。我问你，我是神经病吗？"

我看着他那双白多青少的眼睛，心里憋住笑，严肃地说："你不是神经病。"

"还是你了解哥。"飞哥露出一种惺惺相惜的表情，"这都是那个女人闹的，要不是那个女人，我不会变成这样子，我早就发财了。"说着他又激动了，双手拍着方向盘大吼："都说我是神经病，我哪里像神经病？还每天逼我吃药，我吃他妈的吃，谁是神经病？你们他妈的才是神经病！"

我见他忽然病发，赶紧在一旁说道："飞哥，飞哥，我要改正你一个错误。"他一愣，暂时安静下来，"什么错误？"

"小人与女子难养也，不是关二爷说的，是孔老二说的。"

"哦？这有什么不同，不都是老二吗？"

飞哥还在琢磨孔老二和关老二有什么不同，老婆打来了电话。她用非常平静的口气说："听老师说，儿子好像有些发烧。我现在在上班，你去看看吧。"这回我识相了，老婆这是第二次服软，虽然没有明说对不起那三个字，但态度上已经有了很大改变，我决定原谅她。我说好，我现在就过去。

我对飞哥说："不好意思，我儿子在学校出了点事，我得去看看。"

飞哥一愣，"你有儿子了，怎么不早说？走，我送你过去。"见我不动，飞哥一拍方向盘，"还愣着干啥啊，这速度不比你打的快？"

我憨厚地笑笑，"还是哥哥实在，那就走吧。"

不得不服，八十万的宝马就是比十八万的大众好，上了高速就撒欢了跑。飞哥烧包不够，还把顶篷给收了回去，一路风声猎猎，一辆接一辆的大车被我们抛至脑后。我笨拙地看着面前的导航仪，计算着离东莞还有多远，末了发自内心地感慨："将来我也要买一辆，太牛了。"

飞哥笑笑，"你丫少在我面前装，我知道黄胖子今天给了你一百万，你要愿意，下午我就带你去看车，直接从海关那买，便宜两成。"

我再笑笑，"飞哥挺仗义。"

到了保育幼儿教育中心，我还想着下车去给保安说一声，谁知飞哥就不停车，拍拍喇叭那铁门就嘎吱嘎吱开了，飞哥甩都不甩保安，油门一踩带着轰鸣就冲进操场。从后视镜里，我看见门口俩保安立得笔直，表情严肃。这就是他妈的有钱人的气场。

我去幼儿小班窗户上往里看，儿子正在练钢琴，旁边辅导的就是我平日见的那个小妹仔。那妹仔一抬头，发现是我，就笑笑出来，儿子这时背对着我，并未发现。

妹仔问我："您来有事吗？"

我很纳闷，"不是说我儿子有点发烧？"妹仔就笑了："哦，今天您太太打来电话，问可乐在学校里乖不乖。我当时觉得他有点热，就随便说了一句，现在已经没事了。"我这才明白，原来是老婆忽悠我，不过我心里也带些得意，老婆真是太可爱了，居然用了这么整脚的一招。

妹仔见我傻笑，就问要不要和儿子说两句，我看看时间已经四点，还有一个小时放学，就打算接回去。妹仔将儿子从教室里喊出来，儿子见了我嗷嗷地往怀里扑，口里"爸爸、爸爸"喊个不停。当我走到操场上的敞篷宝马跟前时，后面几个广东仔大叫："可乐，你老爸的车子好靓吖。"儿子回头一个鬼脸，返回来问我："爸爸，这车是谁家的呀？"我微笑不语，抱着儿子坐进车里。

出了学校大门，飞哥低声对我说："我和你打赌，三天之内我把你儿子的老师搞到床上。"说实话，他要说别的女孩我都无所谓，可他说那个小妹仔，我心里就有些不舒服。抛开她是我儿子的老师先不说，凭我多年阅历，一眼就看出人家女子是个本分人，绝对是那种视金钱如粪土的人。如果她真的如飞哥口中说得那么不堪，我都不敢想象这世上还有好女人。

但不舒服也只是在心里，我没理他，只是和儿子聊天，问他今天学的什么。飞哥对我儿子很感兴趣，将车子停在一边，要和我换位子，"我来抱抱侄子，你去开车。"

我一下子慌了神，结结巴巴道："我……我不会开啊。"飞哥麻利地下车，绕到这边往上挤，口里嘟囔道："不会开车你也好意思说，还是不是个男人？赶紧过去，开车和日女人差不多，会日女人肯定也会开车，都是一回生二回熟的事。"说着就将我推过去，同时伸手接过儿子。

尽管飞哥说得难听，可仔细一想也确实是那么回事。我第一次开车的心情居然和第一次进入老婆身体时一样激动，带着惊喜、兴奋。难怪人家说，汽车就是男人的第二个老婆。

飞哥并没有给我详细地讲怎么开，只是随口说："先踩离合，上挡，慢放离合，同时稍微给油，车子走了自己琢磨。"我怀着无比激动的心情，让车子往前跳了一步，惊得儿子小脸通红。飞哥抱着儿子道："小家伙，看看你爹那架势，笨得跟猪一样。"我还要再试，飞哥伸手拦着，"我带侄子下车，你先在这条路上练，等你会起步了我们再坐。"

因为是自动挡，学起来要快很多，半个多小时我已经能慢速在马路上绕一个弯，而且知道了转向灯怎么用。每次转回来都惹得儿子一阵大叫："爸爸加油，爸爸加油。"

觉得自己已经能用四十码在大街上跑了，我才回来喊飞哥和儿子上车。这时岳母打来电话，问我在哪，还说今天包包子，让我早点回去。我笑着对飞哥道："时间不早了，我妈喊我回家吃饭呢，你要是不忙，就一起去吧。"我这是客套，随便说说而已，可飞哥立即一板脸，"去，有饭局我从来都不落空的。"

在回去的途中，依然是我开车，飞哥抱着我儿子看风景。发呆了良久，飞哥忽然道："兄弟，你儿子不错，给我做个干儿子吧。"

"什么？"我一惊，差点油门刹车一起踩，"你要给我儿子做干爸？"

"不是干爸，是干爹。"飞哥纠正我道，"你同不同意？"

我心里一阵慌乱，这神经病要给我儿子做干爹，会不会教坏我儿子？后来想想自己多虑了，毕竟只是干爹，以后不给他们见面就行了。我连忙笑着说道："怎么会不同意，高兴还来不及呢。"

飞哥嘿嘿笑，"想你也得答应，你要不答应我立马就把你儿子扔到车外马路上。"

飞哥这句话再次让我失控，车子在路上玩了一个"S"摆尾，我咬牙说道："那你试试，我不把你的鸡巴扯到你的额头上才怪。"这句话我说得很有技巧，故意用了脏话，又带些调侃，目的是告诉他，别以为你是神经病就可以为所欲为，敢对我儿子使坏我一样收拾你。

飞哥不以为意，反而开怀大笑，捧着儿子的脸道："叫干爹。"儿子不叫，撅着嘴巴看我。我想认就认了，也没什么，就对儿子说："乖，毛毛，叫干爹。"儿子还是不叫，低头玩手指。飞哥面色一寒，忽然神秘说道："你叫干爹，干爹给你一个好玩的东西。"

儿子眼睛一下子亮了，奶声奶气道："什么东西呀？"

飞哥嘿嘿一笑，从腰后摸出一把手枪，"当当当当！看这是什么？"

儿子立即伸手要拿，飞哥将手一扬，板脸说道："叫干爹。"

我在一旁浑身发抖，一句话都说不出。我敢百分百地保证，他手里那家伙绝对不是玩具，但我又不知能说什么，只得睁大眼睛看着前方，期盼着车子不要失控。

儿子要两手握着才能拿得动手枪，对着我和飞哥一阵"biu —— biu 你死啦"地叫，我这边胆战心惊，飞哥却在那跟着儿子对干，单手比成枪，嘴里嗷嗷叫："我没死，你没打中，啪啪啪，你死了。"

我用余光看见他俩，貌似在享受天伦之乐，我的心却提到嗓子眼里，用了吃奶力气才将方向盘握紧，心里暗想：他这是什么意思？为什么要从深圳跑到东莞？又为什么要去我家吃饭？忽然脑中灵光一闪，一个大胆的想法浮出脑海。他知道我今天有一百万！他又带了枪，现在去我家，这是要赶尽杀绝？

我的瞳孔一下子变得巨大，面红耳赤，呼吸急促，脑门上冷汗不止。不行，不能让他得逞，这家伙是神经病，没人性的，他做起事来毫无章法，一不小心惹起火来，我全家的性命可就完了。

可是，我哪里得罪过他？想起来了，他是杨云的前夫，对杨云可谓是又爱又恨，我和杨云的关系暧昧不明，那天又顶撞过他，很难说他不是怀恨在心。今天我又带了巨款，要说谋财害命也不是没可能。无论从哪方面讲，他都有理由对我下毒手。想到这里，我肠子都快悔青了。随后深呼吸三次，沉住气，然后慢慢琢磨怎么收拾他。

我计划等到了小区门口先把儿子放下，让门卫看着，然后骗他说去买酒，载着他离开，不让他知道我住的地方，就算他要害人，死一个总比死全家好。如此想着，我把车子慢慢停在小区门口，准备实施计划。儿子忽然说道："爸爸，我要尿尿。"我还没有反应，飞哥就推开车门，一把扯下儿子裤子，端着他朝外，"人间大炮，一级准备，发射！"

　　我看着飞哥的后脑勺，寻思着要不要给他来一下子，就这一耽搁，儿子尿完了。飞哥将儿子抱进来就说了一句："嘿，我又看见了一个极品美女，绝对是个骚货。"

　　我伸头一看，"日你先人，那是我老婆！"

第十二章

　　飞哥一脸惊讶，"这就是你老婆？长得不错嘛。给我说说，她是怎么背叛你的？我替你好好收拾她。"

　　我气不打一处来，"谁告诉你她背叛我了？管好你自己，先。"

　　说来也怪，老婆今天打扮得格外漂亮，平日的马尾散了开来，额前漂了两丝金黄，眼珠子也比平日大了不少，一身紧身衣，勾勒出玲珑有致的完美身材，短裙下面，露出一双长腿，脚下蹬一双细跟高筒靴，更显得双腿修长，裙角摆摆，引人遐想。不但是飞哥看得眼珠子都要掉出来，门口几个保安也对着老婆行注目礼。我无比火大，她今天是发的什么疯？好端端的弄成这个样子，让那些心怀不轨的男人看了不上去谈价钱才怪了。

　　我登时就从车里出来，满腔不平道："苏婷！"老婆正走得急，被我一嗓子吓得一愣，看清是我后摆出一副不可一世的表情，趾高气扬道："干吗？"

　　我上去压低声音道："你不是去上班了，怎么穿成这副样子？"

　　老婆飞我一眼，带些嗔怪，"我休假不行？我穿成这副样子怎么了？我又没光屁股。"

我又急又气，急的是身后还有个神经病，气的是老婆居然不顾我的感受，又低声道："赶紧回去换了，难看死了。"

"难看？"老婆睁大眼睛叫道，"我花了三百块请人设计的造型你说难看？"

"当然难看，你没感觉吗？"我气得话都不会说了，"难道你没感觉到背后那些人异样的目光？"

老婆鼻子一哼，露出一抹得意，"小样，你是吃醋了？"

"才不是，你赶紧回去换了，穿厂服就挺漂亮。"看着飞哥一脸坏笑，还不知道那小子在脑子里是怎么想的，我就越发着急，说话也有些怒了。

老婆不情愿地撅着嘴，"我不换，难看就难看，难看了别的男人就不会看，这样你不是更安心？"

我都快哭了，赶紧求她："好了，姑奶奶，你这一身太招摇了，我不想让别人看，连奶子大小别人都能看出来，这样太不和谐了，赶紧去换了。"

老婆这才得意起来，"好了好了，我也才穿了一下午，刚去做了头发，这就回去换。"说着就挽着我胳膊往里走。

我急忙回头，"别急，你先带儿子回去。"老婆一愣，"儿子在哪？"

当我从宝马上将儿子拉下来时，老婆明显震惊了，看着宝马张了半天嘴。我非常看不惯她此刻的表情，赶紧将儿子塞给她说道："赶紧带儿子回去，我等下就回来。"

飞哥在后面疑惑道："等下，不是去吃饭吗？还要去哪？"

我急忙解释："哦，我还想去买瓶酒。等下我们哥俩喝。"

飞哥笑着从车里出来道："不喝了，你也不给弟妹介绍下我，是怕我和你抢吗？"老婆这才收回目光，矜持地对飞哥笑笑，等着我介绍。纵是我心里再不情愿，面子上还是要做足，我很不亲热地为双方介绍："来，这是我老婆，苏婷。这位是我生意上的好伙伴，孟飞。"

介绍完，老婆依然挽着我的手，继续装淑女，淡淡浅笑。飞哥却直接伸手上来，嘴里还蛮横地责怪我："怎么说话的？谁是你生意上的伙伴？我跟你才没生意关系呢。"说完已经非常不见外地握着我老婆的手使劲摇，"弟妹啊，我是可乐的干爹，以后咱们就算是亲家了。"

"亲，亲家？"老婆被他的话吓住，丝毫没注意到她的手正被一双猪蹄握着。

　　奶奶的，欺人太甚，当我是透明的？我赶紧上去将他们分开，不动声色地解释道："亲家，按他们那的风俗，和孩子的干爹干妈都称亲家。"

　　老婆这才明白过来，温和地笑道："那真是可乐的福气，居然找了个这么厉害的干爹。"

　　儿子适时捧着手枪叫道："妈妈，妈妈，你看，干爹给我的玩具枪。"

　　老婆抱起儿子亲了一口，"那你有没有谢谢干爹？"

　　儿子摇头不答，继续玩枪，摸着手柄上一个按钮一扳，咔嗒一声，保险开了。飞哥急忙从儿子手里把枪拿回来，嘿嘿笑道："好儿子，这枪太小，干爹给你换个大的。"

　　儿子一脸不悦，虎着脸看我，眼泪快要掉下来。老婆也觉得奇怪，但作为家长，她还以为飞哥是和孩子玩呢，就教育儿子道："你看，干爹给你买了玩具你都不说谢谢，干爹把玩具收回去了。"

　　儿子开始瘪嘴，"我不要干爹了，我要爸爸给我买个大枪。"

　　儿子这一句话，差点让我哭出来，不愧是自己的种，心里装的还是老子。

　　我哄着他说："毛毛乖，干爹不是说了要给你买个大枪？"

　　我这一说儿子更伤心，呜的一声哭出来。我心里清楚，儿子爱哭是从老婆身上遗传的，而且哭了很难哄。平时哭也就算了，可今天不同，面前这个"干爹"是个神经病，一个不小心，把他给惹毛了，那可不是闹着玩的。

　　飞哥站在原地皱着眉头，额上青筋跳动，似乎是发怒的前兆。我赶紧做好准备，万一他在这发疯，拼了命我也得保证儿子和老婆的安全。就看飞哥忽然钢牙一咬，手就伸向腰后。我这边提气凝神，双拳紧握，时刻准备趁他一个不注意砸他太阳穴。

　　说时迟，那时快，飞哥从腰后摸出宝马车的电子钥匙，对着儿子晃晃，那钥匙上立即红蓝黄绿闪个不停。儿子一见，哭声顿止，伸着手接过钥匙，挂着泪珠疑惑道："这是铠甲勇士的召唤器吗？"

　　飞哥一愣，随后哈哈大笑，"乖儿子，这不是铠甲勇士的召唤器，这是变形金刚的控制按钮。"说着他在按钮上一点，宝马 Z4 的后盖快速打开，顶篷缓缓缩进，完成华丽变身。儿子一下子被吸引，拍手大笑，"好酷呀，我要这个，干爹，快给我这个。"

飞哥嘿嘿一笑，"你终于肯叫干爹了，这一声可真值钱。"

我和老婆对飞哥的话都没在意，换了正常人谁都不会在意，没有人会为了一声干爹就真的送辆宝马。

按照计划，现在就是让老婆带儿子上楼，我带他出去逛。可是飞哥都说过了，今天不喝酒。我对老婆眨眼道："咱家没酱油了吧？吃包子怎么能没酱油呢？我去买。"我心里想着，出去就不回来，他要吃我就请他上馆子，总之不准他进我家门。

谁知飞哥非常不见外，呵呵笑道："那你去打酱油，我跟弟妹和儿子先回家。"这句话让我有一种想杀人的冲动，一个男人对我说让我去打酱油，他带我老婆和我儿子先回家？要不是老婆儿子还在当场，我才不管他腰后面别的是手枪还是鸡大腿，立即开战。

幸好老婆及时解围，"你日子过糊涂了吧，居然还知道家里没酱油，赶紧回，妈该等急了。"就这样，我心惊胆战地带着飞哥回家，同时心里期盼，飞哥只是脑子有问题，但不至于滥杀无辜，而且看他目前对儿子的态度，和亲生父亲无异。从他上了电梯开始，他只是抱着我儿子玩，对我老婆并不在意，这就打消了我以为他会见色起意的念头。

岳母没料到今天会来客人，先是愣了一下，在飞哥亲热地喊了声阿姨后，她老人家就变得热情了。按她老人家的想法，如今我已经走了背运，可人家还和我继续交往，那说明这个人还是比较靠谱的。再加上我平时根本不带客人回家，好不容易来一个，还是儿子的干爹，关系自然非同一般，因此就格外热情。

岳母蒸了一锅包子，共计十八个，岳母和老婆每人一个，儿子两个，我心事重重，吃得慢了些，只吃了四个。其实我还能多吃一个，可是还没等我伸手，飞哥就对我说："阿姨包的包子真好吃，我从来没吃过这么好吃的包子。"我把伸向包子的手临时转了方向，拿了个馒头。我想：吃人的嘴短，你吃了我家的包子，该不会还对我家人有什么想法吧。

吃了原本是我的包子，这都不算。饭后他又开始和岳母聊了起来，非常认真地倾听了岳母当年是如何含辛茹苦地将女儿带大，又是如何不知不觉地被我骗走了女儿，最后自己又如何为了女儿女婿的幸福，千里迢迢从老家跑来带孩子……岳母说这话只是忆苦思甜，这是老人家的通病，我都听得耳根子出茧了。

飞哥居然听得几度落泪，欷歔不已。老婆偷偷小声问我："你那朋友没事吧？"我不语，用手指了指脑袋，再冲她摆手。老婆立时明白过来，用口型问我："神经病？"我点头，用口型回答："进水啦。"然后，老婆就用同情的目光看着他，似乎感到很可惜。我心里一动，老婆居然同情他？

更离谱的在后面，飞哥忽然拭了泪，对我岳母道："阿姨，我认您做干妈吧。"从中午一点到下午六点，短短的五个小时，流氓阿飞就成功地融入了我的生活圈子。他把我岳母喊妈，我儿子把他喊爹，就差老婆还没有沦陷。我现在才知道，丫根本不是神经病，他有着无比聪明的头脑和体贴入微的细致以及无与伦比的厚脸皮。试想，有这三个特点的男人想要搞定某个女人，还不是手到擒来？我这时才明白，他能在短短几个小时让路人甲女孩乖乖躺到床上，不是因为那女孩多白痴，而是他太优秀。

我有生以来第一次感觉到语言无法形容的压力，我相信老婆对我是绝对忠诚的，毫不怀疑她对我们之间的爱情有着海枯石烂至死不渝天地可鉴的基本信念。但在绝对诱惑面前，她能守住阵地吗？拜托，大家都是成年人，谁能不有些花花肠子？我坚信我老婆是个好女人，对她是百分之一万的相信，但我不相信那个流氓。这才多长时间，他俨然已经成了这个家的男主人！

吃完饭岳母要洗碗，他迅速夺过碗筷奔到厨房，挽起袖子开整，还说："认个干妈不是白认的，得给干妈做点什么才行。"

大家吃水果，老婆刚拿起水果刀他就夺过果盘去洗，回来说道："苹果被誉为果中之王，其一半功劳都在果皮上，吃苹果皮有助于消化、美容，能促进大脑发育，预防中老年痴呆，所以我们吃水果最好是不削皮。"

电视上放《喜羊羊与灰太狼》，儿子笑声连连，岳母就玩笑似的说了一句："这小家伙就喜欢看动画片，我想看个新闻联播都不行。"他就起身抱着儿子进了书房，打开电脑教儿子玩小游戏。

眼看着儿子在书房里一口一个干爹，叫得那份亲热，我觉得我不能再沉默，我得做点什么，要不然还真的让他反客为主了。我邀他去酒吧坐坐，他说不去，戒酒了。我又说："那我们出去兜风吧，趁着夜色迷人。"他让我自己去兜风，他要陪儿子玩。我又低声说："我想和你谈谈，私人之间，好哥们儿之间，得避开她们才能谈的。"他朝我翻一个白眼，"你这不是虚伪吗？还有什么事情非得避开老婆才能谈的？"

我真的快崩溃了，干脆直接拉下脸，问他："飞哥打算什么时候回去？"他一摸脑袋，"你们家有多余的空房吗？"就在我心焦气躁的时候，有人给他打了个电话，然后他起身告辞。我忍不住虚情假意了一回，"什么事那么急？明天再去吧，今天就住这吧。"飞哥咧着嘴笑，"那好，明天我还来，绝对不走了。"这话差点把我噎死，恨不得抽自己俩嘴巴。

飞哥走了大概半分钟，老婆忽然惊叫："钥匙，他的车钥匙没拿。"我想：糟了，这家伙等会儿肯定得上来取钥匙，万一再出个意外状况，比如再来一个电话，他要是不走就麻烦了。于是我急忙拿起钥匙往下追。

电梯一上一下就是三分钟，等我跑到楼下人影都没见着一个。我赶紧打电话，问他在哪。飞哥说他已经到了小区门口，我边跑边道："钥匙，你车钥匙忘楼上了。"飞哥道："我知道，那车子我送我干儿子了，今天打的回深圳。"

这话当时就让我摔了一马趴，起来还死命地掐自己大腿，愣了半晌才反应过来，他把那辆宝马 Z4 送我儿子了。随即一想不对，他再有钱也不可能这么大方，和我又不熟，况且我对他而言没有任何利用价值，没必要送我这么贵重的东西，一定是别有企图。

我追到门口时他刚拦到车，我一把拉住，将钥匙往他手里塞，嘴上说道："你开什么玩笑，我儿子那么小，哪里用得着车，你还是拿回去吧。"

飞哥脸一沉，教训我道："谁说他用不着？你没看见他看见汽车变形那副表情？多高兴多开心！再说，我就认了这么一个干儿子，第一次喊我干爹能不送点礼物？"我哭笑不得，"飞哥，可这礼物也太贵重了，你送个遥控车一样能让他开心，你还是别逗我了，快点拿回去。"

飞哥一下子就怒了，"谁逗你玩？你当我说出去的话是放屁吗？送我干儿子一辆车有什么了不起？值得你跑这么远来寒碜我？我像是没钱的人？"

"不，不，你误会了，我知道飞哥不差钱，可是……"

"别可是了，知道我不差钱就好，我回去了。"说完就往车里钻。我傻在后面，头昏脑涨，心想这家伙是真脑子秀逗了，就下意识地说了句"神经病！"

车子刚起步就停了下来，车门缓缓打开，飞哥一脸冷漠走下来，"你说谁神经病？"飞哥此时完全变了一个人，眼神冰冷而凌厉，额头上青筋根根暴起，胳膊上血管扭曲成团，让人不寒而栗。丝毫不用怀疑，我此时要是说错一句话，后果将不堪设想。

的士司机探头出来，操着广东话嚷道："雷走不走？"我忙借机偏过头笑道："不走不走，不好意思啊师傅。"司机嘴里骂了句"气性"（粤语，神经的意思）就缩头回去，不巧又被飞哥听到，反身回去拍着玻璃吼道："丫的你骂谁？给老子滚下来。"司机也不甘示弱，探出头来操着广式普通话予以回击："王八蛋骂雷又怎样，雷明明拦了银家的切子却不走，不系早骂系什么？"

飞哥直接一个暴跳，准备过去教训那司机。这还了得，大街上人来人往的，不出三分钟警察就会赶到，闹出事来又是一番折腾。不等飞哥出手，我抢先过去将他拦腰抱住，同时对司机大喊："傻逼啊你，明明知道他是'气性'还要说出来？老实告诉你，'气性'发怒宰你都不用负法律责任的。"司机被吓到，赶紧缩头回去，弱声说道："那雷把他拉开一点啦，银家要开切啦。"

我刚将飞哥拉回来一点，飞哥一个后胳膊肘就击我嘴巴上，这感觉就像被一头大象撞到，我轻飘飘地向后飞去摔倒在地。我还在想：这难道就是传说中的屁股向后平沙落雁式？的士司机一见我倒地就踩了油门疯跑，飞哥一路狂追，末了还从路边揭了一个垃圾桶盖丢了过去，砸在后窗上弹下来。

飞哥将怒火全都洒向我，两只手如同钳子一样掐着我脖子将我从地上拉起，睚眦道："你凭什么叫我神经病？你知道我是神经病？啊？我看你他妈的才是神经病，你以为你比我强吗？你老婆还不是一样的骚货？还不是一样背叛你？"

此时我被掐住喉咙，脸都憋成猪肝色，心里又急又气，猛然听他这一说，无名之火瞬间蹿了上来，猛的一个提膝猛击，一脚踢中他小腹，丫闷哼一声退后。不过三分之一秒丫的又冲了过来，无奈之下，我只好使出平生绝学，当年称霸全年级的无敌王八拳。可惜，如今的对手已经不是当年那些六七岁的小朋友了，我的王八拳还没发挥到最佳状态，我就再次被飞哥击倒在地，掐住脖子。

飞哥鼓着眼珠子吼道："你服不服？你凭什么不服？"我用吃奶的力气扳他的手，从牙缝里挤出几个字："我老婆不会背叛我，永远不会！"

"哈哈哈……"飞哥一阵大笑，随后又吼，"放屁！老子早就看穿了她的本性，她和杨云一个样，都是骚货。"

这时，我才知道他的问题所在，趁着还有一口气，我奋力说道："你误会了，杨云和我老婆一样，都是世界上最好的女人。"飞哥越发面色阴寒，冷冷笑道："你还敢取笑我？杨云那货也算好女人？她为了三百块都敢和别人去睡觉，你还说她是好女人？她哪里好了？啊？你倒是说，她哪里好了？"

见他力殆，我奋力一蹬，飞哥就被端翻出去，起来时又扑过来，这次好歹我有些经验，没被他的直拳砸到，脑袋一偏，抱了上去。抱住对方，在拳击运动中是比较无赖的防守方法。但对我来说，这是强项，打小就是在草甸子上摔大的。我一上手就把飞哥压倒在地，还附带着把他脑袋重重地磕了一下。无奈那厮忒大蛮力，一挺腰杆子就把我掀翻，骑到我身上，提拳要打。我连忙护脸，心想，这下恐怕要惨。

结果等了半天不见拳头落下，睁开眼看，那厮正摸着自己脑袋一脸悲愤，"小子，你敢跟我玩真的！"伸手出来，巴掌上一抹血红。我躺在地上嘿嘿喘气，"老实告诉你，今天我没吃饱，包子都让你吃了，不然你不是我对手。"飞哥一愣，随后大笑，拉我起来，"奶奶的，快五年了，还没人能让我出血，走，喝酒去。"

这回，我更加确定他是神经病。脑袋后面破了一个洞，衣服后背都染红了，他也不管，非要拉着我去喝酒。我好说歹说，才把他弄到医院。在医院包扎时他安静了许多，或许是医院里特殊气氛的影响吧。医生给他做了处理，另外还要做些简单检查，以确定他颅内是否健康正常。

在外面等结果时，他问我："你有没有日过杨云？"我正对着医院玻璃看自己嘴角上的青肿，鄙夷地看了他一眼，"孟飞，这就是你的不对了，杨云好歹也是你前妻，说话就不能客气些？"他脖子一梗，"那你要我怎么说？不说日说什么？"我立即一个扭身摆好架势，声音高过他，"怎的？你还想和我打一场？来撒。"后面出来一个小护士，厉声呵斥道："雷地做咩？要打出去打，死了直接进太平间。"

我赶紧灰溜溜地回来，和飞哥肩并肩坐好。小护士一进去，飞哥低声对我道："我敢保证，这个女子是个骚货。"我说："在你眼里，就没有女人是正常的？"飞哥说："你不信？我今晚就把她弄到床上。"我一摆手，"停，或许这个女子是你说的那种人，但并不代表所有女人都是那样的，最起码我知道有两个人不是，一个杨云，一个我老婆。"

飞哥激动了，"谁说杨云不是？她当年为了三百块就和人……"

"你看见了？没有！你没看见你凭什么这么断定？"

"她还跟所有和她有业务往来的男人发生关系，她还……"

"你看见了？还是没有对吧？那你凭什么就认为她是那种人？你有证据吗？"飞哥一时愣住，哑口无言。我摇摇头，换了语气，语重心长道："飞哥，坦白跟你讲，杨云是个好女人，尽管很多男人都对她有想法，但没有一个占到便宜的，她有她的原则。虽然我和她认识时间不长，但她的本性我能看出来，她不是那种随便的人。"飞哥一时愣住，呆了半晌，最后又冲我低声吼道："不可能，她是个贱人，绝对的。她是不是和你那个过？对吧，所以你才会替她辩解？"

哪个过？怎么不说日过了？我歪头看着他那扭曲变形的脸，心里想，得给他找点事做。我沉声说道："尽管我对她有过想法，但我们之间什么都没发生，这一点你一定要相信我。最主要的是，杨云也不可能随便和人发生关系，她不是那种人。要是你还不信，我和你打个赌，你不是说什么样的女人你都能让她乖乖躺到你床上吗？那好，我就来和你赌杨云，不管你用多长时间，她也不会乖乖地躺到你床上，要是我输了，我就跪在你面前替你舔鞋底！"

飞哥开始呼吸急促，瞳孔慢慢变大，肩膀剧烈颤抖，末了一咬牙，"好，我和你赌。"飞哥就是飞哥，说完转身就走，我在后面喊着："哎，你检查报告还没出来呢。"他头也不回地摆手，"不用拿了，我脑子有问题赖不上你。"

我在心里嘀咕：不过是抱着你摔了一下，还能摔出什么问题？想赖我还赖不上呢。我又想到宝马钥匙，再去追他已经没了人影，我心想也好，这一顿打也不能白挨，这车子就借我玩两天。一想到明天就可以开着宝马四处乱窜，我就如同当年准备趁醉将老婆推倒前般激动。

不一会儿喇叭里喊孟飞的名字，我去窗口拿检验结果，还是刚才那个小护士，向我背后看了看，"你是孟飞？"我摇头说："不是，孟飞有事走了，我是他兄弟。"护士就松口气说："那好，是家属就好，这个结果你先看看，要不要告诉他你自己决定。"

我疑惑地接过检验单，仔细看了半晌，又无奈地将检验单递回去，"姐姐，这字我看不懂。"护士脸一红，又低头笑，随后正色，"他脑子里有肿瘤。"我当场傻住，愣了半天也没缓过神，护士连喊了几声我才清醒过来，打着转不知该站还是该坐。

护士很委婉，带着同情的语气道："你可以带他到多家医院去看看，也可能是良性的，可以治好。"我下意识地摇头，"脑瘤会导致他精神异常吗？"

"这个也说不准，半数以上都伴随着精神失常。"

我明白了，孟飞以前不是神经病，不然杨云当年怎么会看上他？

可是他有脑瘤跟我有什么关系？我和他之间无任何共同语言，他是死是活我操哪门子心？去球，人死鸟朝上，还是不告诉他，这也符合他的作风，若是知道自己没多少日子可活，谁知道他会做出什么事来。

刚转身要走，又想到飞哥说这个护士是骚货，不免回头多看了护士两眼，乖乖隆咚锵！典型的广东美女，大眼睛，高鼻梁，嘴唇小巧性感，身材细长，尤其是高高隆起的胸部，看上去坚硬异常。

鬼使神差般，我笑道："谢谢你，靓妹叫什么名啊，我想请你喝茶。"说这话的时候，我特意将手里的宝马钥匙甩了甩。效果果然不一般，她起先很惊讶，随后又变羞涩，轻声说道："叫我阿琳就好了，今晚我夜班，要到明日清早八点才落班。"我咧嘴一笑，"那好，留个电话，明日我请你喝早茶。"

第十三章

回到家里，老婆被我脸上的伤吓了一跳，惊慌失措地问："你又怎么搞的？这才出去多大一会儿就弄成这样？"我鼻子一哼，不以为然道："这算什么，阿飞更惨，脑袋破了个洞，血流一地。"

岳母从屋里出来，又是心疼又是气愤，"这是咋个回事，你们两个惹到谁了？"我晃着脑袋哼哼："不是，我们掐了一架来着，也没啥大事，打完去了趟医院，现在和好了。"岳母又是一阵唠叨，说我当了父亲办事还这么毛躁，一点都不稳重。

我随便应付了几句，就回房睡觉。躺在床上，玩着宝马钥匙，心思早就飞到明天早上：我开着宝马，打开敞篷，旁边坐着那个小护士，在高速路上飞驰；我意气风发，她长发飞扬，开到一处旷野，放下敞篷……

我忽然想到，那车子空间那么小，两个人在里面会不会挤啊？又是单排座，操作起来难度应该很大。想着想着就在脑子里开始模拟，根据那小护士的身高、身体柔韧度，该采取什么体位。正得意，老婆开门进来，关上门上床，关切地问道："到底怎么了？你要给我说啊，别让我担心。"

"没事，就是和那神经病打了一架。"

老婆脸一板，"你还骗我，他怎么会跟你打架，走时都好好的？"

"那家伙神经病，我就开了个玩笑，一言不合，他就和我动手，我总不能不还手吧，就打了。好了，不谈这个，你今天怎么想起来这么打扮？"

老婆嫣然一笑，起身站在床下扭身一转，"好看吗？"不知怎的，我看着老婆转圈，脑子自动将老婆的头像换成那个小护士，居然心血来潮，蠢蠢欲动。我急火火起身拖着老婆过来，压在身下。老婆一边摆头一边喊："猪，还没冲凉呢。"

我们住的是主卧室，里面独有一套卫浴，装修别有风味，我就将老婆横腰抱起，奔进浴室。进去后手忙脚乱，衣服还没脱完，就打开了蓬头。老婆半推半就，嘴里说道："不行，你不是睡书房吗，谁要你来，还去书房睡，跑来做什么。"

我明白她想做什么，此时正在兴头，我当然不会扫了兴致，立即做出一副猪哥状，"哎呀好老婆，我错了，那书房不是人睡的，整夜整夜睡不着，还是跟你睡舒服。"……

经过一番折腾，我整个人都死在浴缸里，连脑子都不想动。躺了一会儿，老婆忽然起来，嘻嘻笑道："好像比平时小哦。"我无力道："见水的缘故。"说完脑中灵光一闪，自己都觉得脸红。早期拍拖时和老婆也看过一些 AV 之类的，当时问过她，她说太脏，就再没问过。但是现在不知怎的，我突然很想，于是我直勾勾地看着老婆，悠悠说道："我还想来一次。"

老婆嗔道："想你个头啊，我也想啊，可你这……怨谁。"我心一动，鼓起勇气努努嘴道："那你……"老婆脸一红，咬着嘴唇，帮我仔细洗干净，对我道："你闭眼，别看。"一刹那，我觉得自己有些变态，在老婆低下头的瞬间，我将她脑袋扶住，"别，开玩笑的，怎么当真？"

老婆一笑，"少来，明明是你想，还以为我不知道。"我有些脸红，嗫嚅道："你不嫌脏吗？"老婆娇笑摇头，"是你的，就不脏，只要你喜欢，我做什么都可以。"说完就俯身下去，笨拙而羞涩，眼睛不时翻起来看我，带着甜蜜。就那么一眼，我心里一阵萌动，一把拉过老婆，用力揽住，狠狠地吻住她的唇，嘴里呜咽道："老婆，我爱你。"

昨晚折腾得很惨，今早不想动身，老婆洗漱完毕回来踹我，"起来起来，送我去上班。"我做死猪样，就是不动，被踹得急了，才哼哼唧唧道："你自己去就行，又不是多远，干吗非得我送？"老婆大怒，拉起被子抽我，"你得劲了不是，我想坐坐宝马都不成吗？"我这才想起，昨晚给老婆说了宝马的事，还应承了今早开宝马送老婆上班来着，怎么给忘了，于是赶紧穿衣起床。

有了新车就是不一般，何况是辆宝马Z4，坐上去都感觉高人一等，就连昨夜脸上新添的伤疤，看上去都比平时帅气。现在正是上班高峰期，我们到了她们厂门口就被一群急着打卡的员工堵住，门口保安立即按下大门按钮，为我们放行。

车子一直开到她们办公楼下面，老婆嗔怪我："停在大门口就行了，开进来干吗，害我还要跑到大门口去打卡。"话虽如此说，她下车后就直接进了办公楼。我想，她现在多是拉不下脸和那些员工挤着排队了。

我飞一般地飙回去，想补个回笼觉。结果车子开到小区门口，就看见岳母领着儿子在等校车。我心想下不去了，给岳母看到又要问我车子怎么不还人家。就在我准备踩油门离开时，看到校车缓缓停下，儿子的老师笑着从车上下来。

电光火石间，我这个没见过世面的土鳖就让车子轰隆着飙到儿子跟前，让车顶缓缓升起，用自以为万分慈祥和蔼的笑容迎接大众的注目礼。这是典型的暴发户心理，生怕全世界不知道自己有辆宝马。

儿子的老师只是望着我笑笑，就低头对儿子道："毛毛，跟爸爸再见。"儿子冲我一回头，甜甜喊道："爸爸再见。"瞧瞧，送儿子的是我岳母，结果老师却让儿子说爸爸再见，这就是宝马的威力。在校车启动的瞬间，我还看到那个小老师隔着玻璃对我甜甜一笑，那种感觉，让我瞬间年轻了十岁。

刚一转眼，就看到岳母在一旁黑着脸，我赶紧快步下车，走到岳母跟前关切地问："妈，你买菜吧，我用车拉着你去。"开着宝马去菜市场，这恐怕也只有我才做得出。岳母生硬地一摆手，"不用，两步路我走得动，你注意你脸上的伤，有空就去医院看看，可别感染发炎。"

听岳母这么一说，我赶紧跑过去对着车后视镜看，只见脸上淤青，嘴角高肿，额上还贴着块白色纱布，要多碜砢有多碜砢。我这才知道，老婆为什么不让我将车顶放下来送她，儿子的老师为什么望着我笑，那都是因为这猪头般的脸。

我醒悟过来，也没了刚才那般的神气，灰溜溜地对岳母道："那好，妈，我这就去趟医院，再检查检查伤口，您早点买菜回去。"去哪家医院呢？低头摸出手机，寻找昨晚小护士的手机号码。

到了医院，给小护士打了电话，她就从前台过来，听说我想处理下脸上的伤，她直接带着我去了 VIP 别墅区，填了张表格，交了五万块定金，办了张 VIP 卡。

拿了卡我还没从恍惚中清醒过来，这还没病呢，就先交了五万的医疗费。说是以后就是医院的 VIP 病人，任何时候都比其他病人优先，每个月还享受一次免费体检，万一生病都是由省优专家会诊，住的病房也是别墅区高级病房，总之就是以后一切都享受特别待遇。用护士阿琳的话说，以后就是感冒也只要打个电话，他们就会派专家队伍上门服务。

阿琳又补充道："你可以在我们医院指定一个私人护理医师。"我就问什么意思。

"就相当于客户经理，专门负责你身体健康的护士。"阿琳眨着眼睛看着我。我才明了，呵呵笑道："那就指定你吧，反正我这也不认识别人。"阿琳一脸惊喜，"真的？"随后又一脸忧愁，"可是我的级别还不够，不知道护士长会不会同意。"

我皱起眉头："为什么？这还需要什么级别？"阿琳道："要有高级护理执照才可以，我没有。"我又问："那怎么样才可以指定你为我服务？"

阿琳咬着嘴唇，轻声道："其实也不用非得指定我，我认识很多朋友，她们都是正经医学院的学生，比我的经验丰富多了。"

我当然看得出她心里想什么，我毕竟是活了快三十年的老狐狸，于是我一板脸道："不行，我就要你做我的私人护理师，要是换别人，这个 VIP 我就退了。"

阿琳红着脸看我一眼，又低下头去，"除非你是高级 VIP 客户。"

高级 VIP 客户！这是又要加钱？我心里一阵翻江倒海，东莞果然是有钱人的世界。但话已出口，想收回来也不行，我就鼓起勇气问道："怎样才能成为高级 VIP？"我心里想着，她要是说还要交五万，我立马找个借口走人，改天再找个她不在的时候过来把 VIP 退掉，这他妈的哪是人办的事，还没怎么着十万就塞到医院了？

不出所料，果然是要再交五万。仿佛为了补充，阿琳又道："其实也不用交那么多钱，只要你把个人资产登记一下就好，他们会在银行系统上核实，资产超过五百万都可以算高级 VIP。"这一句，把原本转身要逃的我又拉了回来，虚荣心促使着我言不由衷地笑道："这样啊，不过我是不会把我的个人资产透露出去的，那就再交五万。"

看着财务室里的小妹拿着我的卡轻轻划过，我的心里一阵疼痛，这就是装逼的下场。幸好，昨晚没把我收到一百万的事告诉老婆。

从医院出来，我的兴致就没刚才那么高了，毕竟，虚荣心这东西，是带有时效性的，也就当时那么一瞬间感觉痛快，过了那阵子之后，就是空虚和失落。为了让我可怜的虚荣心能够继续高涨，我很大度地履行了昨晚的随口之言，请阿琳小护士吃早点。

我们去的是一家粤菜馆，装修清淡典雅，里面的桌椅都是竹制品，天花板上吊的也是常青绿，餐桌上摆了鲜花，花花绿绿，很是怡人，让我瞬间有了食欲。我想，这就是秀色可餐吧。阿琳换下了护士服，穿着粉色束腰短袖，白色包臀短裙，咖啡色的头发呈波浪形披在肩上，还带着水珠，估计刚才利用我等她的时间洗了个头，甚至是洗了澡。此时的她整个人看上去宛如出水芙蓉，清新脱俗。

看了菜单半天，她才点了皮蛋瘦肉粥，又把菜单拿给我。我想，这姑娘也没那么贪财啊，我嘴上还谦虚着说："够吗？再多点几个，看看有什么喜欢吃的菜和点心，再点上。"阿琳笑着摇头，把菜单推过来。

作为土鳖，我是第一次到这么高档的粤菜馆，看菜单第一眼先看价格，幸好提前做了心理准备，才没被价格击晕，一碗粥售价是二十五块。二十五块，这相当于我一天的伙食费。为了显示大度，我又点了两个桂花糕，两个蜂蜜荷花蛋，再加一份功夫茶。点完故作大方地将菜单放下，其实心里已经把价钱算过了，刚好一百块。两个人吃个早点一百块，让岳母知道会骂得我生不如死。

吃完早点我要送阿琳回去，阿琳推托说她就住在粤菜馆附近，自己可以走回去，我偏不依，非要跟着她去。我想，阿琳应该知道我的用意。果然，在我的一再要求下，阿琳红了脸，默默上车。

阿琳就住在我以前住的廉租房区，在我老婆公司附近。那里是个工业园，大概有十多万外来工都在那里生活，因此廉租房非常多。阿琳是广东梅州人，到东莞来打工，也只能住廉租房。

不过广东这里的外来人员，一般情况都是住厂里宿舍，除非是有对象或结婚了的，他们才会租房，这就意味着，阿琳有男朋友，或是有老公。那她还敢带我去她租的房间？

我把车子停在一家超市门口，走路陪着阿琳往她的住所走，看着熟悉的街道我忍不住感慨："多么熟悉的地方啊，这才几天不见，就有些生疏了。"

阿琳惊道："你也住这里？"

我郑重点头，"是的，我也住这里，曾经。"

阿玲就笑，"骗人，看你的样子，一定是世家子弟，你的车牌都是深圳的，怎么会住东莞？"我一时无语，嘿嘿傻笑。

到了阿琳楼下，我才感觉尴尬，心里突突直跳，心想还是不去了，不就十万块钱嘛，以后总要生病的，反正现在又不差钱。结果阿琳拉开门一让，我就进去了。我闻到一股熟悉的清洁剂味道，这是房东为了让人觉察不出楼下饭店垃圾桶里发出的臭味才喷的。寂静的楼道里只传来阿琳高跟鞋的踢踏声，每一声都踏进我的心房，让我一阵阵战栗。

屋里的家具摆设很简单，一张床，只铺了一张席子，干净整齐。床的对面放了一台十七寸彩电，下面是一个DVD，边上还有一张折叠桌。再往阳台上走，靠着窗放了一个拉链式衣柜，正对着厕所门中间的台阶上放了一个电磁炉，另外还有两副碗筷，下面的纸箱里则放了许多方便面的包装袋。

　　由此看出，阿琳这里是两个人，他们经常自己煮方便面。我又想起我和老婆的日子，我们是两人共吃一碗方便面，她吃面，我喝汤，因为就着汤我还能多吃两个馍。我扭头看阿琳，带着微笑。阿琳瞬间脸红了，坐立不安。我才想起，我那满是伤疤貌似猪头的脸笑起来是非常恐怖的。

　　我轻声说道："这地方不错，小是小，收拾得挺干净。"阿琳局促地一笑，起身过来，"看电视吧。"她伸手去按电视开关，就这一瞬间的弯腰，让我瞥到了一片雪白，我登时觉得热血沸腾。不晓得我哪里来的胆量，直接扑了过去。阿琳不备，被我扑到床上，想要反抗，抬起手却又缩了回去，她轻轻说道："门没关。"

　　我去关了门，心急火燎地扑回来，像条疯狗般在她身上乱蹭，乱顶，她只是闭着眼睛，咬着嘴唇忍耐。很快，我就发现阿琳的胸天生就是那么挺，虽然比较瘦，却很有质感，我瞬间就沉迷了。潮湿的空间很快就让我大汗淋漓，而她身上的衣服，大部分还在她身上挂着。

　　我说："去洗个澡吧。"阿琳就去洗澡，我在外面能听到哗哗的水响。望着窗外飞翔的鸟儿，我奋力抹了把脸，轻推厕所门。里面水声一停，阿琳弱弱问道："做什么？"

　　"我也进来。"

　　里面愣了一阵，才传来阿琳的声音，"这地方小，两个人不方便。"我一用力，门开了。狭小的空间越发显得狭小。我想将她揽入怀中，她捂着身子躲藏，但又能躲到哪里去呢？她低着头轻轻颤抖，被我紧紧逼到墙上，不敢抬头看我。

　　我问："你是哭了吗？"她仰头笑，"没有，这是冲凉的水珠。"我沉默了一下，低下头去，奋力吻住她的唇，一双手上下游走。她起先排斥，不多时就热烈回应，无比疯狂。当我进入后，阿琳终于哭了，我问她："哭什么？我弄疼了吗？"她摇头，奋力抱着我，一声不吭，咬着嘴唇，用力迎合，似要尽快让我倾泻。

　　躺在阿琳床上，我看见床头电视机上放着一张照片，是阿琳和一个眼镜男的合影，两人都笑得很甜。我问："那是你男友？"阿琳漠然抬头，"嗯。"

随后移开目光，似乎不敢和那张照片相对。我想，她其实是不想和我在一起的。转念再想，不禁自嘲，哪有女孩和男人才见一面就愿意上床的？或许有，但绝不是阿琳这种女孩。

我翻身压住她，稍稍用力。阿琳肯定感觉到疼，但她不说，也不喊，用力忍着，眼睛闭着，我只看到她长长的睫毛在轻轻颤抖。我问道："他是做什么的？和你在一起多久了。"阿琳不语，嘴唇紧闭，嗫嚅两下，还是没说。我又问了一遍，她才撇过脸毫无感情地说："你干吗要问他？现在和我在一起的不是你吗？"

我哧哧地笑，心里明白，她其实并不想和我上床，但又没办法，这种结果在我成为医院 VIP 的那一刻已经注定，无可挽回。对我来说，她实际上就是一个兼职小姐，和小姐不同的是，她有着深深的罪孽感。

为了不让她太过难堪，我轻轻抱着她，将头埋进她的胸怀，不看她的表情，轻声问道："你们还在一起吗？"

"没有了，我们分手了。"阿琳似乎觉得不妥，伸手将我轻轻环住，"现在我不是和你在一起，你干吗老是问他？"我呵呵一笑，"没事，只是问问，我怕我影响你们之间的关系。"

"没有，不影响，我和他早就分了。"她说完一时无语，我俩相互看着，稍后她有些羞涩，再次闭上眼睛。

我轻轻低头，轻轻吻她，心里有一丝异样的感觉。好像原本需要千辛万苦才能得到的某种东西，却被我轻而易举地得到了，心里没有丝毫胜利的喜悦，也没有那种男人特有的征服满足感。我仔细想了想，还觉得有些不值，对于这样的一个女孩子，有点用大炮打蚊子的失落感。

我问她："你有过几个男人？"阿琳明显身子一抖，抿着嘴唇说道："加你一起，总共两个。"说完又是沉默，而后睁眼看我，"你喜欢处女？"

"不，不，别误会，我只是随便问问，没别的意思。"我在心里骂自己，虚伪！明明是嫌对方太烂，还假惺惺地故作姿态，好像自己多么宽容一样。

我对阿琳的态度和对阿玲的态度不同，阿玲起初就摆明了自己的身份，是个小姐，她就直接说明，是为了钱，直接，干脆。而阿琳起初给我的感觉是一个清纯玉女，理应是不食人间烟火的纯洁女孩，却没料到她和阿玲一个档次，这就让我有一种被欺骗的感觉。而且和阿玲比起来，阿琳对客人的服务差远了。

越这样想，我越觉得自己冤，花了十万元，居然弄到这样一个货色。可是反过来想，人家又没拿刀逼着我去医院交钱，怪不了人家。况且，十万元是给了医院，算是暂时投资，将来难免会生病，去看病的时候也是要花，享受的待遇也比较好，虽然贵了些，算不上吃亏。这样想着，我又心平气和了。我问阿琳："看你样子不过二十岁，这么小就出来打工了？按你这个年龄应该去读大学呢。"

"呵呵，读卫校的，读完就出来啦，大学读不起的。"阿琳脸上露出一丝笑容，但我能看出来，她很无奈。

我忽然冒出一句，"阿琳，要是有人出钱供你上大学，你去不去？"

"真的？"阿琳一下子坐起来，惊喜地望着我，稍后又恢复常态，嘻嘻笑道，"你是想供我去读书？嘿嘿，我不去啦，去也考不上，还不如在医院上班，还有钱赚。"说完阿琳又沉默了，忽然开口道，"你喝水吗？"我摇头，她就自己扯了枕巾挡住身体，跨到床下，从地上拿起一瓶康师傅矿泉水喝。

我忽然想起老婆以前也喜欢买这种水喝。后来有一天，我觉得这矿泉水和自来水的味道很像，就拿起矿泉水瓶看，我和老婆不由大惊，上面赫然写着：康帅傅。从那时起，我们再也没买过那种水。

想到这个，我就招呼阿琳将水瓶拿过来看看，一看，果然是康帅傅，就笑着对阿琳讲了。阿琳听后哈哈大笑，拍着胸口道："没办法啦，我们穷人，只能喝这种水，正牌的康师傅要一块五一瓶的，这个只要一块。"我就纳闷，"你一个月多少工资啊，水也舍不得喝吗？"问这话的时候，我没有丝毫脸红，浑然忘了当初自己也为了省钱，成箱成箱地把这种水往家扛。

阿琳说她没办法，一个月工资一千多，还要交房租、水电费，还要吃饭，一个月能剩下五百都不错了，还不能随便买衣服，化妆品更是想都不敢想。阿琳的表情很落寞，语气也很无奈，我那虚伪的英雄情结又按捺不住，激情澎湃起来，"怎么会这么可怜？阿琳，你放心，以后有了我，你就不必再过这种苦日子。"阿琳抿嘴一笑，"切，我才不信哩，等你玩够了，又看上别的女孩，就把我扔一边了。"

"不，怎么会？我不是那种人。"说完这个话我自己都害臊，恨不能抽自己俩嘴巴，脸似乎红了起来。为了掩饰，我赶紧一头扎进她胸口。阿琳喉咙里嘤咛一声，呻吟起来。

第二次嘿咻结束，我躺在床上，一动都不想动。像是中邪一般，我开始说着言不由衷的话，我说："阿琳，这个房间不要再住了，我帮你找一间像样的房间，住着也舒服，你看看这房间的条件，真的不适合你住。"阿琳哦了一声，似乎对这事并不上心，眼睛直勾勾地看着屋顶。

我还想再说，这时手机一阵响，拿来一看，居然是阿玲的号码。我瞬间愣住，她怎么来了？她不是回家了吗？带着满腹疑惑，我接了电话。阿玲那头很平静，先是沉默，过了很久，她才小声问道："你还好吗？我回来了，在清溪以前的房间。"

霎时，我满腔怒火就烧了起来。这个贱货，差点把我害死，居然还敢回来？胆子未免也太大了吧。我急火火起身穿衣，阿琳在背后问："你怎么了？要走吗？"我怒气冲冲道："有事，有人欠我债不还，我这就去找她。"

阿琳不明所以，也不好多说，只是用床单裹了身体，送我到门口，从门缝里伸出脑袋，带着胆怯问："那你以后还来吗？我们以后还见面吗？"我笑着点头，"来，当然来，我会打电话给你。"走了两步我又叮咛道，"记住，我会打电话给你，不许你打电话给我，发信息都不行。"说完我大踏步走出去。

第十四章

一路上宝马轰隆响，我紧握方向盘，双目瞪得巨大，脑子里开始勾勒见到阿玲后的火暴场面，我是先抽她耳光再大声骂，还是先大声骂再抽她耳光，还是一边抽一边骂？想来想去这几种方式都不可取，对方毕竟是个女流之辈，若是我打了，岂不毁了我多年来的英雄名声？

既然不能打，骂总可以吧。该用什么方式骂呢？含蓄的，直接的，粗陋的，恶俗的，还是笑嘻嘻的软刀子杀人的？想了好久，我有些泄气，原来自己对骂人也很不在行。不管了，先见她一面再说，该怎么处理到时看情况，借势发挥。

一路上我接到阿玲两个电话，都是问我几时到，因为快接近中午，她还关切地问我有没有吃饭。终于给我逮到机会，我冲着手机咆哮："吃个屁，我哪里还有命吃饭？没被你害死都是命好，还敢吃饭？"阿玲不敢说话，我骂完也觉得对着手机没感觉，当即决定等见了面再狠狠地骂上一番。

　　半个多小时就到了清溪，下车后碰到两个打着阳伞过路的女子，我非常烧包地摆出一副不可一世的二世祖模样，用余光去偷看那两个女子对我露出的表情，我那无穷尽的虚荣心再次得到满足。不过后面她们说的话差点让我吐血，其中一个用四川话说："看那个憨儿，脸上那么多伤，肯定是婆娘打的。"另一个则持不同意见，"不会，那种人的婆娘才不敢打他哩，肯定是小三打的。"

　　我愤怒地一回头，两个女子冲我一笑，各自摆出妖娆的"S"形，左边那个笑嘻嘻地用普通话问道："帅哥，耍不要一哈，很便宜哦。"我立时为我刚才的烧包样子感到脸红。

　　重新恢复到盛怒状态，我气腾腾地冲到阿玲门前，迟疑着是该用拳头砸门还是用脚踢门来发泄我胸中的不满，或者很绅士地用手指敲门来表现自己的风度。最后我选择了按门铃。按完之后我就后悔了，自己被这个小妖精害得这么惨，曾一度萌生了杀人的念头，为何临到跟前却没有半点恨意？还是说自己天生在女人面前就是个软骨头？

　　门开了，阿玲一脸羞涩地站在屋里，双目低垂，隐约有梨花带雨之势。我昂首挺胸，目不斜视，大踏步走进屋里，满怀愤慨地坐下，将宝马钥匙往茶几上奋力一扔，以壮声势，然后我冷漠地看着她，等她先开口。其实见到阿玲第一眼我就不恨她了，也不知道为什么，恨不起来了。可事实摆在面前，让我不得不装出一副气愤的样子。

　　阿玲默默关上门，轻轻走到我面前，坐下，用很弱的声音说："对不起，我不是有意的。"

　　"狗屁！"我瞬间咆哮了，声音大得要掀翻房顶，把玻璃都震撼得发出一阵颤抖，所表达出来的愤怒超出了我的想象，让我都为之惊讶，原来自己发起火来也是声势浩大。

　　阿玲被我一嗓子吼得哭了起来，双手掩面，声泪俱下，一边用手抹眼泪，一边连声道歉："对不起，对不起，我真的不是有意的，这一切都不是我的想法，我没想到是这个后果。"

　　她不说还好，一说我就更加来火，起身抓住她衣领，咬着牙吼道："对不起有个屁用？对不起能把已经发生的事情挽回吗？看我的眼睛，看我的脸，我差点因为这个死掉你知不知道？我最忠心的手下因为你被打断了一条胳膊还被警察通缉你知不知道？你这个贱货，你就那么爱钱？你为了钱就不顾别人死活？你良心被狗吃了吗？"

　　我真的气愤了，吼的声音特别大，还不由自主地用力推搡她，最后我奋力一摔，她重重地倒在沙发上。看着她那样子，我心里虽舒服了些，却有些淡淡的罪恶感，自己怎么会这样对待一个女人？不过想到王栋当时看向我的眼神和他吊在脖子上的绷带，我又觉得自己做得对。这样的女人，杀了都不解恨！

　　阿玲嘤嘤啼哭，拢起脸上的头发道："对不起，对不起，我真的不是有意的，对不起……"

　　"够了！"我再次咆哮，"说对不起有什么用？挨打都挨过了，要不是我命硬，现在就在太平间了！"说完喘了口气，才指着她问，"说，你是属蝎子的吗？心肠怎么那么毒？我得罪过你什么？王栋又得罪过你什么？黄胖子给了你多少钱？你要这样子害我们？"

　　阿玲连连摇头，继续哭道："对不起，我不是有意的，我真不知道事情会弄成这样。"

　　"行啦！"我双手叉腰，胸口剧烈起伏，尽量平和说道，"别哭哭啼啼的，受害的又不是你，有什么脸哭？快给我闭嘴。"阿玲身子一顿，立时憋着嗓子流泪。我把纸巾给她扔过去，"擦了干净，别装可怜，给我老实交代，你们当时是怎么合伙骗我的。"

　　阿玲抽噎了半晌，怯怯说道："我其实都不知道他们要干什么，那天晚上老板只是交代，让我无论如何想办法把你的手机拿过来，他要用你手机打电话。我问他为什么，他就骂了我几句，还威胁我，如果拿不到手机就让我回不了家。我害怕，不敢多问，本来是想偷偷告诉你的。后来张总过来，就是你们公司的张代理，他说你们公司有个人欠我们老板钱，但就死拖着不还，还不接我们老板电话，只有用你的手机打他才会接，所以我们老板才用你的手机，就是想和那个人通话。我见张总说得恳切，就答应拿了。本来在里面我是要告诉你的，可张总一直在催，就没来得及说。后来我把我的手机给你，想用你的手机给你发短信，没想到你刚一走，我们老板就把你的手机拿走了，也不让我碰，我有心想通知你，又没有机会。"

我心里半信半疑，难道真的错怪了阿玲？阿玲说道："老板拿了你的手机没多久，张总就过来了，还告诉我让我配合，假装是你老婆，约电话里的人出来。我当时真以为那人欠了我们老板的钱，就按张总的意思说了……"

随着阿玲的描述，那晚的情景在我脑海里重现。阿玲先拿着手机说："喂，你好，我是你们总监的老婆，你们总监有事找你。"话刚说完，张代理就将电话接过去，"喂，是王栋吗？哦，李开现在喝醉了，他打不了电话。是这样的，总经理和理事他们现在和韩国总公司的代表在一起，那个代表想看看我们的 RB68 样机，你给拿过来吧，还是刚才聚餐的那个饭店。这事本来是李开通知你的，现在他醉了，言语不清，就让我来代劳。"

过了五分钟左右，王栋又打来电话，告诉张代理保安不放行，张代理又拿着手机对保安队长讲了一通韩语，这才放行。大概过了十分钟，王栋带着样机到了饭店门口，看到张代理自然要打个招呼，同时他也认识黄启发和阿玲，自然不会起疑心。张代理这时就骗王栋说总经理一帮人去了另一个地方，让王栋上他们的车。

按照他们的计划，王栋将样板和智能软件拿来后，样板留下，智能软件复制一份还得送回去，因为丢两个样板和丢核心技术是两个概念。在车上复制软件时才发现有密码，这下他们一帮人傻了眼。张代理问王栋知不知道密码，王栋当然说不知道，问了好几遍，王栋都说不知道。

后面的事情就超出了阿玲的想象，他们把车停在一处巷子口，将王栋拖下去施以毒手。直到断了一条胳膊，王栋还不知道到底发生了什么事，只是一味地苦苦求饶，实在没办法，他们只好停了手，开始制定另一个计划。

后来我给阿玲打电话，阿玲当时完全吓傻了，在张代理的指使下接听电话。随后在送她回来的路上，黄启发和张代理分别对她交代了什么该说什么不该说。阿玲当时只关心一点，他们会不会对我下毒手。在得到两个流氓的保证后，阿玲忐忑地回到住所。

听完整个事情经过，我彻底无语了，真没想到，黄胖子和张代理计划得如此天衣无缝，幸好我当时多留了个心眼，给智能软件设置了密码，不然现在死的可能就是我。不过对阿玲的陈述，我还抱着怀疑态度，这样的事她都能瞒着我，只能说她的心机很深，况且她不过一个小姐，走都走了，还跑回来做什么？不会是为了挨我一顿骂？还是说她不想让我误会她一辈子？

想到这里，我抬头笑道："你的演技不错嘛，我还记得你当时是提着鞋子回来的，那个不会是故意装出来迷惑我的吧？"

"没有没有，当时我太慌了，下车都不知道该怎么走路，一激动就把鞋跟弄断了，不是有意欺骗你。"

"少给我装！"我大声咆哮，指点着她道，"我问你，黄启发给了你多少钱？"

阿玲一咬嘴唇，小声说道："三十万。"

"呵，果然是为了钱。为了三十万你差点害死两个人你知不知道？"我眼神中满是轻蔑和嘲讽，"黄启发给你三十万让你做什么事你能不知道？你看起来不像那么笨的人啊，你口口声声都说是为我好，第二天你怎么不告诉我晚上发生了什么事？你知不知道你当时要是告诉我，他们就不会得逞，我也不会陷入被动？"

"我是想告诉你来着，可是老板警告我说这事根本与你无关，知道的人越少越好，如果我告诉你，就是把你拉下水，这样你就会很危险。我是想着为你好才没有说，你一定要相信我。"

"放屁！"我继续嘲讽地看着她，"你为我好？你不知道我是技术部总监吗？你不知道核心技术流失第一个倒霉的就是责任人吗？你眼睁睁地看着他们盗取我们公司的技术却不告诉我这也叫为我好？"阿玲不停地摇头，"不，不，我以为他们要害的是那个人，他们没想害你。"

"呵，原来你真是为我好，看着别人遭毒手你就能安心？你眼看着他死在你面前也不害怕？你心肠就那么硬？"

"可他不是没死吗？"阿玲苍白地辩解。我听了更加气愤，"是没死，非得弄死一个人你才有感觉？你就没想过那个人以后会是什么下场？他以后的日子该怎么过？"问完这些我自己都感到惊讶，我居然变得如此正义，这似乎不是我的风格。

阿玲被我一连串的反问弄哭了，痛苦地低下头，由哽咽转为啼哭，流着眼泪道："是，我是麻木，我是没有正义感，我是没有公德心，可你有没有想过，我是一个女人，我能做什么？"

"最起码你可以在当晚告诉我所发生的一切，这样我当晚就可以通知警察去逮捕他们，而不是被他们骗到深圳关押一个晚上。"我真正爆发，的确，长久以来，我所气愤的，就是自己被人当猴子一样耍，他们让我颜面尽失，毫无尊严，像条可怜的野狗在他们面前低头。

往更深里说，我并不是气愤他们做了坏事，他人的死活我并不关心。让我气愤的是我被人骗了，被人玩了，而这个人，还是和我睡了十多天，口口声声说爱我的女人，这才是我最不能容忍的。谁骗我都可以，就唯独这个女人骗我，不行。

阿玲哭得更凶了，良久才缓过气来，泪眼婆娑地说道："我错了，尽管我不是有意的，但我已经承认我错了，求求你，别再怪我了，我真的不是有意的。"说着她跪到地上，身子向我倒来，两手轻轻拉住我裤脚，抬头看我，"求求你，给我一次机会，我以后再也不会做这种傻事了。"

这个女人居然跪在我面前求我原谅！我不敢相信这是真的，只是呆呆看着她。稍后反应过来，我将她拉起，扶到旁边的沙发上。我来回在客厅里走，脑子高速运作，想来想去就是一个问题，她为什么千里迢迢跑回来祈求我的原谅？按理说她钱也拿了，人也安全回家了，就算是良心上过不去可以打个电话或者发个短信，没必要千里迢迢跑到东莞啊，到底她想做什么？

难道真像她说的，她想和我在一起？我皱起眉头，摇头，什么理由都可以说得通，唯独这个理由说不通。我结婚了，年龄比她还大那么多，况且我不爱她，这些她都应该知道，没理由跑来自讨没趣。我忽然想到黄启发曾经说过，过一阵子我们公司又有一款高端手机面世，似乎是可以放投影的。这样一想，就通了，她来是为了下一个计划啊。

我心里有了主意，转脸冷冷看着她道："好吧，我原谅你，你可以不用自责，另外我还要感谢你，要不是你，我现在还是个穷光蛋，所以，你先害了我，又帮了我，一功一过相抵，我不怪你了。"

"真的？"阿玲喜出望外，急忙起身，拿纸巾抹着眼泪就笑着向我扑来。

我一闪身，抬手将她抵住，让她身体距离我二十公分开外，"话还没说完，我虽然原谅你了，可我们之间的缘分也到了，我不想再和你有任何瓜葛，从此以后我们各走各路，谁也别找谁。"说完我就大跨步往外走。阿玲从后面抓住我的衣衫，急急地说："你不准走。"我愕然，回头问她："为什么？我和你已经没关系了。"阿玲还是摇头，一脸祈求，"不，你不能抛下我，你不能不管我，你得为我负责。"

　　"放屁！"我怒了，这女人果然厉害，不达目的誓不罢休，连最基本的矜持都不要了。转念一想她一个小姐，早就视男人为粪土了，哪还知道矜持羞耻是个什么东西。我越发讨厌她，大声呵斥："混账东西，你是个什么玩意儿？我凭什么为你负责？你只是一个小姐，你和我住的那一段时间是有报酬的，黄启发给你三十万还不够吗？还想要什么？"

　　"啊！你，你，你……"阿玲难以置信地瞪大眼睛，一连三个你字都憋不出一句话来，竟哇的一声哭出来，"你怎么可以这样说我？我是小姐怎么了？你不是说过你根本不在乎我是不是小姐，你说过的话都不记得了吗？你说我是你生命里的第二个女人，你问我愿不愿意做你的小老婆，你还说我要愿意就会一辈子对我好，这些你都忘了吗？"

　　"什么？"我仿佛听到这辈子最滑稽的笑话，我怎么可能对一个小姐说出那种话？这种话是从我这个土鳖嘴里说出来的？我感到可笑，"阿玲小姐，我的记忆力一向很好，十年前我给老师写过的保证书我都能倒背如流，可我真不记得我还说过以上那些话，是不是您记错了？这些话是另一个男人对您说的，您给搞混了？"

　　"不可能。"阿玲哭得更凶，"我怎么会搞混，这辈子从没有第二个男人对我说过这些话，我怎么会搞混？你不记得了？你和我的第一天晚上，你喝醉了，你吐了，我扶着你去洗手间，你回来躺在床上，你对我说，说我对你好，说你喜欢我……"

　　"行了！"我大声斥责她，"你有完没完？就算你是小姐你也该有点脸皮有点羞耻吧，这些话编出来有意思吗？原本我还对你有点同情心，你这么折腾下来只会让我更加鄙视你，你还是给自己留点尊严吧。"

　　阿玲一时语塞，颤抖着说不出话，忽然掏出手机，哆哆嗦嗦地按键，"你听，你听，你亲口说过的，你说你爱我，你喊我老婆。"手机里一个沙哑单调的老男人的声音说道："老婆。"一个平静的女声答道："嗯，我在。"男声又道："我爱你。"

我像个木偶般愣在原地，耳朵动了动，脑子一阵迷糊，这是我的声音吗？阿玲含着泪花欣喜道："你听到了，是你的声音，你喊我老婆，你说你爱我，对不对？"

我一声不吭，伸手接过手机，按下播放键，放在耳边听。听完皱着眉头思考，女人的声音可以断定是阿玲的，但男人的声音绝对不是我的，我的声音那么难听？开玩笑，我在卡拉OK上唱任贤齐的《花好月圆夜》，几乎和原版一模一样，怎么可能是这个破锣般的声音？这声音分明是一个纵欲过度的老色鬼发出的，她居然拿来忽悠我！想起她曾经骗过我，现在又拿这个破玩意儿来栽赃我，想让我对她负责，那是做梦！想到此我越发火大，拿着手机奋力一摔，"假的，见鬼去吧。"

手机携着我的满腔愤怒冲向地板，而后在地板上绽开一朵金属塑胶花，那破锣般的老男人声戛然而止。阿玲疯一般地扑到地上，手忙脚乱地将那些碎片收到一起，歇斯底里地哭喊："你疯了，你干吗要摔我的手机？那是我的手机，那是我的命啊！"阿玲捧着那些碎片愤怒地看着我，浑身颤抖，"你干吗要摔烂它？它是我生命中最宝贵的东西你知不知道？你为什么要摔烂它？就算你不想要我，那你可以直说，你就不能留给我点念想？"

看到阿玲这副悲痛的表情，我受到震撼，觉得自己做得有点过分，而且看她此刻的样子，似乎已经到了崩溃的边缘。我赶紧蹲下身子扶着她，诚恳说道："对不起，阿玲，我不是有意的。"

阿玲兀自翻来覆去地念叨："你不知道吗，这是你唯一说过的一次爱我？我把它当自己生命一样地呵护，你却把它摔烂了，你叫我以后怎么办？"

我感到害怕，她不会就此精神失常吧？今天她一开始就不对劲，先是无缘无故跑来道歉，这本身就说不通，换了其他人明明已经坑了对方，得到了巨额报酬，也没有把对方害死，没理由要千里迢迢跑去争取对方的原谅。况且她说的这些话我从来都不记得，她却言之凿凿，仿佛真的一样。现在又不知从哪里录这么一段对话，当成宝贝一样呵护。这几件事细细想来，都不是正常人能做出来的，她一定是受了刺激。

对，她一定是受了什么刺激，心理出现了问题，如果再被我这么一激，导致神经病失常就麻烦了。我从心底感到害怕，左右看了看，房间里只有我们两个人，我这才安心地低声说道："你别急，摔烂手机是我不对，我赔你一部新的，还可以视频呢。"

阿玲哭着摇头，"不，不是，手机不算什么，重要的是那里面有你的声音，那是你第一次说爱我，我却把它弄没了。"她说完又低头哭。我一时心慌，赶紧骗她道："不怕不怕，你知道我是做什么的？我是搞电子技术的，你那手机里的声音，我可以用仪器帮你复原。"

"真的？"阿玲顿时面露惊喜，抹了两把眼泪问，"你说的是真的？你可以把那声音复原？"

我认真点头，心里却想：完了，这个女人多半是真疯了，都是爱情闹的，不知道她遇上的是个什么样的极品男人，居然能把她迷成这副模样。正想着，阿玲忽然破涕为笑，"你看我，真傻，你在这我还担心什么，你再重新说一遍不就行了，何必要拿去复原？"

"什么？"我再次愣住，她什么意思？她是说要我对她说一遍我爱你？这不是在开玩笑？这话我怎么能随便说？还是对一个小姐说？我立即拒绝她的要求，"不可能，我最多帮你把这声音复原，想让我对你说爱，那是绝不可能的事。"阿玲又傻了，"为什么？你以前都说过的，你不爱我了？"

我气急败坏，这女人脑子不清楚，我被她缠住了，根本讲不清，得赶紧想办法脱身才是。于是我说道："你现在情绪过于激动，先坐下缓缓气，仔细想想，当初是谁对你说的，你想好了再去找他，别来烦我。"

"是你，就是你说的，你喝醉的那天晚上。"

我气极反笑，"大小姐，那天晚上我醉成那样，我怎么可能说话？你要编也编个像样的，编出这种故事完全说不过去嘛。"

阿玲急切摇头，"不是的，我不是编的，你真的说过，你只是忘了。你每次喝醉酒都会半夜醒来，说一些你内心的真实想法，尽管你酒醒后会忘记，但旁人听了是不会忘的，真的，相信我，你真的说过。"

我越发心慌意乱，也不知该如何回答，只好扭身就走，希望再也不和她见面，她爱哪哪去。可我一转身就被她抱住腿，她还瞪着我道："你不能走，你得为我负责。"言辞坚定得匪夷所思。

我奋力一抽腿没抽出来，心说这女人怎么这么无耻，抬手要打她却下不了手，怎么说都是个女人，只好叹口气道："我有老婆有孩子，我也很爱我的老婆和孩子，再说我和你只是金钱关系，我又不爱你，我对你负个什么责？"阿玲拼命摇头，"这些你说过的，我理解你，我不给你添麻烦，我不会破坏你家庭，我也不要你一分钱，只要你经常来看看我，只要你认肚里这个孩子，我就满足了。"

"什么？"这才是真正的重磅炸弹，其威力足以将我的灵魂翻来覆去炸上万遍。我一下子慌乱起来，全身剧烈颤抖，不知该如何是好，冷静下来开始思索，她什么时候怀了我的孩子？想了一遍不禁汗流浃背，我和她做爱每次都是她吃药，万一哪次药不灵，或者哪一次她没顾得及吃，还真有这种可能。

再往深里一想，忽然醒悟，她一个小姐，这辈子肯定是完了，她又没有什么依靠，当然想找个男人为她负责。而我，无疑是一个比较合适的选择，所以，她早就处心积虑地要怀上我的孩子。对！一定是这样，她有很深的心机，这一点从她伙同黄胖子骗我的事情上就可以看出。她早就把我当成她的目标，一步一步地引诱，让我坠入陷阱。

现在她成功了，她怀了我的孩子，这样就可以逼迫我承认她的一切。果然是个心机深沉的毒辣女子，我胸中燃起一股无名怒火。我问她："你说你怀孕，有证据吗？我们在一起顶多也就半个月，这么快你就知道？"阿玲慌忙点头，反身跑进卫生间，从里面拿出一根测孕棒出来，满面欢喜地给我看。

看到那两道浅红，我心一抽，果然是怀孕了。难怪她敢这么大胆地跑来给我道歉，原来是有恃无恐；难怪她才回家几天就匆匆跑来东莞，这是给肚里的孩子找个下家。真是卑鄙的女人。等等，尽管她现在怀孕了，可这也不代表那个孩子一定就是我的，说不定是别人的呢。我睁大眼睛看着她，慢慢将她扶到沙发上坐下，换了语气温柔问道："这个孩子是什么时候怀上的？你每次不都有吃药吗？"

阿玲脸一红，"那天你穿了我的内裤走了，我没出门，到了晚上我本来想去买药的，可是又想那时是安全期，就疏忽了。"

"疏忽了？"我恶狠狠地盯着她，"你做什么的你疏忽了？这种事怎么可以疏忽？我看你是故意的吧。"

"啊！"阿玲惊慌地望着我，"你，你不喜欢这个孩子？"

"少他妈给说得那么高尚，我怎么知道那是谁的种？你每天要接那么多客人，凭什么断定那个孩子一定是我的？"

"你？你？"阿玲低头痛哭，哽咽道，"你走，你走吧，算我看错了，我不怪你，你走吧，过你的幸福日子去，不用管我。"

我愣住，她怎么突然之间说出这些话？好像是真的一样？不，不，她一定是在演戏，是在骗我。对，一定如此，她高超的演技我已经领教过了，上一次没死那是我命大，这次要被她缠住，估计不死也难。

再一想，我更加害怕，她要是真有了孩子，那还不闹到我老婆那里去？想想那天我被另一个小姐缠住她抽人耳光的情景，我毫不怀疑，这个女人是个心狠手辣的家伙，而老婆又是那么软弱，怎么会是她的对手？那时候死的可不就是我一个，而是我整个家庭。果然是最毒妇人心！

想到这里，我快速转身，想要逃离这个地方。阿玲在背后喊道："你滚，你这个胆小懦弱的男人，你不配做一个男人，你连这点责任都负不起，你不配做人！"我停住脚，缓缓转头，冷冷看着她道："随你怎么说，反正我是不会再上你的当，有些亏，我吃一次就够了。"说完就走，背后传来阿玲撕心裂肺的尖叫。不得不说，那一声刺痛我的心。

第十五章

在回东莞的路上，我心里一直在想，她说的是不是真的。如果她真怀了我的孩子，哪怕她是个妓女，孩子是无辜的呀。不能这么轻易算了，我得好好琢磨琢磨。想了许久，我决定，再过半个月去找阿玲，去医院检查一番，如果真是怀孕了，时间也恰好吻合，就付她一大笔钱，让她把孩子做掉，决不能让这孩子到世上受苦。

可是不管怎么想心里就是不舒坦，今天明明是找她出气，结果回来又添一肚子气，这是怎么回事？越想越是心神不宁，越想找个人倾诉。想来想去，还就神经病孟飞是个合适人选，他对女人的认识比较直接。

孟飞说他在深圳，昨晚砍了一个人，受了点伤，现在在医院休息。我问他："今晚喝酒，来不来？"孟飞那头没回答，直接吼道："护士，我要出院！"

等我到了东莞，老婆还没下班，儿子也在学校，家里就岳母一个，也没得话说。我觉得无聊，看看时间还早，就把车子放在酒店门口，在闹市区乱逛。上了中央天桥，许多路人操着夹带各种方言的普通话，"办证办证，身份证、毕业证、技能证。"还有不少行为鬼祟的黄毛青年提着书包，貌似漫无目的地溜到我身边，"毛片黄碟十块一张，迷药春药，五十一粒。"

看到这些我才感觉回到现实，心情格外轻松。这些是东莞天桥的一大特色，我早就见怪不怪。若是平日我多半不会答理，但今天我有大量的闲工夫。不多时我转悠到一处摆地摊算命的跟前，反正无事，我就蹲下来看看。摊主是个三十左右的黑脸汉子，长得极富创造力，朝天鼻，死鱼眼，四方口，招风耳，最奇的是两边脸不对称，左高右低。别的先不说，就是这张脸都可以做算命的活招牌。

他并未像以往的算命先生那样亲热地招呼我，依然自顾自地低头猫着，我顺着他的目光，看见地上两只蚂蚁在打架。我捂着嘴巴干咳一声，他才抬头漠然地看了我一眼，又低下头去。我心一惊，还真是怪了，哪有算命的见了客人爱理不理的？难道是故作姿态，等人上钩？

想想也释然，出来讨食吃都不易，市场竞争力也大，光是这天桥算命的都不下二十个，他当然得摆出一副与众不同的样子。而最吸引我的则是他的年龄，三十岁出来摆摊算命，实在少见。

既来之则安之。我就先开口说道："师傅，算命。"摊主看蚂蚁打架正看得起劲，头也不抬，"正忙着，不算。"我吃了一惊，哪有算命摊主赶人走的？我脱口而出，"为什么？"对方不耐烦地挥挥手，"你的命不用算，已经定型，你自己也清楚，何苦来白花钱。"

我异常惊诧，"什么意思？"对方极其厌烦道："还用问？你现在钱多势大，可是你不该招惹女人。女人属阴，最会败运，但凡英雄，终会折在女人手里，何况你还不是英雄，情况就更加严重。"这下我真是服了，他一不问八字，二不看手相，甚至连我的脸也只是随便瞄了瞄，就能说出这么一大堆道理，我怎么能不怕？莫非真是有些本事？

　　算命这种事，可信可不信，说起来也玄乎，我平时是决计不信，但如今确实是有事发生，而且比较头疼。我有些敬畏面前的"奇人"了，怀着万分诚恳的心情说道："师傅所言极是，能否借个地方说话，给弟子指点一二？"对方顿时将目光从地上的蚂蚁身上挪过来，戏谑地望着我，随后哈哈一笑，"跟我撒什么酸文，你是有什么烦心事？说来听听，我给你出个主意。"

　　我顿时如同抓住了一根救命稻草，立即将我和阿玲的事和盘托出，然后静静看着他，期待他的指点。奇人低头思考一阵，叹口气道："唉，孽缘，你虽然品性不坏，但也亏了那女子，早晚要遭报应，而且听你说的，这女子虽然是红尘中人，但性情刚烈，若是不能处理好，恐怕还有灭顶之灾。"

　　我一激动，忙失声问道："那该如何化解？"奇人甩甩衣袖站起，"简单，现在这社会，就是花钱，破财消灾。你给那女子一大笔钱，从此你们不要再见面，然后远离此地，过上一年半载，这事也就过了。"

　　一年半载？这家伙是在胡吹吧。对方似乎看出了我的疑惑，呵呵笑道："你还不明白？你给了对方钱，人再一消失，她自然会处理。肚里的孩子，她若想留，手里也有钱养，若不想留，做了也就一了百了，后面也不会再有瓜葛。若是你只给钱，人还在这地方停留，她多半会以为你对她有意，这孩子也就成了她跟你恢复关系的唯一希望。这样纠缠不清，轻则导致你妻离子散，重则家破人亡。"

　　"有这么严重？"我不禁狐疑，这家伙不会是信口开河，胡说八道吧。对方一脸不屑，"信不信由你，反正我都说了。"

　　我心里不高兴，但还是低声问道："多少钱？"

　　对方一愣，随后呵呵笑道："你当我是算命的？我不是算命的，这摊子不是我的，摊主吃饭去了，我帮他看着。"

　　"你不是算命的？"太不可思议了，随后我问，"那你是做什么的？"

　　对方闻言一笑，却不回答，只道："你想算命？刚好，算命的吃饭回来了。"

我顺着他的手指看去，一个贼眉鼠眼的糟糠老头晃晃悠悠地过来，见了我咧嘴一笑，露出两颗银牙，"小哥，算命啊？来来，我帮你看看，先看看面相——哎呀呀，不得了啊，你这面相生得好，一副贵人像，而且今年还会走桃花运，你听我说……"

我迅速站起，从皮夹里掏出一百元，递到奇人手里，"谢谢，这是你应得的。"奇人的脸倏地红了，支吾着推辞道："这个，我不要。"旁边的老头一下夺过钱去，嘿嘿笑道："这娃娃心善，是我徒弟，跟着我才学了几天。我总是说他功力不够，还不能给人卜课，所以他才不好意思收钱。"

奇人原本还脸红，见那老头这般说，气得站起，"胡说什么，我几时是你徒弟了，真会给自己脸上贴金。"说完头也不回，气哼哼地走了。看着他的背影，我心一动，问那老头："这伙计是做什么的，看起来和常人不大一样？"

老头被抢白了，有些不好意思，"他是一个网络写手，整天就会胡编一些故事，连口饭也混不饱，又不善跟人打交道，就会守着那台破电脑，没什么本事。你要真想算命，我比他专业多了。"

我嘿嘿一笑，摇头道："谢了，能告诉我他住哪吗？怎么联系？"老头警觉起来，嘿嘿干笑，"你要找他？他可是个没出息的货，连鸡都不敢杀，做不了什么大事……"

"他怎么联系？"我捏着两张百元大钞，眼神中带些凶狠。老头怕了，颤巍巍地接过钱，"我告诉你手机号，你别说是我说的。"

刚记下奇人的手机号，金部长就打电话过来，约我晚上七点有空一起吃个饭。我心里有了一丝感激：到底是自己的老上司，我都混到这个地步了，他还不忘旧情，居然要请我吃饭。

现在还早，我就准备先接了儿子回来，再去接老婆下班，回去少吃点饭，再和老金见面，之后孟飞估计也到了东莞，今晚可要好好喝上一回，彻底放松一下。其实我去接儿子，就是想炫耀一下我那破车。

这回我学着孟飞的样子，车子到了校门口就拼命按喇叭，冲进操场后才下车。门口保安狐疑地看着我，想问不敢问，最后还是硬着头皮上来，"先生有什么事？是找人还是……"我微笑点头，"我来接我儿子。"

保安哦了一声，却站在我跟前不走，又有三个保安从保安室里出来，手里都提了警棍，站在十米开外紧张地看着我。

我感到郁闷，昨天真正的坏蛋来也没见这帮保安这么紧张，怎么我一来他们就这个德行？我转脸在后视镜上看了看，早上处理过的伤口又变得狰狞起来，尤其是额上那一条长满黑色触须的红疤，简直触目惊心，这副样子不用化妆，晚上都能吓死一批心脏不好的老太太，难怪保安们要用那种眼神看着我了。

看看时间，就快放学，门口已经排了一队老头老太太，都是来接孙子的，只是因为没到放学时间，他们是不能进来的。我再次瞅了一眼宝马，要不是它我也得乖乖地在外面候着。

铃声一响，各个教室就涌出一帮小猴子，在老师的带领下站队，有的直接被爷爷奶奶领走，有的则被老师带着上车。儿子在小班，每次都是最后出来，避免和那些大孩子碰撞。老师见了我羞涩一笑，"来了哈。"语气温柔得让我仿佛回到了十年前。或许，我来接儿子的目的就是为了能和人家老师说说话。

门口大巴一阵喇叭响，催促我赶紧把宝马开走。早先准备好的话也来不及说，我赶紧抱起儿子就走。发车的一瞬间，我从后视镜里看到那老师望着我一阵脸红，心里不免一喜，低头对儿子道："跟老师再见。"隔着四五十米，几百个学生，儿子奋力举起手，那老师居然也能看见，笑着回应。

我想，那老师真的如孟飞所言，果然不是什么正经东西，同时心里有点小激动，不知那老师躺在我身下是个什么场景。儿子在一旁给我唱今天新学的儿歌，我却在意淫他的老师，确实有点不像话，自己都觉得有些脸红。

吃完饭老婆说想去沃尔玛逛逛，让我开车送她。我犹豫了一下，告诉她今晚要和老金见面，恐怕没时间陪她。老婆一脸不高兴，扭身进房，小声嘀咕：有个车有什么了不起，老婆想用都不成。岳母听到也不高兴，对我说道："她要去你就送送，结婚以来都没好好陪过她，现在你又不上班，就带她去玩玩，整天待在家里，都憋坏了。"

我想既然是见老金，带老婆去也没什么，反正老金和我老婆也熟，当初结婚时老金还封过一个一千的红包给我呢。"今晚逛沃尔玛怕是不行，不如我带你出去蹭饭吧，韩国人请客。"老婆就一阵欢呼雀跃。

经过半个小时的装备修整，老婆才算收拾停当。不得不说，老婆收拾起来更加妩媚，别有一番少妇的迷人风韵。我看得有些泛酸，苦着脸将老婆全身检查一番，确定不该露的地方都包住了才同意下楼。

我特别提醒老婆："那老金要是看见我开个宝马跑车，肯定认为我用了非常手段敛财，因此咱们得把车停在离饭店较远的地方，以免被他误会。"老婆抱着我脖子亲了一口，笑着打趣："你这也敢称误会？那这误会也太大了。"

到了包间，老金早就等在里面了，见到我带老婆，惊讶一闪而过，笑着说道："你老婆真是越来越漂亮，刚才我以为你带了一个新老婆。"这一句话就让气氛变得融洽，老婆也不见外，亲切地帮忙加酒添茶。

老金和我单独喝酒时都只喝炮弹酒。炮弹酒是东北人的一种喝法，先是用普通玻璃杯倒半杯啤酒，用小酒盅倒一杯白酒，再将这小酒盅整个儿放进啤酒里，不许摇晃，就这样喝下去。这是正规的喝法，但我们俩私下里都是直接用杯子倒啤酒，再往里添白酒。老婆知道这个习惯，虽然不喜欢我喝酒，但因为是和老金在一起，也没阻止，反而还帮忙倒酒。

喝了好一会儿，老金的话开始多起来，先是问了我受伤的经过，再告诉我不要往心里去，还说总经理已经知道我被人袭击的事情，关于我的复职问题还在考虑，让我不用担心。我也借着这个机会对老金表了忠心，都怪自己平时太马虎，用人不当，居然养了一个白眼狼，让他就这么轻而易举地将公司机密泄露，实在是愧对他的教导。

我忽然想起一个问题，这次技术泄露，造成那么大损失，总公司会怎么处理。其实我是想探探韩国人的脾气，看看他们对这次技术失窃的事情有多大的反应，会采取什么手段。

但是老金的话令我大吃一惊，他说："开发这款新机，总公司要投入两亿多人民币，对这款机型也抱有很大希望，就算不适合中国市场，没有盈利，但最低限度也不能折本。现在出了这种事，中国公司根本不敢向韩国总公司汇报，一旦韩国总公司知道，那么中国公司的这些韩国负责人全部都要受到处罚，后果非常糟糕，尤其是总经理，他的责任最大。因此，这些损失只能由中国公司自行弥补。可那么多钱，就算这些在中国的韩国高层不吃不喝干上十年也凑不齐啊，那怎么办？只能从其他地方想办法。"

我和老婆都有些迷糊，他们还能从哪里想办法？老金继续说道："想什么办法？那就只能从中国员工身上下手，比如，员工的保险、奖金、医疗报销、住房津贴等其他福利，这些你们明白吗？"

我茅塞顿开，他的意思是公司准备从两万名员工身上挤出两亿人民币，这是一个什么样的工程？公司里给每个员工都缴纳了五项保险，每项每月都是八十多块，五项就是四百，再加上每月五十块医疗补贴、五十块全勤，每个员工每个月就是五百块，两万员工一个月就能挤出一千万，不消一年半载，这两亿就能挤出来。当然，他们不会明目张胆地去搞，稍微在工资制度上做个手脚即可。在东莞这个地方，我们公司付给员工的薪水算是高的，稍微低些员工们也察觉不出什么。

我这才意识到，闹了半天，我们从韩国人那里坑来的钱，韩国人又从我们同胞身上给坑了回去，这就等于说，我们坑的其实是中国人的钱。想着我就觉得胸闷，有股子气出不来；老婆也是一脸郁闷，紧闭嘴唇不肯说话。老金意识到自己说漏了嘴，叹口气道："喝多了，不该说的给说了。"我慌忙安慰："没事，这些我们都不会说出去的。"老婆也跟着表态："说什么呀？我怎么听不明白，真是的，你们每次见面谈的都是公事，把人家晾在一边，我不管，罚酒。"

老金就笑着喝酒，随后又道："这也是没办法，表面看起来韩国人是有钱，可韩国的资源少，不像中国，地大物博，人口众多。你们整天都在说悲剧，其实我们韩国才是悲剧，论科技，我们不如日本，论物产资源，我们又不如中国，我们只能夹在你们中间，以尽快占领市场份额取胜。尽管如此，我们依然受到来自各方面的威胁，像这样的技术盗取，就是其中之一，谁愿意自己辛辛苦苦弄出来的东西，第二天市场上就随处可见？换了你们中国人，你们愿意吗？"老金摇头苦笑，"昨天晚上总经理带着我们去了趟手机店，看到了我们的 RB68，每部只售 1600 元。"

"1600？很贵呀。"老婆在旁边不解说道。老金一声苦笑，"如果是我们公司出品，至少要卖 3000 元，现在可好，1600 元，我们公司还要不要生产？还要不要销售？"我安慰道："这个也不用担心，我们公司的质量好，大部分消费者还是喜欢买正品的。"

老金呵呵笑道："你是在安慰我，中国的市场你比我清楚，中国有百分之八十的人月收入都在 2000 块以下，你叫他们去买一部 3000 块的手机，有几个舍得？我们做的这些高端机，本身是瞄准了赶时髦的年轻人，现在可好，我们还没生产出来，那些前卫的年轻人已经拥有了一款视频手机，谁还会买我们的？"老金一脸欷歔，低头喝酒。这顿酒喝得有点闷，老金很快就不行了，我赶紧叫了服务员过来结账，然后替他拦了辆的士，叮嘱司机送他回市里。

回到车上，老婆见我一脸不开心，问我怎么了。我摇摇头，不说话，其实心里特堵。虽说如今也分了钱，但一想到这些钱是从厂里其他员工手里挤出来的，我心里就不舒服，感觉很别扭，只是不好对老婆说。老婆看出我的郁闷，抱着我安慰道："我知道你心里想什么，可这事你也没办法，已经这样了，你就不要多想，过好我们的日子才是。"老婆说的不无道理。

看看时间将近九点，我送老婆回去，告诉她："昨晚那个神经病还要来，我要把车还给他，你先回家等着，我马上回来。"老婆关切道："那好，你快点回来，千万不能再开车出去。你喝了酒的，万一出事，可就麻烦了。"

我咬着牙，嗔怪老婆道："你就不会说些好话？"

老婆上去没多久，孟飞就打了电话来："我在你们小区门口，出来吧。"我留恋地摸了摸宝马，叹了口气，心里暗道：不是我的终究留不住，这车子才开了一天，就得还给人家。同时心里却抱有另一希望，希望那孟飞真的是个偏执的神经病，我装模作样地还车，他却死活不要，这样就好了。

第十六章

俗话说，时来运转，心想事成。我将宝马开到小区门口，却没看见孟飞的影子，倒是在小区侧面，趴着一辆比宝马还低的敞篷轿车，全身金黄，瞪着两只大眼灯，冲着我一闪一闪。我心一动，一个声音从心底喷发而出：我日，保时捷911。

和保时捷911比起来，宝马Z4屁都不是，我激动地咧着嘴从宝马上下来，步伐蹒跚地向保时捷走去。到了跟前，孟飞在里面对着我笑，头上还缠着绷带。

"怎么了兄弟？你喝多了？不会走路了？上车，哥带你玩玩。"

我上了车后，保时捷发出一阵低沉的轰隆，比宝马更显霸气，激荡得人心颤抖。上了高速，孟飞按下DVD播放器，一阵铿锵有力的鼓点过后，小沈阳的声音响起：印象很深刻，大漠长空马蹄扬；印象很深刻，落日入山路漫长；不要疯狂地迷恋我，我只是个传说……

不得不说，我一向对小沈阳没什么好感，对《三枪》更是嗤之以鼻，不过今天在车上听到这首歌时，心里小小地震撼了一把，也不晓得是因为这样的车，还是因为喝了那么多的酒，总之，我跟着小沈阳对着车喇叭吼了起来。孟飞哈哈大笑，"好样的兄弟，男人就是要这么洒脱。"

他把车子停在路边一处空地上，从后备箱里拿出两瓶洋酒，递给我一瓶，"来，今晚不醉不归。"

我低头瞅了瞅酒瓶，全是洋文，看不懂，不过酒是金黄色的，我笑道："丫的真小气，就拿一瓶啤酒来蒙我，有没有白酒，皖酒王之类的，那样喝起来才带劲。"

孟飞一愣，随后嘿嘿笑道："我没听过皖酒王，白酒我只喝茅台五粮液，今天就算了，先拿啤酒凑合，改天我再带茅台来。"说着他拧开盖抿了一口，微笑道，"尝尝，感觉一下。"

我学着孟飞的样子拧开酒盖往下灌，只喝一口就察觉出不对，香郁浓烈，质感丝滑。我瞪着眼睛愣愣地赞道："这什么酒？好味道，真香，怎么还带着股甜味？"

孟飞嘿嘿直笑，"傻兄弟，管他什么酒，喝了高兴就成。"

我又拍拍车盖，"你怎么又换了辆车，你很多车子？"

"呵呵，这是别人的，我开来玩几天。"

"啧啧，你面子真大。既然你这么多车，那我可说好了，那宝马我就不还了。"

"还你个头，那是我送干儿子的，不用还。"

我们两人边说边喝，很快我就感觉脑袋很沉，我举着酒瓶子感叹："这什么啤酒？劲道还挺大。"

孟飞嘿嘿笑道："轩尼诗叉圈，烈酒。"

"什么？"我脑袋越来越沉，就快要倒下，没听明白他说的什么意思。

"白兰地的一种，埃克斯哦。"

我咧嘴一笑，"原来是XO，那你还给整个什么叉叉圈圈，真是狗嘴里吐不出象牙。"这句话说完，我就彻底倒了下去。

迷迷糊糊的，我感觉脑袋很痛很沉，想睁开眼都很难办到，似乎身在一条船里，正跟着船顺水漂流，时而湍急时而缓慢，最后流到一处瀑布，瞬间就从高处跌落，速度越来越快，就要坠落到这不见底的深渊。我猛然一惊，从梦魇中清醒过来。

这是一个光线充足通气良好的卧室，屋内还飘着淡淡的檀香味，周围的布置清新简约，让我有种置身童话世界的错觉。我晃了晃沉重的脑袋，掀开被子下床，一把扯开窗帘，让阳光直射进来，周身感觉极为舒畅。

看了一会儿，硬是没看出来这是什么地方，也不管了，反正没躺到大街上就是好事。我穿好衣服，再拿起手机看了看，不禁惊叹，这一觉睡得可真够厉害，这都下午两点了。我赶紧查通话记录，老婆打了几个，阿玲也打了几个，另外收到阿琳的几个信息，问我今天还去不去找她。这一醉就耽误了这么多事。

当下我先给老婆回了电话，告诉她我一切安好。老婆在那头回应："知道了，你没死就好，剩下的回来再说。"我心腾地悬了起来，知道事情不妙了。再给那个护士回了电话，告诉她我昨晚喝醉了，在深圳没回来，现在就准备往回赶。阿琳应道："那好呀，你回来刚好我起床，我给你做饭吃。"我想了想，答应了。反正事情已经到了这步，老婆早晚要收拾我，早点回去晚点回去没什么区别。

最后我才给阿玲回电话，阿玲在那头怯怯道："昨天是我不对，惹你烦，我道歉，你今天还能来看看我吗？"我想了一会儿才慢慢说道："阿玲，我也想了想，事情已经到了这一步，这不是你的错，但也不是我的错，我们之间是不可能的。为了补偿你的损失，我会给你一笔钱，把肚里的孩子做掉，好吗？"

阿玲那头一愣，"你说什么？把孩子做掉？"阿玲立刻挂了电话，再打她就不接。我想了想，就给她发了短信：阿玲，我们之间是没有将来的，孩子生出来也是受苦，我没办法养他，没爹的孩子最可怜，他会被人叫做杂种，永远都不会快乐；趁着他现在还没成形，早做打算吧，我会付你二十万做补偿。

我走到客厅，两个黄发小青年正在看电视，见我出来他们同时站起，非常敬畏地一鞠躬，"大哥起来了。"我脑袋一阵疼，用手揉了揉，左右看看，房间里就他俩人，不见孟飞。我问道："孟飞呢？他跑哪去了？"左边一个立即答道："飞哥去找大嫂了，他交代我们在这里等你醒来。"

"大嫂？"我有些发晕，"孟飞有老婆了，什么时候的事？"两个小青年对视一眼，表情很惊讶，左边那个支吾了一下，慢慢说道："这个我们不大了解，您应该比我们清楚。"我比他们更清楚是什么意思？我狐疑地问："你们说的那个大嫂是不是杨云？"两个小子又对视一眼，咧嘴傻笑，"是飞哥要我们这样称呼的，我们什么都不知道。"

这么说来，孟飞的确是要对杨云展开攻势了，不过依杨云的性子，应该不会那么快答应。而且看他们现在的关系，似乎当时发生了极具破坏性的事件，我有八成把握杨云不会答应孟飞的请求，除非孟飞用强。不过，就算是孟飞用强，也未必讨得到好果子吃，据说杨云对不喜欢的男人向来下手较重。再说，依孟飞的性子，他也不可能对女人用强，他会采取别的手段，让杨云乖乖地躺在他床上。

一想到这个，我就笑了，杨云又不缺钱，也不是没见过世面，思想也比较成熟，不是那么容易被攻陷的。不过话说回来，不怕一万，就怕万一。女人总是心软的，万一杨云要是念及那么一点旧情，那我可就悲剧了。按孟飞的性子，和我之间的赌约他一定会算，想想他的鞋底，估计丫的多半会先踩一脚屎再让我舔。思及此，我不由自主地骂道："靠，就孟飞那样子，也想泡上杨云？做梦！"

我打电话给杨云，一首《三生石》刚唱了一句那边就接了，杨云刚喂了一声我就急切问道："杨云，孟飞去了你那吗？"杨云带着愤怒，"那白痴现在就在我客厅，赖着不走，都快气死我了，真想用刀将他给剁了。"

我呵呵笑道："不用剁他，看看他的意志力有多强。我告诉你，可千万不要心软，那家伙没安好心，知道他为什么去找你吗？那是因为他和我打赌了。我说他一辈子都不可能再获取你的芳心，他不信邪，这才天天去缠你。我告诉你，是让你多个心眼，别中了他的诡计。"

杨云久久不语，良久才哽咽了一下，笑道："谢谢你，李开，多谢你提醒，我差点就被他骗了。"说完杨云就挂了电话。我瞬间石化，嘴里喃喃道："孟飞这狗日的还真不是盖的，泡妞功夫真是一流。"旁边两个小弟一听，赶紧低下脑袋，左顾右盼。

我有些奇怪，就问他们："知道我是谁吗？"两个小伙同时点头，"知道，开哥和飞哥是拜把子兄弟。"说着两人一个递烟一个递打火机。我伸手推开，冲他们点头，"那好，什么该说什么不该说知道吗？"两人立即点头，"知道，我们什么都没听见。"

我笑了笑，原来这就是黑社会啊。笑完我就往外走，得抓紧时间回去。两个小子突然跟上来，"开哥，去哪啊？"我一边穿鞋一边答道："回去东莞，我家在那。"左边那个又道："那事情还办不办？"我愕然抬头，"什么事？"两小子再次对望，右边的痴痴问道："就是开哥昨晚说过的那件事，开哥说今天要带我们去收拾一个女人。"

"收拾女人？"我疑惑地看着面前这两个傻愣愣的土贼，"收拾什么女人？"

两个土贼傻了，过了半天左边那个才大着胆子道："开哥不记得了？昨晚上两点，您交代我们，说有个妓女不像话，敢偷偷怀您的种，让我们两个今天去把她给做了，免得她以后再缠着您。"这个说完另一个点头，一脸敬畏。两个土贼虽然傻，但说出的话依然让我震惊了半响，良久才缓过劲来，心里一阵害怕，疑惑着问道："我昨晚说过那个妓女名字吗？"

两个土贼同时点头，"记得，叫阿玲。"左边那个似乎想表忠心，接着说道："开哥放心，我们哥俩做事绝对牢靠，不信您问飞哥，从我们手里过去的女人，没有一千也有八百，保管整得她服服帖帖，不敢胡闹。以前许市长手下的一个情妇不听话，怀了市长的骨肉想索取钱财，都是我们给办的。"另一个又是附和，活像一对相声演员。

我觉得这话有些虚，那个市长刚倒台，就冒出一堆丑闻，他们两个拿他做文章，也算对得上门路。想着我就想笑了，两个家伙一阵脸红，喃喃解释道："都忘了，开哥道上混了这么久，我们那点破事，居然也好意思拿来献丑。"说完继续表忠心，"不过开哥你放心，只要您一句话，您说怎么办我们就照办，一定不会让那个妓女再给您添麻烦。"

我思索着点点头，再次确认："这些话真是我昨晚上告诉你们的？"两个家伙立即一阵鸡啄米，目光炯炯。我心里一股子疑惑，想起阿玲的话，难道我真有酒后乱说话的毛病？如果他们两个说的是真的，那么阿玲说我酒后说爱她也是真的？这没道理啊，不可能我醉了还能爬起来，爬起来还能说出那样的话？我爱她？简直就是天方夜谭。

不如就借着这两个土贼试试真假。于是我问："你们有车吗？"左边那个立即道："有，开哥要去哪？"我一挥手，"走，办那个妓女。"

其实阿玲说我在酒后告诉她，我喜欢她，希望她做我的情人，这些话的确像是我说的。我的确没有轻视任何小姐的意思，而且阿玲长得那么漂亮，只要她愿意，用来做情人也未尝不可。所以，阿玲说我在酒后说爱她，是有可能的。

既然有可能，那我为什么要否认？这就和她的老板有关系。试想，他们老板如果瞄准我们公司的下一款机型，自然还是要依靠我。但我的性格他早就了解得很清楚，甚至比我自己还要了解。他肯定想到，如果我知道韩国人会从中国民工身上榨出那笔亏损，一定会良心不安，从而影响下一次的合作。那么他势必得给我下一个新套。这个圈套，依然会从阿玲身上下手。

他们先了解我的性格，然后针对我的性格设计出一个骗局，让阿玲做了我的情人，并让我从心里觉得自己对不起阿玲，感到内疚。这就需要一定的技巧，而酒后吐真言，就是一个绝佳的借口。因为我醉了，我做的事情不记得了，只有他们知道。所以阿玲可能会先编出那一套谎言让我气愤，然后再通知飞哥将我灌醉，再让面前这两个土贼合伙上演一场好戏，让我相信自己的确有酒后乱说话的毛病，从而从心里愧疚，达到他们的目的。

等到阿玲成功做了我的情人以后，他们也是走一步看一步，或许他们会通知阿玲把胎儿打掉，又或许阿玲根本就没怀孕，完全是在骗我，后面再等待合适的机会流产。总之他们就是想把我和阿玲牢牢绑在一起，这样，他们就可以要挟我，如果我不答应和他们合作，我就要面临妻离子散的境况。反正不管怎样，我都在他们的操控之中，无法逃脱。

所以说，这是个针对我个人的绝妙计划，一个连环陷阱。要是以前，我是决计不会相信有人能做这么周密的计划，但是现在信了。光是上次利用手机诈骗一事，就已让我吃足苦头。因此，我要反客为主，不能让他们牵着鼻子走。他们派了俩流氓样的人物来哄我，那是料定我不敢带着这两个流氓去找阿玲，他们吃准了我心软。可我偏就要顺着他们的意思来，我倒要看看，这两个貌似穷凶极恶的"流氓"会怎么对付阿玲。

　　判定他们是不是在合伙骗我的标准只有一个，那就是这俩流氓会不会真的把阿玲收拾了，是让阿玲下场凄惨，还是有惊无险。如此想着，我带着两个流氓赶往清溪阿玲的住处。

　　其中一个忽然叫道："等等。"说着快速跑进屋里，双手抱着一个金属盒子出来，银光闪闪，看上去非常华贵。我问道："这是什么？"那小子嘿嘿笑道："开哥，昨晚上您喝了一瓶轩尼诗 XO 大叫过瘾，飞哥就叫弟兄们从店里拿了一箱过来，说是给您带回去享用。"

　　轩尼诗 XO？我伸手去摸那银色包装，厚重华丽的质感让人怦然心动。只是我心里疑惑，昨晚我有喝过那什么轩尼诗吗？好像是喝了一瓶啤酒，那就是 XO？难怪喝起来味道非同一般。我怀疑这也是他们的笼络手段之一，就笑着问道："这一箱得多少钱啊，太客气了。"那小子嘿嘿笑道："一万多吧，店里多的是，开哥随时想喝随时有。"

　　我喉咙里咕咚了一下，真有这么贵？不过既然他们将我当大哥，我没理由在他们面前装菜鸟，我不做声，弯腰上车。

　　车子快到清溪，我给阿玲打电话："我就快到了，你在家里等着。"阿玲迟疑了一下说："你是来看我的？"我心里奇怪，她这话是什么意思？难道已经知道我带了人过来？我抬头看了看前面两个流氓，一个在认真开车，一个在低头玩手机，说不准是在发信息。这就明了，他们其实是一伙的。

　　我鼻子里哼了一声，淡淡说道："不做别的，就是来看你，你在家乖乖待着。"车子到了阿玲楼下，从车里出来时我特意观察了一下两个土贼的表情，都带着一些不自然，装作若无其事地看四周环境。我心里发笑：装，叫你们装，看你们还能装到什么时候？

　　我手一挥，"上，五楼。"两个流氓一点头，从车上分别抽出一把开山刀。我心里发笑，但嘴上斥责："什么玩意儿，对付一个女人要动刀？"两个小子一阵点头，"不是，大哥误会了，这是用来吓唬她的，一般都用不着，除非真的碰到烈性的，就说要割掉她的两个咪咪，她就怕了。"我笑着说道："楼上 502，我就不方便上去了，你们搞定了通知我。"两个土贼又是一阵点头，连声说好，"大哥就在车里休息吧，几分钟就搞定。"

两个家伙前面走，我后脚就跟上去了。刚才那么说，就是给他们一个商讨对策的时间。按我猜想，两个土贼一上去就会给黄启发打电话："老板，演不下去了，他要我们两个真的对阿玲下手，该怎么办呀？"然后黄启发就会在电话里指挥，"笨蛋，你们不会把阿玲藏起来，就说人不在家，今天先放过她，明天再来，那时我们再准备道具。"这样一来，既达到欺骗我的目的，又不至于弄巧成拙，多好的计策。

　　我在楼梯上慢慢走，心里一阵得意，计策好又如何，还不是被我看穿？还真以为老子是个土鳖，那么好哄？等到了阿玲家门口，我将耳朵竖起来仔细听，说不定就听到他们三个正在窃窃私语，这时候我再突然闯入，吓他们一个措手不及。如此想着，我脚步加快，在四楼已经听到门响，两个土贼显然已经进入。

　　我听到里面传来一阵打砸摔砍的声音，却没有女子的尖叫声，我推开门进去，屋里已经一片狼藉，阿玲的衣服、饰品撒了一地。两个流氓发现我站在门口，赶紧跑过来说道："大哥，人不在家，我们就先把家里弄乱，给她造成心理威慑，然后我们就在这等，等她回来再收拾她。"

　　我心里一笑，果然不出我所料，他早就发了信息通知阿玲走，然后他们再做出这场戏。我转头问他们两个："那你们说，等下阿玲回来你们准备采取什么手段对付她。"

　　高个的流氓说："这个简单，反正老大已经不要她了，我们弟兄就先轮上一次，再告诉她，让她快点把孩子打掉，她要不同意，我们就帮她打掉。一般这时候再厉害的女子也会同意了。若她还有什么报警之类的想法，我们就直接做了她，反正广东这地方，死个人跟死个蚂蚁没什么区别。"矮个的流氓又补充道："就是，不过我们会看在她和大哥相好一场的情分上，尽量不会要她的性命，只要她保证以后不再缠着大哥就行。"

　　我打心眼里笑了出来，笑得两个土贼莫名其妙，也跟着我傻笑。我拍拍他们肩膀，"说得不错，好样的，行了，你们回去吧，这件事就先放下，再也不用管了，以后有别的事再找你们帮忙。"两个人就急了，高个急匆匆说道："怎么了大哥，是嫌我们弟兄不会做事吗？"

　　我抬手制止他，沉声说道："不是你们想的那样，而是我改变主意了，不收拾这个女子了，我准备和她继续交往。"话一说完两个人齐声出口气，先是疑惑，再是干笑。我知道，他们的任务完成了，可以拿报酬了，自然会笑。

下楼之后，两个土贼开车将我送回去。刚出清溪镇中心，阿玲就打来电话。我一接，接二连三的骂声传来，还带着哭腔："李开，你这个王八蛋，你不是人！你怎么那么狠心？我只是想安安稳稳地做你的情人，我连女人最起码的自尊都舍弃了，可你这个混蛋是怎么对我的？你玩弄我的身体，玩弄我的感情，现在我怀孕了，你这个王八蛋居然带着黑社会到我家砍我，还要轮奸我，你他妈的是不是人啊？呜呜，你连畜生都不如啊。我那么爱你，一片真心，就换来你这样的回报吗？你怎么不撞死在路上！你干吗要活在这世上害人？……"

阿玲越骂越激动，声音大得连两个土贼也能听见。等阿玲骂够了，歇气的时候，我才悠悠问道："阿玲，你怎么知道我带人去找你，谁告诉你的？"

阿玲又火了，"这还用谁来告诉我吗？你个狗杂种，先是发短信要我打掉孩子，然后就说要来我家，我能不担心？我能不害怕？幸好我一直趴在阳台上往下看，看到你们拿着刀出来，这样我才能提前躲开，要是当时少个心眼，信了你的鬼话，我还有命活？你这个杀千刀的，早晚有一天你不得好死。"我都听麻木了，等她骂完再问："那么刚才你躲在什么地方？"

"我躲在什么地方，我干吗要告诉你？你这个混蛋，你是世界上最坏的混蛋！别的男人再过分，最多也只是强奸我的身体，你这个王八蛋，先让我爱上你，再一脚把我踹开，你比那些逼着我卖淫的混蛋更可恨！你个畜生，连你的亲生骨肉都不顾，你简直不是人！早晚一天，你不得好死！我恨你，我恨你！"最后一句震得我耳朵嗡嗡响。

阿玲绝对是饱含了感情的，每个字都演绎得极为到位，她不去做配音演员真的可惜了。但是，这一番话骂到了我的灵魂，让我有种强烈的羞愧感，我决定要揭穿这个骗局，为我赢得尊严。

可我还没开口，阿玲就挂了，再打，无法接通。我真的挫败了，被人狠狠地骂了一通，却不能反击。但很快我就释然了，这也是他们的手段，他们已经牢牢抓住了我的弱点，并针对我的弱点做出种种圈套，让我堕入。我偏不，我倒要看看，他们还能玩出什么花样。

车子到了我家小区门口，宝马还停在花坛旁，旁边守着一个兢兢业业的保安。我从车上下来，高个流氓帮我将那箱轩尼诗叉圈拿到宝马上。那保安看着高个流氓抱着酒往车里走，立即用怀疑的目光将他锁定，我适时拿出宝马钥匙解除警报器，保安才松了口气，用羡慕的眼神看我。

高个流氓将酒放进宝马车里，一脸欣喜地过来说道："大哥，车子不错，看着都带劲。"我笑了笑，语重心长般地说："好好努力，早晚你们也有这一天。"其实我心里想的是：如果你们还这样混下去，早晚不得好下场。

目送两个土贼上车走远，我拨通阿琳的手机，告诉她我十分钟就到。说实在的，最近事情挺多，大部分都不顺，尤其是阿玲的事，让我头晕。再加上昨晚宿醉没回家，今晚肯定不好过，我需要好好休息，好好地轻松一回。

第十七章

我到阿琳那里时，她还没起床，套了睡裙就跑来开门了，她先是尴尬了一番，然后亲热地迎了上来。

对于阿琳的主动，我并不意外。男女之间的关系，就是隔着那层膜，一旦相互深入过，关系就发生了质的变化。这一点我们的老祖宗就特别圣明，老早就总结出来：一日夫妻百日恩。这句话神经病孟飞就对我详细解释过：男人女人，日一次，就永远记住对方了。当然，不包括那些以日为生的男女，他们要和人区别对待，某种意义上，他们已经不是人了，属于动物。

而那些有过性经验的女子，一旦和第二个男子有过交往，往往就会迅速忘记第一个，很快将自己融入第二个男人的生活中，这一点，是出于女人的天性。而要深刻融入一个男人的生活，交配是最重要的一步。

阿琳作为一名护士，肯定看过大量关于性爱描写的东西，也许她能感觉出来，我并不是只拥有她一个女人。成为某个男人一生中最后一个女人，是每个女人的梦想。此刻，阿琳正在为这个梦想而努力。

而我本身，来找她就是为了宣泄。尽可能地在每个雌性动物身上留下自己的标记，是每个雄性的本能。因此，在这方面我比以往和老婆在一起时还要努力，直到廉租房里的床实在不堪忍受，扑通一声垮下才算作罢。

在床板下塌的一瞬间，阿琳发出一声惊叫，呆呆地望着我。而我，在零点一秒钟后开始发笑。这是我第二次和女人做运动时将床弄塌，第一次是和老婆。阿琳显然不知道我为什么笑，但她知道我很开心，这就够了。因此，她也望着我甜蜜地笑。

漫长的休息之后，阿琳终于不再沉默，伏在我耳边轻轻说道："我不是故意要发信息给你，是我没办法。"

"呃？你有事？"

阿琳睁大眼睛看着我，抿着嘴不说话，最后还是点头，"我家里有事，需要钱。"我咧开嘴笑，笑得阳光灿烂，"要多少？"阿琳就快哭了，哽咽着道："我不是有意问你要钱，我家里真的有事，不信你可以打电话到我家，你可以问……"

不等她说完，我就用嘴封住她的唇。我不想她说完，没意思。实际上我更希望她来得直接一些：嗨，我要钱，知道我为什么这么快就跟你上床吗？因为我需要钱，坦白讲，我就是为了钱才和你在一起的。这样，或许我心里还会舒服些，这比起其他各种蹩脚理由都显得高尚。

吻完了，我再次问道："多少钱？"阿琳努力忍住眼泪，用颤抖的音调说道："五……五万。"她羞怯地将脑袋贴在我胸口，不让我看她的表情。但我的胸膛能感觉到一股冰凉从我胸口滑落。

阿琳哭了，毕竟她不是靠卖肉为生的小姐。如果她不要钱，还能和爱、感情、喜欢之类的沾上边，一旦收了钱，性质就不同了。这是男女双方都知道的，无法掩饰的。那么，我是不是可以把她当小姐一样看待？

我将她的脸扶起，仔细端详，那是一张干净白皙的少女脸庞，不带任何化妆品的痕迹，真正的素颜，健康活力的象征。仿佛是嫉妒她还拥有如此嫩滑的皮肤，而我却是一脸粗糙油腻，并且还带了褶子，我越发想狠狠地羞辱她。

我将她按到下面，用诱惑的声音说："来……"她惊慌地抬头，不知所措，"我，我不会。"

"你会的。"我的声音肯定而绝对，没有任何商量的余地，"我告诉你该怎么做？"

按着我说的方法，阿琳含着眼泪努力，我知道她此刻的心情，她一定在恨我。我此刻并不轻松，我又何尝不恨她？是我看错了人，还是她做错了事？到了最后，她终于忍不住吐了，屈辱的泪水瞬间决堤。

我静静地看着她，用我的目光告诉她：女人，在做一些事情时一定要想好，并没有谁逼着你去受凌辱，很多事情，都是女人自己作践自己。正如神经病孟飞说的：女人，是天下最不可信的动物，她们天生就具备着说任何谎言的能力。尤其是女人的爱情，更加不可信。当你费尽心思追一个女孩却遭到拒绝时，那么原因只有一个，你的钱包不够鼓。

从阿琳的住处出来，我在 ATM 上转了五万给她。当我把交易成功的单子递给她时，她郑重地对我说了句："谢谢，我会还的。"

我笑笑，"还什么，这是你应得的。"我开车将阿琳送到医院门口，拍拍她肩膀道，"别多想，好好上班，我明天还来看你。"

阿琳身子一顿，脸色变红，眼神躲闪。我脑中灵光一闪，想到一个可能，笑着问道："你明天要回老家吗？哦，你家里有事，必须得回去一趟，是吧？"阿琳不语，轻轻点头，又摇头，"也不一定，我把钱寄回去，人不用回去的。"

我呵呵笑了两声，看看时间，"嗯，离你上班还有半个小时。"说完，我静静看着她。半个小时里，我和阿琳证实了一件事，我的宝马车里可以做任何事情，并不会显得狭小拥挤，相反还很刺激，能换好几个体位。看着阿琳带着泪水跑进医院大门，我猜，明天早上我就见不到她了。

回家之前，我没忘记将车里的痕迹擦拭干净，然后在楼下巡游了一个多小时，直到老婆打第七个电话，我才慢慢悠悠地上楼。回到家里，我一脸疲态，岳母在客厅看电视，我艰难地笑笑："妈，还没睡呢。"岳母回头看我一眼，关切问道："吃饭了吗？锅里有菜，我给你热热？"我摇摇头，"不了，妈，你也累了，早点休息。"说完我就急匆匆地进了卧室。老婆正在床上绣十字绣，见我进来眼都不抬。

我在浴室里泡了好一阵子，心里一直在琢磨，我和老婆之间，到底出了什么问题，为什么我会一直出轨，而且出得那么大义凛然，没有丝毫的愧疚之心。难道真是因为结婚时间太长，不爱了？直到我洗完澡走到床边才明白，原来是因为生活太平淡了，平淡到让人憋屈。六年以来，就是这样，如一潭死水。每天就是冷战、道歉、和好、再冷战，周而复始，日复一日，就是一些鸡毛蒜皮的小事，毫无新意。

老婆此时已经拉着被子先睡了，只给我一个背影。我立在床边，心里还在道歉与不道歉间徘徊。道歉，不是不可以，不过这种日子啥时是个头？我作为一个男人，出去和朋友喝酒，你非要管着，不就一晚上没回来，你在电话里说得那么难听？我就没一点人权？不道歉，就这样继续冷战，她睡她的，我睡我的，那还不如出去找个小姐睡，最起码晚上还有个陪着说话的人。

想不出名堂，也不想了，我拉着被子往里钻。刚躺下，老婆就踹我一脚，正中我腰。我没有像往常那样乱叫，只是轻轻瞥了她一眼，带点厌烦的味道。老婆迅速捕捉到我想要传达的意思，一个猛子坐起，直勾勾地看着我，半天不说话，忽而冷冷问道："你什么意思？"我闭目不语，装死。老婆急了，她当然受不了我死一般的沉默，翻身骑到我身上，"说，你什么意思？为什么昨晚一夜不回来？今天白天又不回来？说，你什么意思？"

我依然不语，双目紧闭。心里其实在思考，老婆这样问我，该怎么回答。两种方式，一种就是态度强硬，将她激怒，把事情搞砸，最后由岳母出面收场，但我们夫妻之间一定会产生隔阂。另一种就是采取往日的处理方式，下跪，道歉，保证，发誓，讲笑话，最后再合体双修。相对而言，第二种确实比较累人，但产生的效果不同。除去这两种方式，没有第三种捷径可以走。

我很奇怪，为什么我的老婆不能像别人家的老婆那样温柔体贴，对丈夫做出的各种行为都表示理解，并会站在丈夫的角度去考虑一些问题？当然，这个问题我永远无法得到答案，因为我的老婆，她永远做不到以上这些。她只会无休止地示威、怀疑、猜忌，并且永远都是从她的角度思考问题，永远都不会关心我的内心感受。永远如此。

我依然紧闭双眼，躺在床上不起来。老婆终于折腾够了，淡淡说道："好吧，我不问你了，你自己睡去吧。"我侧身躺下，但不一会儿老婆那边就传来低声抽泣。

躺了十分钟，我被老婆的啜泣搞得心烦意乱，越发觉得她不了解我，不关心我，甚至她的哭声，都像是在故意吵我。想想还是醉了好，醉了就什么都不知道了。想是这样想，但做就不会这样做，最后我还是叹口气，从后面将她抱住，轻声说道："老婆，我错了。"

老婆哭声更大了，反过来挠我，"你干吗要那样对我？你知不知道你一晚上不回来我有多担心你？你连个电话都不知道打，万一你出个啥事我可怎么办呀，呜呜……"我用力将她抱紧，轻声安慰："不会，你放心，我不会出事的，为了咱家，我也不会让自己出事。"

第二天早上九点，我还在床上赖着，黄启发就打来电话。他说道："李兄弟，你总算接电话了，有没有空，到我这来一趟。"我纳闷，"早上才开机，有事？"

"有事，大事啊，有关阿玲的，你来了再说吧。"说完他挂了电话，留下我在床上发呆。

我心里纳闷，他们还能搞出什么花样。我跟老婆和岳母打了个招呼，说我要去深圳拿钱，估计晚上才回来，叫她们吃饭不要等我。然后我径直下楼取车，去黄启发的别墅。

车子上了大路我忽然想起阿琳，现在她应该下班了，就想打个电话给她，看她在不在房间。如果在就去找她玩玩，昨天那一套让我记忆深刻。如果不在，那就再次证明，飞哥的话绝对可信。结果不出所料，阿琳的手机怎么打都是关机。车子开到廉租房区，我在阿琳住处敲了半天门，房东过来对我说："别敲了，她昨晚上九点就搬走了。"我露出一抹笑，五万块，就爽了几次，有点不值。

我把车开到医院，希望能在医院找到她，结果依然一样，她已经结工资走人了。这还不算，光是那天她带我去做的那套检查护理，就花了我一万多，而她的奖金，也多了两千块。

站在服务台前，我一阵苦笑，看来还是自己雏了，居然为了这样的一个女人，花了这么大价钱。服务台的小护士看着我一阵笑，"先生，那您还要不要再指定一个专业护理？"她眼睛一闪一闪，充满期待。我低头看了看她那扁平的胸部，微微一笑，"不了，退款。"

黄启发早就等候多时，见了我热情地一个拥抱，拉着我进屋。刚一坐好，黄启发就给我一张支票，呵呵笑道："兄弟，你的尾款全给你清了，这次也多亏有你，呵呵。"我拿起那张支票看了看，四百万元整，心里一阵高兴，"谢了。"说着将支票装进钱包。

黄启发咳嗽了一声，面色变得沉重，良久，他才苦笑着说道："就是阿玲的那个事，她昨天晚上来找我，说给我十万块，让我帮她找两个人，她要用。"我平静地看着他，不语，等着下文。黄启发低头喝了口茶，又道："我就问了她为什么要人，要人做什么。她说，她想叫人砍你，取你一条胳膊。"我笑了一声，低头喝茶，不做回答。

黄启发继续说："我又问了她原因，她说，她怀了你的孩子，可你不认，非但不认，还打算带人收拾她，要逼着她把孩子打掉。"他抬头看我，目光炯炯，一字一顿道，"兄弟，她说的可是真的？"

我微笑点头，"是真的，不过我没办法，她那孩子不打，我就倒霉。"这并不是我的真心话，如果不是因为阿玲骗我，她怀了我的孩子，我一定会负责到底。我就是想看看，他们还想玩什么花样。

果然，老奸巨猾的黄启发表态了："如果是这样，那我奉劝老弟一句，我们出门在外，是求财，这人命的事，能不沾就不沾。我昨晚和阿玲谈过了，问她有什么想法，她别的都没要求，只说了一点，只要能让她生下这个孩子，她可以什么都不计较，不要钱，也不要人，就这么简单。只要你肯放过她就行。"

我鼻子哼了一声，心道：这些人果然心肠狠毒，现在说得好听，这种要求，我绝对不会答应。我直接开口道："不行，我有老婆有孩子，如果她再生一个小孩出来，我的家庭就完了。这个要求，绝对不行。现在那孩子还不到一个月，趁早打掉，对她身体的危害也最低。"

黄启发唉了一声，满面愁容，想了好久才沉声说道："老弟你是不知道，阿玲不能再做流产，再做，她这辈子就完了。"

"什么意思？"我抬头惊问，心里疑惑。

黄启发道："这些事我不好说，你还是亲自问她比较好。但我作为一个过来人，有心奉劝你一句，女人一生都不容易，男人玩就玩了，但不要把事做绝。"把事做绝？他这是在警告我？我笑了笑，"你放心，要说这世界上哪个男人心肠最软，我想一定是我。阿玲在哪里，我要去和她面谈。"

黄启发带着我上楼，到了客房门前，再次叮嘱："记住，你现在是在我的家里，做事要有分寸，阿玲也算是我的员工，我不会眼看着她受苦，你明白吗？"我尴尬地笑笑，心里鄙视他：死胖子王八蛋，逼着老子往火坑里跳，哪能那么容易。

我敲了敲门，里面一阵脚步声，一开门，阿玲就吓得往后躲，快速跑回床上，抓起一把水果刀，恐惧地望着我，大声骂道："黄启发你这混蛋，你答应我了要保密，干吗还要通知他？"骂完黄启发又把水果刀对准我，目露凶光，咬牙切齿道，"混蛋，你敢来试试，我会杀了你，我一定会杀了你。"

黄启发无奈地耸耸肩，"你也看见了，她现在非常激动，为了肚里的孩子，我相信她会不顾一切的。你自己看着办。"说完就退了出去。黄启发一走，阿玲更加惊恐，拿着水果刀躲到沙发后面，冲着我乱晃，嘴里叽叽不清："别过来，别过来，你敢过来我一定会杀你的，一定的。"

我摸了摸鼻子，心里苦辣酸甜齐往上涌，很不是滋味。若不是有上一次被骗的经历，我肯定会被感动得流泪。问题是，现在这情景，我无法辨别真假。

为了不刺激阿玲做出过激的行为，我走向另一边的沙发上坐下，静静地看着她，神态清闲安逸得像是正在看戏的观众。待了十几秒，我从桌子上拿起一个苹果，随便用手擦了擦，猛咬一口，大口咀嚼。该怎么揭穿她的谎言？如果她说的都是真的，那又该怎么办？

阿玲见我坐在沙发上吃苹果，渐渐恢复平静，疑惑地望着我。在我咬下第三口苹果时，她说话了，怯怯地问："你来干吗？是来杀我的孩子吗？如果是，我现在可以告诉你，你妄想。"我嘴里含着苹果，坚定地摇头，又把苹果虚递给她，"你怀孕了，不要那么激动，对孩子不好，坐下来吃个苹果吧。"

阿玲愣了一下，咽口唾沫，摇头说道："没事的，不要你操心，我的孩子很好。"我手臂放了下来，想了一会儿，低声问道："那孩子真是我的？"阿玲一声苦笑，"不是你的，他和你一点关系都没有，是别人的。你不用担心过几年会突然冒出一个私生子。"

这帮畜生把我的心思都摸透了。我继续保持着笑容，说道："瞧你说的，我只是问问，如果那孩子真是我的，我会负责的，昨天的事，是个误会，你不要介意。"

"呃？误会？"阿玲奇怪地望着我，随后也呵呵笑了，"对，对，是误会，我不介意，我一点都不介意，我们算两清了，对吧？"

我默然点头，"嗯，两清了。"

"那请你出去，我和你之间再也没有关系，我不想再见到你。"阿玲表情冷漠，和我印象里那个楚楚可怜的女子判若两人。我再次摸摸鼻子，自嘲一声："阿玲，昨天的事我也不知道该怎么对你解释，就说说现在的我的想法，我就是想知道，你肚子的孩子是谁的。换句话说，你到底有没有怀孕，我都在怀疑。"

"呃，我有没有怀孕？"阿玲诧异地想想，"对，我没有怀孕，请你出去。"靠！我再次在心里暗骂，她越是这样，我越是搞不清，甚至都怀疑，是不是我自己搞错了，阿玲和黄启发并没有联合起来给我下套。可是，如果这个事情不是圈套，那就无从解释。

一个小姐，怀了一个有妇之夫的孩子，那男人还不认这孩子，甚至想雇人将那孩子扼杀在腹中，即便如此，这小姐还要誓死捍卫，这是一种多么奇怪的现象，超出了正常人的思维模式。若不是他们有阴谋，还有什么可以解释？

不行，这事一定得弄清，要是这么含含糊糊地过去，很难说三个月后会发生什么。我甚至都怀疑，搞不好将来黄启发会以这事为突破口把他投资给我的钱全都拿回去，甚至还要我加倍赔偿。所以，这事一定得弄清，决不能稀里糊涂地过去。

我换成悲伤的表情，淡淡说道："阿玲，我说实话吧，我并不是不负责任，也不是说非要你把那孩子打掉，而是我一直都怀疑，你是不是在骗我。自从你骗过我一次，我就怕了，上次差点没把我害死，我还敢相信你？按我想，你骗了我，一辈子都不会再回来了。可你突然回来了，这出乎我的意料，自然就想到你还想骗我，所以你说你怀孕什么的，我根本就不信，包括昨天带人去你家，那个也不是我的本意，我只是想确认一下，你到底有没有怀孕，如果有，孩子的父亲是谁？如果真是我的，我以我的人格担保，我绝不是那种无耻混蛋的男人。"说完我静静地看着她，满含爱怜。

阿玲似乎感动了，手里的水果刀慢慢放下来，弱弱问道："你，说的是真的？"

"当然，比珍珠还真。"

当的一声，水果刀掉在地上，阿玲双手掩面，低声痛哭。我过去将她轻轻揽住，她顺从地躺进我的怀里，放声大哭，仿佛在释放自己内心无限的委屈。这一刻，我将她揽得更紧。我问她："你以前也流过产吗？听黄启发说，你不能再流产，这是怎么回事？"

阿玲停止哭泣，抬头看我，哽咽了一下，淡淡说道："我被人强奸过，怀孕四个月才知道，当时不知道该怎么办，大医院不敢去，也没钱去，就去了一家小诊所，结果……"说到这里，她又哭了起来。我胸中一阵火烧，嘴唇发抖，却又不知该说什么，只能轻轻拍她的背，给她一丝温暖。

阿玲哭完又道："那小诊所的医生不是人，他在给我做手术前侵犯了我，做手术过程中我喊疼，他也不管，还骂我贱，结果搞得大出血，他们就把我从诊所里抬出来，扔到路边。要不是黄老板刚好看到送我去医院……"

"畜生！"阿玲没说完我就一拳砸在茶几上，震得苹果落了一地，"哪家诊所，告诉我地址。"阿玲抬头看我一眼，满是欣慰，"不用了，后来黄老板找了他们。只是，大医院的医生告诉我，我以后不能再流产，再有一次，我就完了。"

我这才明白，阿玲为什么要拼死护住肚里的孩子。一个女人，一辈子要是没个孩子，她这一生都不完美。换了其他女人或许没什么，这个没了再要一个，但对阿玲却不同，她的机会只有一次，没了就没了。从某种意义上讲，我能理解阿玲。这样一来，我就不好再说什么。

沉默了一会儿，我心里窝了好几个问题，比如阿玲是被谁强奸的，黄老板救回她以后又是怎么对她的，那个黑诊所现在如何了，但问了又怕勾起她伤心，不问又窝火，真是为难。良久，我终于问了一句："肚里的孩子，确定是我的？"问完我赶紧红着脸补充，"原谅我，我真的不知道该怎么表达。"

阿玲看了看我，面无表情地点头，转而一笑，"其实没关系，我本就没打算你会认他，我知道怀孕后的第二天想了好久，才决定要告诉你，告诉你，是对你负责。其实不告诉你也没关系，反正黄老板给了三十万，用这些钱我可以在家乡开个小店，养活我们母子俩，完全没问题。"说完她就起身离开我的怀抱，去桌上拿了纸巾拭泪。

我郁闷地坐在地上，满腹牢骚，心里暗怪：你既然不想告诉我，为什么要回来？这哪里是对我负责，这是给我添乱。但转念一想其实她也很难，哪个女人愿意自己的孩子一出生就没有父亲？我从后面轻轻环住她，温柔地对着她耳根吹气。阿玲身子一抖，红着脸躲避，面上极为尴尬，"你，你要干什么？

现在不可以。"

我一愣，"什么不可以？"阿玲红脸低声道："医生说了，怀孕后就不能过性生活，不然孩子很容易掉。"我极度郁闷，赶紧将她松开，换了语气道："能跟我说说，你以前的事？嗯，你要是不愿意说，我不勉强。"阿玲看我一眼，转身坐下，稍后开始慢慢诉说。

阿玲十八岁那年，就是前年年底，在清溪一家工厂打工。元旦放假时被厂里的三个小伙子骗到 KTV 唱歌，因为同去的还有两个女孩子，阿玲就没防备，结果喝了一听饮料后就不省人事，醒来时才发现自己被强暴了。那时她很害怕，不敢对任何人说，第二天也不敢去上班，怕再碰到那三个男孩子，她就在外面流浪，最后进了一家台湾厂，在里面干了三个月她才知道自己怀孕，后面的事情我都知道了。

我满肚子气愤，问她："那三个人渣呢？哪个公司的？告诉我。"阿玲低声道："没用的，后来黄老板带我去找他们时他们已经辞工走了。"我再次用力砸桌子，心里像是被猫抓了一样，我接着问："这么说那黄老板对你挺好，他不是开足浴吗？"

阿玲愣了一下，支支吾吾道："是挺好，相比而言，他对我们姐妹都挺好，但这是他的本分，他应该做的。要是姐妹们受了欺负，老板不出头，那谁还愿意替他卖命。"

我心里一阵泛酸。妈的，不知道黄胖子那个王八蛋有没有对阿玲怎么过。我越想越头疼，恨不能一头磕地板上死了算了。我干吗要认识这个妓女？我干吗要听这个妓女唠叨？最重要的是，这个妓女干吗要怀我的孩子？我想着想着就火大，却不能说，只好抱了头蹲下。

阿玲以为我是在替她难受，赶紧过来温柔地抱着我，流着泪道："李开，我不该说这些，我不该说这些让你难受，是我不好。"她不说还好，她这么一说，更让我心里像是被一万只蚂蚁噬咬般难受。别的男人再怎么样我没见过，黄胖子那个大色狼就在楼下，想想他那肥油油的手指，哼哼喘气的猪嘴，还有那堪比十月孕妇的大肚子，再和阿玲联系到一起，我就想吐。再往深里想，当初阿玲怎么对过我，也就同样怎么对过黄启发，要不然她一个小姑娘，怎么会那么熟练这些把戏呢？

我不敢想，再想我就要杀人。我忽然又想到我原本是来揭穿他们骗局的，现在却像又落入了圈套。我茫然了。这个孩子是关键，我得处理好。深吸了几口气，我慢慢平静下来，淡淡说道："阿玲，事情到了这一步，我没办法。你知道的，我有老婆，我有儿子，我爱我的老婆，我爱我的儿子，我此生都不会舍弃他们。"阿玲顺从地点头，"我知道，我看得出来，你是重感情的人。"我点点头，继续说道："所以，我就算想为你负责，我也无能为力……"

话未说完，阿玲就急切打断："我知道的，我没有对你要求什么，我只是希望，你能像你以前对我说的那样，让我做你的秘密情人，隔几天看我一次就好。"她不说还好，一说我就来气。我手指敲得嘣嘣响，"你能不能不要提那些子虚乌有的话？我什么时候说让你做我的秘密情人了？都到这份儿上了你还编谎来骗我？"阿玲一阵着急，口吃着道："你……你酒后说的，你忘了，我只是提醒你。"

"够了！"其实我想说放屁，又怕太过强硬，就忍住了。我平静地说道："不要再提我酒后乱说的事了，你也知道，那是我酒后说的，酒后的话怎么能当真？就说眼前，这事情该怎么办。"阿玲立时无语，低头玩手指。

"阿玲，我没有任何看低你的意思，你应该明白。关于你肚子里的孩子，我可以先认定他是我的，至于最终结果，等他出生再做亲子鉴定。在他没出生以前，我会给你找个住所，让你安心养胎，同时我会给你十万元，做平时家用。孩子出生以后，如果是我的，我会付你五十万，或者一百万，你把孩子留下，你自己用这些钱去过完下辈子，还可以再找个男人结婚，再生孩子，你看如何？"阿玲扭头看窗外，转过脸来已经带了微笑，只是她眼角挂了泪花，"谢谢你，你对我真是太好了。"我有些尴尬，左看右瞅，不敢和她对视，瓮声说道："别这么说，作为父亲，这是我最起码的责任。"

阿玲笑出了声，很是欢快，"这些我都答应你，不过有个条件。"

"条件？"我条件反射般抬头，提高声音，"什么条件？"阿玲直视着我，一字一顿地说道："你叫我一声老婆，再说一句你爱我。"阿玲表情严肃，复又补充道，"如果你不说，我就不会答应，我还会找你老婆闹，我有她号码。"

我很想骂人，我这就被她要挟了，不如先答应她，看看她还有什么花样。于是我嘻嘻笑道："老婆，我爱你。"阿玲脸色一变，极为阴寒，"你是在敷衍我，要庄重些，发自内心的，不是虚情假意的。"

日，我再次在心里愤怒，真想一拳将她砸翻，看了看她的肚子，还是放她一马。我整整衣袖，甩了甩头，郑重地走到她面前，仔细看着她，从额头往下，鼻子、小嘴、下巴，最后目光锁定她的眼睛，我轻轻说道："老婆，我爱你。"

我一说完阿玲就哭了，伏在我胸口，一抽一抽的，哭了两声赶紧起来，用手抹眼泪，"医生说了，怀孕了不能哭，对孩子不好。"我笑道："这是我刚说过的。"阿玲白我一眼，"现在好了，你说的我都答应，现在你先给我十万，我没钱了。"我一怔，进而发笑，"还是先找个地方住，十万很快就给你，我有钱，不差钱。"

阿玲不依，冷声说道："不行，现在就要，你赶紧给我准备。"我深吸一口气，还是忍住没发火，想想对她说道："你有银行卡吗，把你卡号告诉我，我这就去给你转账。"阿玲道："我没银行卡，你用你的身份证办一张，存上十万给我。"

"好，要不这样吧，我们一起出去，我有车，我载着你，一起到银行办理，从银行出来我再给你弄间住房，这样不是方便？"

"哦，的确方便。不过还是不行，我的东西太多，还要收拾，银行要下班。你先去银行办理，一来一回就是半小时的工夫，你办好我也收拾好了，你再回来接我，不是刚好？"

我叹口气，无奈地点点头，"那你等着，我很快就回来。"走到门口我又回头叮咛了一句，"有件事我要提醒你，最好不要做出破坏我家庭的傻事，我会杀人的。"阿玲笑笑，朝我摆手。

下来时碰到黄启发，他问我："谈妥了吗，她还闹事吗？"我摆摆手，"还行，暂时谈妥了，详细的以后再谈。"到了院子里，我刚拉开车门，就听头上有人叫。一抬头，阿玲脑袋伸出窗外，朝我挥手，"老公，我爱你，快去快回。"我嘴角一抽，心道：我靠，这就喊上老公了，看来以后还有的麻烦，得赶紧想个法子解决才行，不然早晚要被她害死。

我驱车到最近的银行，排队也要排十多分钟，等办好卡早就过了半个小时。期间老婆也打来电话，问我在哪，为什么现在这点还不回去吃饭。我就告诉她说我在深圳，拿了钱就回去。老婆问我有多少钱。我想了想，就说有一百万。剩下的我不敢告诉她，想着她知道后我再要用就不方便了。老婆听说有一百万，一扫往日阴霾，在那头又笑又跳，再也没提我为什么不回家吃饭的事。

回到黄启发别墅，黄启发正要开车出门，见我过来一愣，"怎么又回来了？不是去东莞了？"我也奇怪，"什么意思？阿玲还在里面呢，我得接她一起去。"黄启发就傻了眼，看了我半晌，"阿玲没去找你啊？"这下轮到我傻了。

我快步跑到阿玲刚才的房间，早就不见了阿玲踪影，桌上放着一张便笺，上面有阿玲圆润的字体：

> 老公，呵呵，不管你心里是否愿意，总之你喊我老婆了，我很开心，这就够了，其他的我不要求。我走了，我会带着我们的孩子走得远远的，我会把他抚养成人，这一点请你放心，我不会亏待我们的孩子。其实，很想和你好好地诉说一番，也想给你做顿饭，可是又怕你劝我打掉孩子，只能以这种方式告别，别怪我，我真的不能没有这个孩子，就算你是亲生父亲，也没有这个权利。另外，我有钱，我有力气，生活你不用担心，我会过得很好。
>
> 　　　　　　　　　　　　　　　爱你的老婆，玲！

看完这段文字，我的心像被掏空了，空荡荡的，一股寒风在心里刮过，说不出来难受还是悲伤。我拨阿玲的手机，关机。

第十八章

我去找孟飞，那厮不在自己家，我也不知道他有几个家，反正这几天他就混在杨云家里不走。我又赶去杨云家，杨云正在家里做饭，对我热情地招呼："来了，坐吧，菜马上就好。"我心情不佳，也没多说，再者，我主要是来找孟飞的。

孟飞在客厅里看电视——《喜羊羊与灰太狼》。他一个人看得咯咯笑，手舞足蹈。我过去关了电视，认真地说："飞哥，找你说点事。"孟飞一愣，伸手将电视按亮，"你说。"我又把电视按灭，"飞哥，关于女人的事，我被人整了。"飞哥又把电视按亮，"嗯，看出来了，但凡被女人整过的男人都是你这副鸟样，活该！"

电视里灰太狼正得意地笑，红太狼手里提着两把平底锅一阵猛敲，灰太狼连声惨叫。我再也忍不住，直接关了电视电源，责问孟飞："你不打算帮我？"孟飞一愣，将身子挺平，两手相互捏拳，发出一阵嘎嘣响，轻蔑地说道："你是活腻了？我数三下，你马上把电视给我打开。"他还没数，我直接喊三，然后死盯着他。孟飞将脖子转了一圈，猛地蹿过来，一阵啪啦啦哗啦响，我们在客厅里扭做一团。

杨云快速从厨房出来，手握着炒瓢，一声大喊："干什么！"我俩愣住。杨云又喊："还不赶紧起来，等着挨平底锅？"孟飞就黑着脸爬起来，指着我满腹委屈道："他不让我看电视。"我躺在地上张大嘴巴，愣愣地看着他，这就是神经病孟飞？这就是那个深圳有名的黑道大哥阿飞？我没看错吧？

杨云伸手拉我起来，替我整整衣服，关切地问："你没事吧？"我摇摇头，急切说道："杨云，你要注意，这家伙和我打赌来着……"杨云说："我知道我知道，你先坐下，吃完饭再说。"说完她又钻进厨房。孟飞指着我骂："好你个王八蛋，我说怎么快要成功却遇到挫折，原来是你在后面点炮，我今天不把你皮剥了我不姓孟。"说着他一把抓起水果刀。

我当然不会无动于衷，立即抽出腰间的皮带准备迎战。杨云的声音从厨房传来："你们有完没完？谁再吵出去！"孟飞怨毒地看了我一眼，气哼哼地坐下，"这次放了你。"

吃完饭，杨云要去逛超市，孟飞紧跟其后。杨云对此的解释是："没办法，有些人就是无耻，不但没心没肺，也没脸没皮。"孟飞对此不屑一顾，只当没听见。去超市的路上，杨云开一辆车，孟飞开一辆车，死死咬住杨云尾巴不放。我坐在他旁边，用眼斜着他，"这就是你的手段？死缠烂打？太没意思了。"孟飞紧盯着前面，训斥我道："你懂什么？什么样的女人就要用什么样的招，这招对杨云就管用。"

我赶紧接口道："如果是你死缠烂打追上的，我就不认账，保不齐杨云被你烦得不行，让你得逞一次。"孟飞斜我一眼，嘴角一抹冷笑，"我会让她亲口对你讲，她是自愿的，你就等着舔我鞋底吧。我家厕所有一双，早就准备好了。"

在超市外面的马路牙子上，我满怀悲愤地说了阿玲和我的事，期间用了很多渲染手法，目的是想把自己塑造得高大一些，光明一些。孟飞听完只是徐徐喷了一口烟，说了五个字："你爱上她了。"

"不可能！"我立即反驳，这是一个多么荒谬的结论，我有老婆，有孩子，怎么会爱上别的女人？而且对方只是一个妓女，一个被无数男人上过的妓女。"我只是玩玩而已。"我郑重地说。

孟飞说："没有人规定，有老婆有孩子的男人不会爱上另一个女人。"我说："话是如此，但我不是那种一心二用的人，我只爱我老婆一个。"孟飞就笑，"你是什么人，你心里清楚，只是你不敢承认罢了。说说吧，你找我的目的是什么？"

我吞了口唾沫，"我是什么人我知道，就不用你提醒了。我来的目的，是想拜托你，借用你的力量找找看，那个女人藏在什么地方。她一日不出现，我就一日不安宁，她就像埋在我生活中的一颗定时炸弹，谁知道什么时候就会嘭的一声，把我的生活炸得七零八落？"

孟飞再笑，"那找到以后呢，你要怎么办？"我被问住，是啊，找到以后又该怎么办？孟飞道："我出个主意吧，要是你不爱她，我就让人制造一个意外，让她流产，这样你的孩子也不会到这世界来受苦，她也没了要挟你的工具，你看如何？"

不得不承认，飞哥的主意让我冒出一头冷汗，这算什么主意？要是这样可以，我自己都能做。只是心里另一个声音在呐喊：就要这样，除了这样你没有别的办法；你下不了手，让别人去做，一样能达到目的。相比孟飞的主意，这个想法更让我震撼，我什么时候萌生了这么狠毒的念头？

我不敢说话，呆呆地望着孟飞。孟飞一笑，扔了烟头踩灭，"你爱上她了，你舍不得，那这事我就没办法了，你自己看着办。"我深吸口气，断断续续道："该怎么办我再想想，你先帮我找她。"末了又补充道，"我并不是爱她，只是出于道义上，不想让她受伤罢了。"

孟飞不语，怜悯地看着我，就如我当初怜悯地看他一般。我不让他这样子看我，他还看，看得我心里发毛。十秒钟后，我们又在超市门口掐了起来。

　　回杨云家的路上，孟飞对我说："我要是你，就不会这么犹豫，不然后患无穷。"我揉着胀痛的脸颊，瓮声说道："那是当然，你多么拉风啊，我哪有你那么冷血，就算对方是个妓女，但好歹是个女人，她受的伤害已经够多了，我怎能忍心继续伤害她？"

　　孟飞猛地将车刹住，"你说谁冷血？"我赶紧握拳，"来？"这是主干道，一停车就全堵了，后面传来一连串的喇叭声。孟飞默默发车，良久才说了句："你要知道，这世上没有好女人，要是真有好女人，我怎么会去伤害她？"我歪头看他，"一个都没有吗？"孟飞一声嗤笑，"你回去问问你老婆，我给她一百万，让她陪我睡一晚上她干不干，让她老实回答，说真心话，你就知道，这世上有没有好女人。"

　　这是孟飞第二次拿我老婆开玩笑了，但我出奇的冷静，没有发飙，而是淡淡地说："这个结果还用问？她当然说不同意。"孟飞嘿嘿一笑，"错了，你要郑重地问她，看她的表情，如果她非常肯定地回答说不会，那么恭喜你，她的忠贞指数只有一颗星。如果她笑着回答说会，那么恭喜你，她的忠贞指数是两颗星。如果仔细想想后回答要分什么情况，那么她的忠贞指数是三颗星。如果仔细思考后还是说不会，那么她的忠贞指数是四颗星。"

　　我非常奇怪，"你这是什么理论？"孟飞嘿嘿笑道："实践理论，我不怕告诉你，我和二百多个女人上过床，什么性格的都有，我挨个问的，问完就记在心里。"我吃了一惊，这家伙居然睡了二百个女人！我又问："那有没有五颗星的？或者是有其他回答的？难道这世界上真的没有好女人吗？"孟飞道："其他回答的，多了去，比如，对这个问题不肯回答反骂你是神经病的，这个时候你就爽了，她多半已经出轨。"

　　听完这番话，我心里一寒，同时也在仔细思考这个问题。现在看来，这个问题的确很现实，他的话虽然不一定对，但也能说明不少问题。孟飞又补充道："不管男人女人，都会有一颗骚动的心，有些人能保证贞洁不出轨，那是因为他没那个机会。"我再次心寒，看着前方，心里一片茫然。

　　回到东莞就到了接儿子的时间，我对着后视镜整了整面容，除了右脸颊上一块乌青，其他伤口都复原得差不多，至少看起来没那么恐怖了。这次我规矩了，把车子停在校门口外面，步行进去。到了小班外面，隔着玻璃往里看，两个老师正带着孩子们做游戏。我敲了敲窗子，刚好和那位小姑娘对眼。我决定，我要验证一下孟飞的话是否正确。

老师出来后，我目光一直盯着她高耸的胸口，那种目光，是个女孩子都会有所反应。果然，不到两秒钟老师就耐不住了，扯着胸口自我介绍道："我叫李颖，不用看了。"我呵呵一笑，"我眼睛不大好，又不知道该怎么称呼你，唐突了。"李颖微微一笑，"没事，您来是接孩子的吧？"我点头，"是，对了，顺便问问，孩子在学校乖吧，没给你们添什么麻烦吧？"

李颖道："没有，可乐挺好的，又聪明又懂事，这么多孩子里面，他是比较优秀的。"我呵呵一笑，"这样我就放心了。对了，能不能大胆问一句，李小姐晚上有空吗，一起吃顿饭？"李颖一愣，瞬间脸红，扭头四顾，随后冷冰冰道："对不起，我晚上没空，您是接孩子吧，要是没其他事就接了赶紧走吧。"我也有些脸红，呵呵笑道："没事，没事，那你忙吧。"从学校里出来，我才摆脱尴尬，心里赞了一句："谁说这世界上没有好姑娘？这姑娘就不错。"

晚上老婆一进门就推着我进屋里，一脸期盼地问："钱拿回来了吗？快给我看看。"我心里一颤，从口袋里摸出那张提前准备好的卡，"有什么好看的，不就是一百万？"老婆一把拉过去，喜极而泣，"一百万啊，一百万啊，这就是一百万啊，我们发财啦！"老婆疯了一样抱着我转，又跳又闹。我一动不动，冷眼看着她，心里一阵悲凉：老婆，钱对你来说，真的那么重要吗？

因为有了钱，老婆吃饭时都吃得极快，吃一口笑一声。岳母骂了她几次都不见好转，继续傻笑个不停。收拾桌子时她才对岳母道："你女婿有钱了，就是没工作以后也不怕，够他花一阵子啦，我能不高兴。嘿嘿。"岳母听了也很高兴，但她毕竟不知道有多少钱，就笑着说道："有钱了你也不用喜成那样，也别说上不了班的鬼话，先付清房款是正经。日子还是要过的。"儿子也在一旁道："我要买变形金刚，会跑的那种，妈妈你给我买一个。"老婆抱着儿子连亲两口："好，没问题，嘻嘻。"

晚上躺在床上，老婆翻来覆去睡不着，时不时拿出那张卡仔细看看，又是一阵傻笑，不停地跟我计划，这些钱该做什么，要买什么，家里需要换什么家具等等。最后提到房款，她就一脸不高兴，"哎呀，一百万，这一交房款，不就没有了？"

"有的，房款已经清完了，他们帮忙清的。"我躺在床上，平静说道。老婆雀跃跳起，趴到我身上，"真的？那真是太好啦。"接着又是一阵疯，抱着我亲个不停。

这个晚上，老婆要了三次。第一次完了我说不行了，她笑嘻嘻地拉着我进浴室："不怕，洗干净我给你……嘻嘻。"第二次完了我说真不行了，连起来的劲都没了，老婆还是说不怕，她从浴室里拿了湿毛巾，给我擦干净，继续。老婆每次都会兴奋得瘫成一堆软泥，这在我们六年来的和谐生活中，是绝无仅有的，空前的，我都不敢想象。

我躺在床上，心里一阵难受。没想到，一百万，居然会让老婆变了个人，在床上破天荒地疯狂，是因为她今天太高兴，还是因为她以前从来没有真正高兴过？想了一会儿，我决定问她孟飞教给我的问题。连喊了三声，老婆都没有答应。她疯够了，睡熟了。

第二天早上老婆去了上班，岳母去了菜市场买菜，我一个人窝在床上乱想。昨晚人家老师那样对我，我也不好意思去送儿子上学了。躺到九点半，孟飞打来电话："找到了，她住在凤岗的一处廉租房内，我现在叫人看着她，你要不要过来看看？"我一猛子跳起，"先看好，我马上就到。"当我急火火地赶到孟飞说的那个地方时，已经晚了。我没看到阿玲，只看到两个躺在地上抽搐的混账小子。

原来飞哥交代了两个小弟监视阿玲，这两个家伙误会了飞哥的意思。直接上楼将阿玲给控制住了，不准阿玲出门。临近中午的时候，阿玲说她饿了，要吃饭。其中一个去买饭打包，另一个继续监视她。这时阿玲玩了个心眼，勾引了监视她的那个小子。那小子也是胆大，还以为捡到了便宜，结果没留神被阿玲一脚踢中命根，躺在地上半天没起来。等另一个买饭回来，阿玲早就跑了，连影都不见。

后面的事情就是我看到的场景，飞哥来了把这两个小子一顿好练，俩人几乎断气。郁闷之后，我走到阳台上打阿玲手机，依然关机。孟飞安慰我道："别灰心，只要她没离开广东，总有办法能找到。"

"这次你们是怎么找到的？"

孟飞一笑，"黄启发，不过下次就难了，那女人有了戒心，估计连黄启发都未必知道她在哪。"

我心里一动，黄启发怎么会知道阿玲的信息？再想到昨天黄启发的态度，他明明看见阿玲不是和我一起出去，却诧异地问阿玲有没有和我在一起，这中间没有猫腻？我把这疑问跟孟飞说了，孟飞喷出一口烟，"你这样怀疑也不是没有道理，黄胖子那人我不是很熟，不过看起来的确是诡计多端。"

"黄胖子和你不熟？"我又惊讶了一次，"你们不是合伙人吗？"

孟飞嘿嘿一笑，"我和他才不是合伙人呢，杨云是。"

"那你怎么认识他？"

孟飞白我一眼，"他拉杨云下水，杨云一个女人，和几匹狼抢食，不拉头老虎壮胆还行？"

我明白了，杨云虽然和孟飞离婚了，但关系一直没断，甚至还经常请孟飞帮忙。估计杨云的事情孟飞也比较上心，不然为什么我第一次和孟飞见面他就知道我的名字？这样一想，我和他之间的赌约怕是要输。

想着我就问了句："飞哥，你重新找杨云是为了赌约还是真心爱她？"

孟飞一愣，"爱？哈哈哈哈，我会爱？你别傻了，我就是想看看你是怎么给我舔鞋底的。你个笨蛋，居然还相信这世界上有爱。爱这东西，是那些满脑子男盗女娼的文人们故意编出来骗人的，这世上哪还有真爱？"

孟飞认真地看着我，压低声音，一字一顿道："只有当一个男人想和一个女人睡觉的时候，他才会假惺惺地说爱，满足之后，他该发脾气该玩牌，女人永远都管不住的，那个时候，谁还有爱？若真有爱，两口子干吗还要吵架，甚至那么多人离婚？我来告诉你，爱这东西，只有在做的时候，才存在。做完了，爱就不见了。所以，文人们都很聪明，男女的交配不叫交配，叫——做爱！"

我被说得一愣一愣，这丫的是神经病？谁以后再说这货是神经病，我就抽谁。缓过神来我自己也笑了，问他："你这是从哪看来的这句子？还一道一道的。"孟飞一笑，吐出烟圈，"我认识一个作家，他是我的指路神人，看事情非常透彻，是他指引着我前进的方向。"我被小小地震撼了一下，"能冒昧问一句，你说的是哪位作家？我也想让他给我指点指点。"孟飞瞟我一眼，"我有他 QQ 号，改天告诉你。他在网上很有名的。"

这时身后两个小青年已经爬起，畏惧地站在孟飞身后，小声问道："大哥，我们可以走吗？"孟飞回头，冷声说道："利用你们的人脉关系，查查那个女的，看她跑哪去了。一定要逮到她。"两小子领了命令，匆忙退下。我喃喃道："这回，阿玲又要误会了。"孟飞斜我，"你还是放不下。走，带你去和别的女人做回爱，你就把她忘了。"

我并未把孟飞的话当真，打算直接回东莞。下楼的时候，岳母打来电话，喊我回家吃饭，被飞哥听见了，他问我："咱妈今天做啥饭？"我看着他，一脸郁闷。他说："我也要吃。你不知道，整天缠着杨云，连口开水都不给喝，昨天要不是你来，估计杨云还得让我吃泡面。"我同情地看着他，叹了口气，"那好，把你那 911 给我开下。"

说心里话，我是真不想让孟飞去我家，但经过这段日子的相处，我竟然对他产生了一种信任感，这种感觉很奇怪，对他的信任程度不亚于亲弟兄。回到东莞，岳母也很奇怪，但也没多问，亲热地招呼孟飞吃好喝好。倒是老婆，多了几个心眼，旁敲侧击地问我前天晚上到底怎么回事，是不是真的喝醉了。孟飞也一一据实回答，并未给我找麻烦。

吃完饭孟飞将我拉到阳台，思忖了很久才不好意思地说："老弟，你觉得我为人如何？"我白他一眼，不以为意地回答："除了有点色之外也没什么。"孟飞听了后很高兴，连声夸我好哥们儿，我背上起了一丝凉意，想起电影上的坏蛋需要自己兄弟背黑锅时都这个表情。但事情没有我想得那么严重，孟飞说："老弟，把你儿子借我带半天，如何？"

尽管很惊讶，但我还是装作不动声色，怕在他面前露怯，"借我儿子做什么？"孟飞脸上一丝尴尬，眼眶带些微红，"我也有个儿子，如果还在这世上，今年该上小学了。"我一惊，硬是没忍住，直接问道："怎么回事？"

孟飞一摊手，半哭半笑，"他三岁的时候，我出去打牌，儿子发烧，没了。"他的语调，轻松平常，就像说：嗨，今早上我吃了两个包子，里面有条虫。就那么简单。只是他的表情，让我也感觉到内心苦涩，胸口发闷。我和他一样，都不愿让对方看见自己脆弱的一面，各自将脸扭到一边，看着窗外。呆了一会儿，我说："嘿，今天天气不错。"孟飞哦了一声抬头，瞪着眼睛往天上瞅。天上，乌云密布，像是要塌下来一样。

第十九章

　　我和孟飞赶到学校时，孩子们正在睡午觉。我们在距离学校五十米远的地方就将车子熄火靠边停下，用孟飞的话说，怕吵醒孩子们的美梦。

　　到了教室外面，我隔着玻璃看见李颖老师在静静地看书，纯洁得像个仙子。想起昨天自己的态度，我有些不好意思，将头扭到一边，对孟飞说："你去，叫那老师出来。"孟飞疑惑地盯着我看，半晌，忽然笑了，"你喜欢那骚狐狸？"

　　"胡说，我怎么会喜欢她？"说完我还非常无耻地补充了一句，"你说谁呀，谁是骚狐狸？"

　　孟飞鄙夷地看了我一眼，低声道："虚伪的男人，有贼心没贼胆。"说完孟飞就趴在窗子上看，寻找我儿子的身影。我在一旁为我刚才的话感到脸红，最后为了讨回点尊严，让自己成为一个不虚伪的男人，我还是忍不住小声问道："飞哥，你说她是骚狐狸，凭什么肯定？"孟飞继续鄙视我，冷笑着问："你是不是想尽快日到她？是就是，我就有办法，不是就拉倒，少问那些没用的。"

　　靠！我低声咒骂，同时也在心里鄙视自己，就那么藏不住事，被一个神经病接连鄙视了两次，真是没用。既然无耻了就索性无耻到底，看你能怎样。我张口说道："算了，我改变主意，我儿子不借给你玩了。"说完我扭头就走。孟飞急了，追上来一把扯住我，"丫太过分了，刚才都说好的。"

　　我一摊手，眼眉吊高，"我说什么了？我凭什么要把儿子借给你去泡妞？我有什么好处？"孟飞一跺脚，指着我道："丫的，算你狠，服你了。"

　　飞哥过去敲了门，李颖出来，他就很礼貌地一鞠躬说："李小姐好。"说完就双手下垂静静站在一旁，默不作声。李颖看了他一眼，才把目光对准我，"有事吗，李先生？"我咳嗽一声，露出微笑，"我来接儿子，今天他奶奶生日，我要带他回去祝寿。"李颖哦了一声，"那稍等，我去把可乐小朋友叫醒，另外，还需要您写一张请假条。"

儿子睡眼惺忪地从教室出来，嚷着要撒尿。孟飞适时上前一步，非常恭敬地一伸手，"小少爷这边请。"然后带着儿子向楼梯那头的厕所走去。看到这个情景，我自己都脸红，但依然强作镇定。反倒是李颖，非常惊讶，"小少爷？"她瞪大一双眼睛看着我，已经没了那份厌烦，而是多了一份惊奇。

按照孟飞刚才教我的诀窍，我自然地笑笑，"这个，说来话长，想必你也看得出来，这一年多你见的最多的是他妈妈，直到最近我才频繁出现。因为这一年多来，老爷子，就是我的父亲，他一直不肯承认可乐是李氏集团第四代长孙的身份，所以，我也不好露面。"

话一说完，李颖的脸色就变了，如孟飞预料中的一样，她张大了嘴巴，又很快合上，恢复到清纯淑女状，红着脸笑笑，"原来这样啊，一直都没看出来，可乐有这么复杂的身份。"我含蓄地笑笑，不做回答，抬眼看正往这边跑的儿子。

因为还没到上课时间，也不知是出于礼貌还是什么，李颖将我们父子一直送到门口。而孟飞，早就先一步跑出去，在我走到校门口时将那辆保时捷911开到学校门口，并很识相地将车门打开，非常恭敬地做了一个请的姿势。按照孟飞说的最后一步，就是车子启动时我要回望一眼，目光要深情，要有内涵，要复杂，最重要的是，要直白地表达出自己的想法。

车子驶出学校那条街，刚转过弯我就停了下来，靠在坐椅上喘气。心里回忆刚才那个过程，虚荣心再次爆满。至于孟飞，则按照计划，利用我走后的这段时间，对李颖进一步灌输迷魂药，他说的内容，我不得而知，只是好奇，他只有三分钟的时间，能对那个女孩说些什么。三分钟后，宝马Z4缓缓过来，孟飞对我伸出右手做了一个V字，"老弟，今晚八点，去校门口接她，至于能不能搞定，就是你的事了。"

整整一个下午，儿子都在杨云家里疯。看得出来，孟飞要用我儿子来打动杨云的计划蓄谋已久，连玩具都是提前准备好的。经过一番折腾，杨云家的客厅几乎变成了一座小型儿童乐园。那个十平方的气垫城堡是我们两个大老爷们儿用嘴吹起来的，真把人累个半死。

孟飞用晚上我和李颖的约会来要挟我说，如果我不帮忙他就不告诉我晚上该说什么话。我说："你丫真卑鄙。"他就回过来说："再卑鄙也比不上你，有老婆却还要找别的女人。"我本想说"你还不是一样"，但人家现在离婚了，没老婆。这样一想，我感觉自己真的有点卑鄙。但转念一想，这其实也不存在什么道德问题，我爱俏，她爱财，各取所需而已。

只是我什么时候开始变成这个样子？以前我看到美女顶多也就是在心里想想，过把干瘾，除了自己，谁都不知道。现在我简直变成一个种马，见个女人就想上。难道真的是那句俗语，男人有钱就变坏？不过，我不得不说，孟飞其实是个天才，在对付女人方面。他只需看一眼，就能找出这个女人的心理弱点，然后对症下药，达到目的。

在我们折腾时，杨云是没在家的，孟飞有她家的钥匙，直接开门进来的。在进门之初我曾问过他："你既然有她家钥匙，怎么这么久都没搞定她？"孟飞先鄙视地看了我一眼，再缓缓说道："我才不像你那么没品位，我要的是从身到心的全部征服。"

"这不就是让对方爱上自己？"

孟飞对此又持不同意见，"错，女人一时冲动愿意把身心交给你，那不叫爱，那只是暂时的感官欺骗。"

我又糊涂了，"那什么叫做爱？"

孟飞嘿嘿笑了，"都说过了，这世上没有爱，只有交配。"

杨云回到家的第一反应，是震惊，继而开始愤怒，我从没见到她那么愤怒过。她毫不顾忌以往的淑女形象，对着孟飞破口大骂："你个混蛋，干吗把我家搞成这样子！"

杨云骂得没错，孟飞带着我儿子用各种彩笔将家里涂得五颜六色，墙上、家具上、地上，全都是各种不规则图形。那个小型游乐场彻底打乱了房间布局，各种皮球玩具堆满了客厅，几乎连下脚的地方都没有。

杨云的怒火一发不可收拾，但下一秒，她的态度就变了。因为埋在泡沫球里扮解放军的儿子端着枪跑了出来，第一时间奔到我身边，惊慌地看着面前正在发飙的杨云。霎时，房间里的一切都静止了，静得能听到人的呼吸声。

良久，儿子才稚气地问了一句："爸爸，这个阿姨是谁呀？"我不做声，孟飞立即一个滑步过来，蹲下身子搂着儿子道："乖儿子，这个不是阿姨，这个是妈妈。"儿子一撇脸，"不是的，她不是妈妈，我妈妈在家呢。"

孟飞急忙掏出一块果冻，和声道："乖儿子，你有两个妈妈，东莞一个，深圳一个，这个就是深圳的妈妈，干爹刚才不是给你讲过了，你怎么又忘了？"儿子迟疑了一下，最后还是决定先将果冻拿过来，却迟疑着不肯叫，抬头看我。我点点头，笑着对杨云道："不好意思，这小东西把你家搞得这么乱。"

杨云却像没听到，依然傻子一样盯着我儿子看，看了一会儿仿佛清醒过来，一阵风跑回自己房间，一路跌跌撞撞踩到不少玩具，差点跌倒。我低声问孟飞："她这是怎么了？受了刺激？"

孟飞用虚飘的声音说："不知道，或许是真的刺激到了。"

话一说完，杨云就从屋里出来，已经变了个人，满目慈祥，温情脉脉，缓缓蹲下身子，两拳紧握，缓缓伸出，举到儿子面前，"你猜，巧克力在哪个手里？"儿子眼睛一转，左看右瞅，先选定右拳。杨云伸开，里面什么都没。儿子又选左拳，杨云再伸开，还是没有。儿子就怒了，"你骗人！"

杨云一笑，眼睛眯成一条缝，"你再看。"她两手同时翻转，每只手上都有一块巧克力。"哇！"四岁的儿子被杨云瞬间镇住，但也只是一瞬，哇完之后儿子两手就抓了上去。刚一抓住杨云就将手一握，轻声说道："叫妈妈，叫妈妈给你。"

儿子不叫，两手使劲掰，嘴里哼哼用力，嗨哟嗨哟。孟飞在一旁劝："乖儿子，喊妈妈，喊妈妈她就给你。"儿子愣了一下，终于还是屈服了，回头看我。我点头，"乖儿子，叫妈妈。"儿子一转头，仔细看了杨云两眼，怯生生小声道："妈妈，给我一个巧克力好不好？"杨云手一松，两行泪就流了下来。

其实我一直都有个疑问，要说孟飞想用小孩来讨好杨云，小孩多了去了，他干吗非得用我儿子？但看到杨云三年前的家庭照时我才明白，世界上小孩多了去，但和他们死去的那个极为神似的，却只有我儿子。也难怪，孟飞张口就送一辆宝马。

下午五点半时老婆打来电话，问我带了儿子去哪，怎么到现在都没有回家。尽管不忍心，我还是得带着儿子回去了。杨云抱着我儿子一直送到楼下停车场，抱了又抱，亲了又亲，又塞了一大包玩具，才依依不舍地告别。她隔着车窗问我儿子："可乐，妈妈明天去学校看你好不好？"儿子不应声。"妈妈去的时候会给你带好多好吃的。"儿子还不应声，转头回来，看手里的玩具。当车子转过一个弯、准备加速时，儿子忽然伸头出去大喊："阿姨，你记得明天来看我，要带很多好吃的。"

对着后视镜，我看到杨云的表情瞬间僵住，又有泪水下来。我赶紧将儿子扯回来，关上车窗，踩下油门。我想，我和孟飞的赌约，真的要败了。这样想着，我无奈地摇头，去球，管你什么赌约，老子才不认账。

晚上我心不在焉地看电视，心里却在想孟飞的话，他说这世界没有真正长久的爱，男女双方在一起的时间长了，相互熟悉了，了解了，就到头了。再想想自己的生活，也的确如此，两口子连做爱都能摸出一套固定规律，可见熟到了什么程度。而且，两人之间的欢好次数由以前的一天三次慢慢变为三天一次，甚至后来都变成了某种程序，某种义务，毫无情趣可言。这还是爱情吗？

但转念一想，孟飞这些歪理，不过是在为他自己的滥情辩护。杨云为什么要和他离婚？因为他好赌，好酒，又好色，还爱打架。即便是这样，杨云依然和他结婚，还生了孩子，这难道不是爱吗？面对这样的一个女人，他还要求什么？他没什么要求，他也不好意思要求。因为他犯了一个致命错误，因为他的疏忽，他们唯一的儿子，死了。

也正因为这样，孟飞的心里其实是很愧疚的，但他没有表露出来。这次他和我打赌，以及认我儿子做干儿子，都是他的手段，他在向杨云示好，他在变相地祈求杨云的原谅。是的，一定是这样。或许今晚，就是他的好日子。

老婆下班回来，满心欢喜，进门连鞋子都没换，就对我说道："赶紧的，今晚沃尔玛电子类商品打折，我们去逛逛吧。"我还没说话，岳母就先生气了，"看你烧包的，刚有俩钱一点都沉不住，就想着把那俩钱弄完，商品打折就让它打去，咱家又不缺什么电子商品。"

岳母把原本我想说的话说了，我也无话可说，继续低头思考。老婆不以为意，兴冲冲地过来说道："我早就看中了一款自动按摩椅，以前要一万三才能买，今天去只要九千就可以，买回来平时妈可以用，你也可以用，好不好？"

我很不情愿地抬头，默默说好，除了好，我也无话可说。她是打着照顾老人身体的旗号出来的，我还能反驳？再说，一万三，又不是很多。只是我觉得老婆的确烧包，这才有一百万她就这样，若是再多些，她连美国白宫都怕要买下来。见我答应，老婆一阵欢呼，看那架势，若不是岳母在场，肯定会扑上来猛啃一番。我再次为老婆感到难堪，她对钱能不那么敏感吗？

老婆起身去盛饭，我的手机一阵响，拿来一看，是孟飞。奇怪，他现在不趁机跟杨云和好，打我手机做什么？孟飞情绪非常低落，淡淡说道："今晚八点，那个约会我参加，你等我。"

"什么约会？"

"你和那个小骚货啊，怎么这么快就忘了？"

我一阵尴尬，躲过老婆和岳母，走到卧室，低声道："你不陪杨云？今晚是个好机会呀。"

孟飞闷哼一声，带着得意，"不了，她刚才想求我来着，我没同意。她那样的骚货，不值得，我还是跟你在一起舒服。好了不说了，我现在就出发，等下你听我安排，一定帮你把那小骚货弄到你床上。"说完他就挂了电话，只留了我在原地发呆。

我觉得奇怪，孟飞费尽心思想和杨云和好，这就要成功，他却临阵脱逃，这是什么个意思？难道是为了不让我难堪？根本不可能的事情。想不通，还是问他本人比较合适。

对于那个李颖，我有点胆怯。李颖和阿玲、阿琳都不同，她是绝对清纯型的，今晚要是搞砸了，搞不好我儿子连学都上不了。再说，老婆刚才说了要去沃尔玛逛，我这一溜，今晚回来又得怄气，还是不去了。我给孟飞打电话，说我不去了，要陪老婆。

孟飞嘿嘿笑，"少来了，你我还不知道，你心里想来，又怕老婆知道，对吧。我来告诉你，你老婆那种人，爱钱，你把钱给她，让她带着你儿子去逛，你就说你要见公司高层，她不会在意的。好了，不说了，我车子快到寮步了。"孟飞刚挂完电话，老婆就推门进来，兴冲冲地问："准备好了吗？好了就赶紧出发，我晚上还想看几件衣服呢。"

我原本还在忐忑，听完老婆这句话就稳了，立即起身整整衣领，非常镇定地抱歉："苏婷，这今晚有点事，我得和那帮韩国人见一面。要不这样，我把钱给你，你带着妈和儿子去商场，想买什么就随便买，我明天陪你去。"话没说完，老婆脸就黑了，冷声说道："怎么我一逛街你就有事？你现在都没上班了哪还来那么多事？”

我赶紧解释：“说什么呢，谁说我没上班了？老金不是都说了，我只是暂时停职，随时可以复职，今晚去多半就是谈我复职的事情，这是大事，我怎么能马虎？好了不多说，你今晚去逛的时候顺便帮我买几件衣服，身上的衣服也穿了两年了。”

老婆这才恢复正常表情，“那你可记得，不要多喝酒，回来醉醺醺的别说我不让你上床。对了，这卡的密码是多少？

“你的生日。”我淡淡答道，不去理睬老婆脸上的那一抹感动和惊喜。

第二十章

我按照约定来到学校门口，孟飞早就到了，坐在宝马车盖上，一脸郁闷，大口吸烟。我过去拍拍他肩膀，“怎么了？情绪不高，杨云给你气受了？”孟飞鼻子里哼了一下，“别提她了，她就是个骚货，提她恶心。”孟飞言语里充满讽刺和厌恶，但他脸上却是一副落寞的神情。见此情景，我很识趣地闭上嘴巴，要是再谈杨云，估计我俩又得掐起来。

但是，他不让我提，他自己却说了起来：“靠，我还以为她多高尚呢，真的打算这辈子不让我碰。我呸，她就是个贱货！”孟飞狠狠地往地上吐了一口痰，“你知道吗？你们走了，她真的来求我，求我日她，求我再给她个儿子。我呸，你说这种烂女人，都和我离婚了，还来求我日她，这不是贱吗？这样的女人，我怎么可能日她呢！”孟飞此刻的表情，肌肉抽搐，唾沫横飞。我没忍住说了一句真话：“飞哥，你想多了，她其实是爱你，今天看见儿子受了刺激，所以才想再要一个。”

孟飞就笑了，电影里地主老财狗腿子们笑话穷人们常用的就是那种讥笑，他竖起一根指头点我，“你傻呀，你还相信爱情？哥哥今天就给你上一课，这世界上，没有爱，只有出自于人本能的交配。比如说，夫妻之间，他们有爱吗？没有，你以为每天睡一张床吃一碗饭就是爱？那不是爱。那只是人类出于生物本能的一种相互依赖行为，男人需要找个女人发泄，女人需要找个男人谋生。因为他们的能力有限，不愿折腾，所以就会过一夫一妻这样固定的生活。而那些能力无限，喜欢折腾的人，不论男女，他们都很难保持一夫一妻的固定关系，这就是这世界上为什么有那么多出轨男女的真相，你滴明白？"

我一时傻住，再次被这神经病搞蒙。孟飞继续道："你还不信？我告诉你，交配，只要相互有好感即可，与爱不爱无关，今晚，你就可以见证。"

此时，幼儿园门口人影一闪，李颖走了出来。孟飞立即换成谦卑的姿态，低声在我耳边道："看见这个小骚货了吗？你们以前不认识，不熟悉，当然就没有爱，但是，你们今晚会交配。这就是真相。"

孟飞的话再次在我大脑中掀起一股风暴，将我数十年来对爱情的认知吹得七零八落，我感到一阵恐惧，却又带着万分期待。他说得对，我和李颖以前不认识，也不熟悉，但我见到她的第一眼，就想和她上床，这当然不是出于爱，这是出于雄性动物想让自己的基因能够得到最多遗传的本能，纯粹的感官刺激，与爱无关。

搞了半天，我们所谓的爱，不过是自己欺骗自己的幌子。若是真的有爱，我干吗要在抱着老婆的时候想别的女人，而在抱着别人的时候却想着老婆？这似乎是一个非常荒谬的问题。男人是这样，女人呢？我老婆在我身下呻吟时，她想的是谁？我后背上瞬间汗珠密布。孟飞此时已经非常礼貌地打开保时捷的车门，将李颖迎了进去，然后对我谦恭地一笑，"老板，该上车了。"

按照计划，我载着李颖去吃海鲜，然后去听一小时广东民乐。吃海鲜时李颖还略带羞涩，一路矜持，听民乐时就完全放开了心态。在《彩云追月》《渔舟唱晚》《雨打芭蕉》《高山流水》等一系列经典曲目的渲染下，李颖完全放开，看到魔术表演时甚至挽着我的手开怀大笑。我在心里想，女人和男人之间，真的不需要爱吗？想多了就觉得自己魔怔了，和她上床，是我的目的，还考虑那么多做什么。

音乐会快要结束时，孟飞对我使眼色，我借口起身离去。剩下的事情，孟飞会帮我做。其实也没什么，孟飞只是送她一个3克拉的钻戒，告诉她这是我的一点意思。

3克拉的钻戒，我不知道那个多少钱，但我给老婆买的那个，一克拉都不到，也要一万多。至于这个 3 克拉的，我猜价格会平方着翻倍。我问了孟飞，他淡淡地说："二十二万。"那口气，好像在说一串毫不相干的数据。诸如二十二个、二十二只、二十二条之类。

我很惊讶，"一出手就是二十万，你不觉得有些过了？"孟飞笑笑，"一点都不过，如果那个女人在区区二十万的攻势下就沦陷，这不就更好地证明了我的理论？这世间，是不存在所谓的爱情的，人和动物本质上都一样。所不同的是，动物们交配只要求对方身体够强就行，而人类，更注意的是对方身体以外的其他方面。"我想了想，认同了孟飞的说法。

等我从洗手间回来，音乐会已经散场，孟飞也消失不见，只有李颖在原地等着我，满脸羞怯。她咬着嘴唇说："谢谢你，戒指很好看。"

我笑笑说："你喜欢就行，不过话说回来，戒指再好看，也没有你的人好看。"这句话，我对老婆说过不下万遍，诸如，衣服再好看，耳环再好看，挎包再好看……但那时是因为我买不起才故意这样敷衍老婆。不过，这戒指又不是我掏钱，我没必要心疼。

走向停车场的这段路上，我心里一直打鼓，按照计划，我可以亲她了。但我不敢，李颖之前对我的拒绝还让我印象深刻，那时她看向我的目光，是那么阴寒冷淡。而今夜，我却要亲她，这是多么不可思议的事情啊。女孩接受一个男人的追求需要多长时间？我觉得，最少也得一礼拜吧，一礼拜亲亲可以，要说上床，怎么着也得一个月，甚至三个月或半年。反正三天就上床，我觉得有点玄。毕竟，她是一个正经的幼儿园教师，不是小姐。

亲，还是不亲，这是个问题。让我亲了，就意味着对方不讨厌我，那么上床就是理所当然的下一步。但是万一对方只是接受了礼物，却没有那个打算，我这样贸然行动，引起对方强烈反感，带来的后果，是极其严重的。我偷偷地看她侧脸，圆润，白皙，闪着少女特有的迷人光芒，引人无限遐想。似乎是感觉到我的目光，她脸红了，却不扭头，依然看着前方。我想，等下分别时来个吻别，她多半不会拒绝。

上了车，气氛依然尴尬，我们都找不到话题说。我自顾自把着方向盘，双目直视前方，心里想着等下该怎么进行。说到底，我心里还是胆怯，我没有像以前想象中那样，见了漂亮女孩就嗷嗷地往上扑，不管她同不同意，压倒再说。此刻我的心情，比任何时候都要糟糕。想扑不敢扑，不扑又后悔，有一种骑虎难下的纠结。

终于，李颖打破了沉默，她说："今天的民乐真好听。"我打开汽车音响，里面是一首经典的《加州旅馆》。当清脆的吉他声响起时，我的心开始趋于平静，不再紧张。车子到了学校门口十米远时靠边停下来。这个距离是我有心挑选的，因为这个区间刚好在两个路灯之间，比较昏暗。

李颖见车子停下，转过脸来一笑，"我回去了哦。"同时用手推车门，连推两下，都没推动，回过头来，有些疑惑，有些害羞。

"我按了自动锁，当然打不开。"

李颖啊了一声，满是惊讶。下一刻，她是什么表情我就不知道了。因为我看不到她的表情，我只能看到她紧闭的眼睛。李颖吓了一跳，拼命扭动身子，想摆脱，却使不上力。她的表情很痛苦，我却不当回事，只当她是故作姿态。那么大的一颗钻戒都收了，你怎么会不懂我的意思？

李颖也只是稍作挣扎，就配合了。不做作，不矫情，自然得让我怀疑，身下急切喘息的女人，其实是我老婆苏婷，只是换了张脸而已。

完事后，我一阵虚脱，靠在椅背上喘气，李颖靠在我胸前，猫一样地看着我，良久，她微微一笑，"舒服吗？"这话一度让我产生错觉，就像去酒店找小姐，小姐对她的服务进行确认，以便获得更多的报酬。对这样的问题，我不知该怎么回答，难道要像对待小姐一样告诉她："嗯，我很爽。"

当我起身时，问题来了，而且比较大条。我看到她两腿间斑驳的点点鲜红，她的裙子上也有，包括坐椅上，我的身上，都有。身为男人，对这种事情的第一反应当然是惊喜，就好比原本只想买瓶饮料，结果拉开盖子发现自己中了五百万巨奖。这份激动的心情，是言语无法表达的。

我开始混乱，开始语无伦次，这样的女孩，绝不是随便给点钱就能了事的。激动过后，我恢复正常，和千万个碰到这事的男人们一样，傻傻地说："我没想到，你还是处女。"李颖笑笑，反问我："难道我就该不是处女吗？"我一时语塞，不知怎么回答，幸好急中生智，开口辩解："不是，我只是惊讶，像你这么优秀的女孩子，居然也能保持处子之身到现在。"

"难道漂亮的女孩子就该早早地把处子之身献出去？"这回我真的无法回答，只好沉默。李颖的表情很委屈，带着哭腔小声道："原来，在你心里，一直都把我当成是那种女人。"

我赶紧解释："我不是那个意思，不要误会，我只是有些奇怪，呃，有些惊喜，你不要误会。"说完我就从车里找纸，收拾残局，心里却乱成了一团，这可怎么办？搞出乱子了，肯定不好收拾。

李颖裙子上有太多血迹，也没法遮掩，我想了想，把车开到一家商场门口，对她说："你在车里等我，我去给你买条新裙子。"李颖已经恢复正常，冲着我安静地点头。

在商场的卫生间里，我打电话给孟飞："糟了，她是个处女。"我是向他寻求帮助，我不知道该怎么办。孟飞似乎在一间迪吧，音乐开得震天响，我说了好几遍他才听清楚，在那边嘿嘿笑道："那恭喜你，你中奖了，既然她是干净的，就和她多玩上一段时间，等玩腻了，再扔掉。"

"废话！要是能随便扔我还找你干吗？她是第一次，你以为那么好打发？"孟飞嘿嘿笑，"第一次怎么不好打发？多少女孩结婚时都不是处女，她们怎么不和她的第一个男人结婚？你就别自己吓自己了，现在的女孩，有几个专一的？相信我，那个女孩没有你想得那么难缠，给她一点钱，就打发了。"

我对着镜子发呆，心里把孟飞骂了个半死，他说得简单，一点钱？光是那个钻戒就二十二万，现在李颖肯定把我当成真正的集团富翁，没个几百万她怎么会罢休？我暗下决心，管他的，反正那个钻戒不是我买的，以后你也少问我要。

我买了一条长裙带回去，李颖就在车里换上。她把那条带血的裙子叠好，捧在手里，细细地看，尤其是裙子上的那滴滴鲜红，刚好落入我的余光范围，刺得我一阵心惊肉跳。我想，我要是个单身汉多好，这样就可以理直气壮地搂着她，非常豪迈地说："别怕，我会对你负责的。"

但我不是，我有老婆有孩子，这话我不能说，说了就麻烦。我极力将脑袋扭直，直视前面路况，时不时地瞅一眼左边的后视镜，尽量不去看那些斑红，怕她要我负责。

越是怕什么，就越是来什么。李颖将那裙子叠好塞进自己的挎包里，扭头一笑，潇洒地说："我终于成为女人了。"我当然知道她是什么意思，但我不能随便说，我做不到。我尴尬地张了张嘴，软绵绵地飘出一句话："对不起，我不知道你是……"车子在学校门口停下，刚好停在路灯下面，最亮的地方。

李颖惊讶地望着我，"你干吗要说对不起？"我想轻松地耸耸肩，但做不到，身体已经僵硬。我支吾了半晌，才吞吞吐吐道："我在为我的鲁莽道歉，你的第一次，居然是在车里，这太荒唐了，最起码，应该找张像样的床。"像是电脑程序一样，我的嘴巴根本不听大脑使唤，自动就说出这些话，而且，说完后还给了她一个既暧昧又温柔的微笑。

我很惊讶，这还是我吗？我什么时候变得这么厉害，说起谎来比真的还真！李颖再次温柔地一笑，"那你可以补偿我一次啊。"

"补偿？"我额前滴下一滴汗，这就要补偿，也太快了吧！我心有戚戚然地问道："怎么补偿？"李颖又是一脸郁闷，"什么怎么补偿？你可以带我去找个好床，这样你就不会内疚啊。"

我心里松了口气。我的大脑开始高速运转，寻思着怎么骗老婆，今晚好在外面过夜。

"这样呀，那好办，我带你去五星级酒店。"

"呃，不是去你家啊？"

我再次被吓到，眼珠转动间张口就来："不行的，老爷子刚刚恢复了可乐的继承人身份，如果再看到我带女孩子回家过夜，肯定不会放过我。"李颖哦了一声，从旁边靠过来，轻轻挽着我的肩膀，"那老爷子会看得上我这样的女孩子吗？"

我一时语塞，开始在心里咒骂孟飞，编什么理由不好，偏偏要编一个世家子弟出来。我家老爷子是一个标准老农民，平生除了会耕地就是会打孩子，有个媳妇能让他抱孙子就乐得合不拢嘴。但现在不是我抱怨的时候。

我用安慰的语气道："应该没问题，他的标准其实不高，像你这样的，应该没问题。"凭良心讲，说这些话的时候，我的小腿一直在抖，手心也出了不少汗。我都不明白，是什么信念，支持着我将这谎言继续往下编。我甚至有种快要崩溃的感觉。幸好，李颖的问题并不多，问完就靠在椅背上独自发呆，眼睛看着车窗外的景色，若有所思。

到了国际酒店，我要了一套豪华套间，让李颖先去洗澡，借这个机会赶紧给孟飞打电话，让他打个电话给我老婆，就说我现在喝多了，已经人事不省，正躺在酒店里，今晚回不去。孟飞嗤笑了一声，"怎么，今晚准备和那娘们儿野战？有你的，可要注意身体，别搞垮了，哈哈哈。"听他在那头笑，我一阵迷糊，真不知道他什么时候正常，什么时候犯病。

李颖洗完澡更加楚楚动人，头发湿漉漉地搭着，只裹了一件浴巾，显得身材玲珑有致。我快步躲进浴室，不敢多看她一眼。我除去自己身上的衣物后，才觉得自己有些假正经，带她来开房，不就是为了玩？因为她是一个处女，就值得吓成这样？反过来再想想孟飞的话，处女了不起？既然每个女孩子把自己的第一次看得那么珍贵，为什么又会在婚前就把第一次随随便便地交出去？

就拿李颖来说，她若是不愿意，为什么要收那戒指？收了戒指，和我之间也是早晚的事。就算有天我不要她，那也是她自己不长脑子，谁让她当初爱慕虚荣来着？对于爱慕虚荣的女人，我何必有愧疚之心？

我只用水稍微湿了身，就探出头去喊她，却刚好看见她在翻我的手机。我心里一惊，若是给她看到我和老婆之间的信息，指定要糟，我赶紧喊道："李颖。"李颖吓得一愣，松了口气将手机放下，拍着胸口道："你的手机有短信，我想拿给你看来着。"

听她的意思，她也是刚准备看，但什么还都没看到。我就松了口气，笑道："不管他，都是一些不重要的事情，你过来吧，帮我搓下背，好吗？"李颖愣了愣，红着脸起身，慢慢走来。

虽然两人已经突破了男女间的那层膜，但要让她单独面对一个陌生男人的身体，她还是有些胆怯。是的，对她来说，我其实就是一个陌生男人。虽然害羞，她却不惧怕，她在尝试，在努力，尽快让面前这个男人不再陌生。

当她看到我肚子上略微凸出的赘肉时，不由自主地颤抖了一下，尽管幅度很小，却还是被我察觉到了。我想，她以前肯定没有想过，有一天自己居然会跟一个大她十岁的男人赤身裸体地相对。这样想着，我心里忽然邪恶起来。是啊，她现在肯定很后悔，但后悔有什么用呢？事情已经这样了，只有继续往下进行，这就是她的悲剧。

看着她勉为其难地替我擦背，我心里竟然有一丝亵渎仙子般的快感。这样一个如花似玉的女孩，居然为了钱，和一个素不相识的男人发生关系，而且强忍着心中不适，做着她不情愿做的事。甚至，还要说一些言不由衷的话。

我看着镜子里的她，清纯的脸上挂着汗珠，认真地看着我的后背，仔细地搓过每一寸皮肤，一丝不苟。我很想问她：你爱我吗？但问不出口，因为怕听到那个答案，估计我会因为那个答案笑晕过去，而且，她也会因为这个问题而尴尬。面对一个只见过几次面的老男人，你想让一个十八九岁的小姑娘说什么？

所以，我没问，只是缓缓转身，仔细看着她的眼睛，想从里面读出些什么。很遗憾，我只读出了慌乱和害怕。她越是这样，我越是来劲，内心里邪恶的想法爆满，很想将这个貌似清纯实际庸俗的仙子狠狠地踩蹋一番，羞辱一番。谁让你爱慕虚荣来着？

我先慢慢地吻她，由额头开始，一路下去，用我多年的经验，慢慢地撩拨她、作弄她，让她变热、变软，让她迷乱。在她慌乱的时候，我开口问："你爱我吗？"她几分娇羞，几分沉醉，言语不清地答："嗯，我喜欢你。"

我不满意，她的回答太模糊，但我也不能说什么，她说的是真话，现在根本谈不上什么爱不爱的问题，说喜欢，才靠谱。但我心里清楚，她其实喜欢的是我的车子、我的身份，以及我背后那个并不存在的强大家族。我继续撩拨她，内心更加邪恶，将她的头放到下面，用眼神示意她。

她很惊讶，很慌乱，但很快就明白了，却不拒绝，而是选择了温柔地顺从，根据我的提示，一点一点适应。我笑着看她，心里在说：你好歹也拒绝一番，我都会高看你一眼。

晚上睡觉时，她贴在我耳边轻轻问："你以后会娶我吗？"我想都没想，张口就答："当然，你把第一次都给了我。"她就笑了，紧紧搂着我沉沉睡去。黑暗中，我的眼睛一闪一闪，心里道：当然不会，你就因为一个破戒指，就把自己最珍贵的第一次给了我这样的一个男人，可见你的个人操守多么糟糕，这样的女孩，我怎么会娶你？这样想着，我已经不担心了，凡是用钱能解决的问题，就不是问题。

早上我还在沉睡，就听到手机响，极为经典的诺基亚信息声。我闭着眼在枕头下一阵翻，摸出我的手机，才发现，我的手机是摩托的。此时，李颖却从被窝里钻出，快速掀开枕头拿出自己的手机，对我笑笑，"是我的，我妈发的信息。"

她面朝上躺着，脸上挂着甜蜜的笑，似乎是她妈妈给她说了一件极为高兴的事情，她手指按键盘的声音噼噼啪啪，像欢快的舞曲步调。等她发完信息，又将手机塞回枕头底下。我心里一阵萌动，过去抱着她，轻轻揉捏，"宝贝，我还想再要一次。"她眯着眼一笑，"那等下，我去洗手间。"说着她拉过外套挡住，快速进了洗手间。

　　她刚进去，我又听到信息声，在好奇心的驱使下，我拿来她的手机，看到无比震惊的画面——2.8英寸的手写屏上，一个斯文的眼镜男图像一闪一闪，而他的头像下面，是一行简单的中文字：收到来自老公的新信息，是否查看？这一刻，我释然了，压在心头郁闷了一整晚的事情得到了解决，就好比欠了银行一大笔贷款，现在却得到消息，那个银行倒闭了。

　　正如孟飞所说，她其实是个骚货，她有男朋友，从她对男朋友的称谓来看，他们的关系肯定不是刚开始。可是，她却轻而易举地背叛了，背叛得那么潇洒、干脆，毫不拖泥带水，甚至，她连第一次都不是给了她喜欢的那个人，而是给了我，她图个什么？这样想着，我就笑了。女人，其实就是那么回事，在绝对的诱惑面前，她们奉之为神的纯洁爱情，显得那么不堪一击。爱情，其实屁都不是，还是钱来得实在。

　　当她裹着外套欢天喜地地回来时，我已经想好了怎么结束我和她的这段情事，但在此之前，我还没玩够，我要从她身上获得和那颗戒指同等的乐趣。这将是一个漫长的过程，我想大概需要三个月，甚至半年。总之，我是按那颗戒指折价算的，像她这样条件的女孩子，厚街酒店里也不过是三千块一个，什么都会做。

　　我按一晚上五千给她折价，她也得陪我一年。这样想着，我心里就没了内疚感，相反，认为这是理所当然。我再次将她压在身下，慢慢地进入，一点一点摧残她的意志、她的灵魂，看着她在我身下苟延残喘，我获得空前快感，这是其他任何事都无法比拟的。

　　起床穿衣的时候，我装着无意间，翻出她的手机，"咦，你有信息啊。"后面的事情，如我预料中一样，她先是惊慌，再是辩解，最后沉默。我说："那你老公发给你的信息，我能看看吗？"她赶紧将信息删掉，然后关机，祈求般望着我，"不是你想的那样，我和他之间，真的什么都没有，只是好玩才这么称呼。"

我点点头，"我了解，你只是好玩。"

"也不是好玩，我，他算我前男友，现在的年轻人，都是这样称呼的。"

我继续点头，"对，我了解，你们都是这么称呼的，其实这并不代表什么，我知道。"

她有些词穷了，左右顾盼，"这个，你应该知道，昨晚上，我是第一次。我和他，什么都没有。"

我呵呵发笑，用手拍拍她肩膀，"说什么呢，我又没怪你什么，干吗要解释这么多？好了，赶紧穿衣，你还要去上班呢。"

不管怎么说，因为这个小插曲，我们之间的关系变得尴尬起来，我再看她，已经没了那份神秘清纯的感觉，现在的她，和其他女人没有两样。我驱车把她送回学校，在下车之前，她主动吻过来，在我耳边轻声道："你今晚还来吗？"

我点点头，"有时间我就来。"她满意地笑笑，在我脸上亲了下，快速下车，走向学校。

我给孟飞打电话，我得把车还回去。在凯越门口我和孟飞见面，那家伙喝得醉醺醺，要不是身边的小姑娘扶着，很可能会趴倒在地。孟飞接过保时捷钥匙趾高气扬道："怎么样，我没说错吧？只一个晚上，就让你心想事成。"

我看了看他旁边的女孩，估计也是个小姐，说话也就没了顾忌，过去轻声说道："嗨，还是个处女呢。"

孟飞鄙夷了我一眼，"昨晚都说过了，好像没见过处女似的。"说着他从我手里接过钥匙，去开车门。

孟飞却忽然愣住，站在车外发呆。我这才想起，坐椅上的红色还没完全擦干净，就抱歉地笑笑，"不好意思，给你弄脏了，我来擦干净。"说着就去车上找纸，孟飞一把拦住，"别急，让我仔细看看。"说着他就蹲下身去，对着坐椅上下来回地看，看了好一会儿才嘿嘿笑道："老弟，你被骗了。"

我一愣，"什么被骗了？"孟飞笑着站起，"她用了五十块就把你哄得滴溜溜转，还当她是个处女。"

"什么意思？"我不解，追着问道。孟飞嘿嘿了两声，"人造处女膜，听过吗？"我一怔，摇头，"没听过，只听过动手术的。"

"嘿嘿，那个不用动手术，塞进去就成，和真的很像，也会流血，唯一区别是，女孩子感觉不到疼。"

昨晚李颖的确没有表现出疼的样子，再加上她那老公，这事情就好解释了。想通了我就感觉憋气，这是个什么事儿？害我白激动了一天。孟飞问我："她问你要钱了吗？"我摇头。孟飞道："那就好，你给我两万，我去找她，顺便把昨晚我给她的戒指要回来。"

"啊？那戒指你还要回来？"

孟飞白我一眼，"不要回来怎么办？我每次泡妞都要用那戒指，好几百块呢。"

"好几百块？"

"是啊，高仿真的。"听完这句话，我彻底无语了，一屁股坐到汽车盖上，晃晃脑袋，一阵苦笑。真没想到，一颗几百块的高仿真钻戒，就让一个女子沦陷。

我想了想，对孟飞说："还是算了，这事我来处理，儿子还在她那里读书，搞不好她收拾我儿子怎么办？"孟飞眼睛一瞪，"她敢？不把她皮剥了才怪！"

看看时候不早了，我赶紧往家走，老婆打了十多个电话，我都没接。在回去的路上，我给老婆回个电话，向她汇报情况。老婆大概问了一番，因为她在上班，不方便细说，就说回来再和我算账。挂了电话，我又一阵郁闷。老婆为什么不能开明一些？非要把我当囚犯一样管住？

第二十一章

回到家里，岳母在看电视，她看我的眼神也很不对劲，她问我吃了早饭没有，要是没吃她就给我下面，带俩荷包蛋。曾几何时，荷包蛋挂面让我赞不绝口，但现在，我有些厌烦，她老人家一辈子就会个荷包蛋挂面？就不能换种手法？这就是不能与时俱进。

无论哪个男人，吃一辈子的荷包蛋挂面也会吃腻，她却乐此不疲，就记得我喜欢吃个荷包蛋挂面。不过这种话也只能在心里想想，面子上我还得笑嘻嘻地感谢："妈，我就不吃了，昨晚上没睡好，累得慌。"我说完就往自己卧室里走。

岳母似乎有话说，在后面喊住："李开，我说几句话，你别怪我老婆子话多。这人呀，活着一辈子，钱是赚不完的，享乐也没个尽头，身体才重要。"我点点头，诚恳道："嗯，妈，我记住了。"岳母脸色一板，"光记住也不行，你得运用到实际中去。看看你的脸色，越来越差，和上个月比完全变了一个人，活像个肺痨鬼。"

我一怔，用手摸脸，"是吗？我怎么不觉得。"

"你当然不觉得，那我问你，平时上楼梯累不累？跑步喘不喘？还有，是不是经常犯困，想睡觉？"

我摸摸脑袋，吸一口凉气，"咦，妈，你怎么知道？"岳母哼了一声，色厉内荏道："我怎么会不知道？看都看出来了，你这是酒色过度，不知道节制，再这样下去，身体就怕要垮了。"

岳母一番话把我说得愣住，无从接口，只得干笑着说道："我晓得了，以后会注意的。"

"注意就好，这家里可就靠你，可别搞出什么事。"

不等她说完，我就一溜烟地跑进卧室，第一时间去照镜子，心里奇怪：我看上去没有她说的那么差啊，难道她是有所暗示？若是这样，问题就大了。

我和衣躺在床上，细细把岳母的一番话回味了一遍，背上丝丝冒凉气，难道岳母觉察出了什么？她今早送儿子上学，和李颖见过面，会不会是李颖那里出了什么问题？我记得当初向李颖撒谎称，每天接送我儿子上学的老太太是我家佣人，李颖万一向这佣人打听什么消息，那可不就穿帮了？就算今早上没有穿帮，长期这样下去，早晚要出事。我心里慌乱，气愤孟飞给我出的这个馊主意，好好的干吗要撒谎？不知道一个谎需要一万个谎去弥补吗？

我在床上胡思乱想了一个上午，快吃饭时忽然接到电话，是老金打来的，他告诉我明天可以去上班了，我的职务恢复了。这个消息，让我一个猛子从床上翻起，在卧室里扭了一阵摆屁股舞，很想对着窗外大喊一声：哈哈，我胡汉三又回来了。

为此我去洗了个澡，吹了个发型，刮了胡子，把自己收拾得利利索索。结果一出门就被岳母堵住，"你要去哪？"我赶紧表态："哪也不去，就收拾一下，今晚好好去逛逛，明天去上班。"

岳母听完一喜，"又让你上班了？哎呀那可太好了，你这一上班就好了，要不然整天游来荡去也不是个事。"说完她又一停顿，疑惑道，"你现在不出去吧？"

"不出去，呵呵，就在家。"

岳母这才松了口气，"不出去就好，在家好好待着，我下午包包子。"

到了晚上，因为有这个消息，对付老婆自然也是有惊无险。结婚这么多年，老婆的性情我早已摸清，只要注意转移话题即可。老婆先是怒气冲冲地问我："说，你昨晚做什么去了？怎么又一晚上不回来？"

"还不是那几个臭小子害我，非说升职要请客，不然以后在公司里不给我配合。没办法，你知道的，像你老公这么老实的人，怎么能扛得住那一帮兔崽子的车轮战？幸好还有孟飞帮我挡了一下子，不然我现在恐怕都回不来。"

老婆先是一愣，再是惊讶，"你又要回去上班了？还升职了？"看着我点头，她高兴得一跳，至于我宿醉不归的事，一时半会儿她是想不起来的。从这方面来讲，老婆其实也挺好忽悠。但我毕竟做错事了，对不起老婆。所以，我各方面表现都比较殷勤。晚上和老婆嘿咻完我就在想，其实老婆要是不每天绷着个脸，几乎就是个完美女人了，老婆温柔善良，美丽大方，对我又好……唯一不好的就是她有点虚荣。至于心眼小、爱闹脾气，这属于女人通病，应该不算缺点。

但即便是拥有这样的老婆，我还是出轨了，而且不止一次，不止和一个人。对此，我心里比较抱歉，翻身将老婆拥得更紧，心里念叨：老婆啊，对不起，是老公太花心了。终于，我没有为自己出轨找借口，承认是自己花心。我想，我其实不是个好男人。

为了不引起公司高层注意，我把车停在加油站的停车场，又步行到公交站台，坐班车去公司。到了公司门口，我心里有点感慨，才几天没来公司，就感觉无比陌生，但一想到这次回归是总经理亲自召回，心里不免有点得意，意气风发。

公司的高层都是人精，当初我走的时候大家避之唯恐不及，今天我回来，却都笑脸相迎，亲热得如同兄弟姐妹，男性皆以拥抱表示亲切，女性则以笑脸代表关怀。我用无比虚伪的亲切笑容给予回应，说着冠冕堂皇的过场话，表示在这段日子是如何想念大家。其实，我每次嘴上呵呵的时候，心里想的则是：去你妈的。

就这样，我一路呵呵到自己的位置。回到本部门，才感觉到什么是亲切，什么是温暖。我的桌子上，一尘不染，所有东西都保持着原来的位置，除了稍微干净一些，几乎没有变样。而电脑旁边，则是一杯永远不变的雀巢咖啡，正冒着袅袅热气。所有的同事都在自己位置上静静地看着我，看着我走过去坐回自己的位置。霎时，一片掌声响起。我背过身子，眼眶湿润了。

阿萍说："你走后，这位子我每天都清洁，我就知道，用不了多久，你就会回来的。"这句话，比其他诸如恭喜贺喜之类的要亲切百倍万倍，也更能触动我的心灵。我很自然地握住她的手，"阿萍，3Q，你对我真好。"

阿萍一怔，赶紧把手抽开，一脸幽怨，"跟你同事三年，你现在才有感觉，真是亏死了。"一句话，似笑非笑，把我吓了一跳，我正色道："那现在开始还来得及吗？"阿萍飞一个媚眼，"美得你。"气氛在这一刻变得融洽，似乎我从来都没离开过。我想，这才是真正的纯洁的男女关系，与爱无关，与性无关，这才是一种让人感觉舒服的关系。

下午供应商纷纷打来电话，约我抽个时间见面，有些事需要面谈。我知道他们的意思，月底了，该结账了。若不是我回到公司，他们也绝不会主动联系我。

下午两点，阿萍接到电话，总经理喊我过去。我问阿萍："总经理什么语气？"阿萍笑道："还能什么语气，反正不像发脾气。"我对着镜子好好梳理一番，昂首阔步地向总经理办公室走去，同时心里在想：他找我有什么事？会不会真的给我升职，还是加薪？按说出了这么大的事，我不被降职减薪都算是幸运。

我怀着忐忑的心情，走进总经理室，抬头看到一个陌生人，大约三十岁，脑袋大脖子粗，有着一对色迷迷的老鼠眼，让人联想到奸商、色狼等一系列的贬义词。总经理很平静地对我介绍道："李开，这位是刘副理，以后他就是你的副理，有些事情，你可以分配给他去做，这样你也不用那么辛苦。"

我愣在当地，大脑几乎停止运作。事情明摆着，他准备要换人了，这个刘副理就是准备代替我的人。一瞬间，我心从头凉到底，但又不能说什么。

从总经理室出来，刘副理就点头哈腰地拿烟，我非常严肃地拒绝了，并且告诉他，厂区里最好不要抽烟，要抽，有专门的地点。刘副理对此丝毫不介意，继续点头哈腰，自我介绍："我叫刘文昌，是朝鲜族人，以后就跟着你混了，还请多多照顾。"

我不动声色，"客气了，以后都是同事，我也年轻，没有什么本事，有些不懂的，还请老哥多多指点。"刘文昌听后急忙摆手，"不敢不敢，这可不敢，我这次是虚心来向你学习的，早就听过你的大名。"我笑笑，心里暗道：日，这么说是有备而来，看来我真要做好打算了。

回到办公室，正是午休时间，同事或躺或靠，或聊天喝茶，见我回来大家面露喜色，但看到身后的刘副理，均是疑惑，却无人询问。阿萍从外面回来，一进门就高声笑问："回来了，老总给了你什么好处？"

"稍后你就知道。"我说完，拍拍手要众人注意，高声说道，"各位同事，我来给大家介绍一下，这位是我们新来的刘副理，以后就由他来直接指导大家工作，希望大家以后好好配合。"说完我回到自己位置上，让刘副理向大家作自我介绍，同时和大家熟悉熟悉。

吃饭后，阿萍凑过来问我："李开，那个刘胖子是来做什么的？"我笑笑，"做副理，替我分忧的。"阿萍脸上一暗，"不是吧，你要当心，我觉得此人来势凶猛，似乎是专门针对你的。"

"哦，是吗？那就让他来吧，他来我走，也没什么。"

"呀，你干吗要这么说？你看那个死胖子，长得一副色迷迷的贼样，恶心死了。你可千万不要放弃，要走也是他走，你走了我怎么舍得，我也不干了。"

阿萍一番话，说到我心里去，这才是真正的革命友谊，但我也不免欷歔，连一个女子都看出了老总的意思。没来由的，我心里一阵悲凉。

晚上下班老钱来找我，带了三万块过来，说是请我喝酒压惊。我收了钱，告辞而去，没心思喝。回家的路上，我想着以后的去路。公司里就是这样，一旦老板说要换人，怎么挣扎都没用，到头来只是折腾得自己伤痕累累，所以，自己走了才是正道。但是，怎么说我都有点不甘心。多好的一个位子，就这样没了。虽说手里现在有些钱，但断了财路，就郁闷了。若是不走，留在那个位置上，一年少说也进账几十万，十年，二十年呢？所以，还是有点亏。

正想着，接到李颖电话，问我晚上去不去找她。我想了想，告诉她半个小时后到。其实，开车来上班的目的就是想晚上回东莞，现在看来，又得向老婆撒谎，就说第一天上班，手头事情太多，忙不过来，要加班。至于李颖那里究竟有什么好，值得我费这么大神，我没想过，反正，肯定不是因为爱。

和我预想的一样，见面不过五分钟我们就在车里滚作一团，在此之前我们只说过三句话。

"来了？"

"来了。"

"今天怎么不开保时捷？"

"保时捷昨晚弄脏了，今天叫人去洗。"

"哦，你吃饭了吗？"

"吃了。"

其实，出轨，就是这样子，没有其他多余的语言。当我累得像头死猪时，她才刚刚起精神，趴在我身上道："我想请你帮个忙。"我就知道，这样的女孩，不可能那么傻，人家当然是有目的的。我眯着眼哼哼笑，"说吧，要我做什么。"李颖亲我一口，一脸喜色，"我不想做教师了，我想开家小超市，就在二中门口，地方我都选好了，那地段不错，将来生意肯定好，要不我现在带你去看看？"

我皱皱眉，她这么快就有了计划？这么说，她早就准备好了，就等着一笔钱到账，所以，她知道我的心思，于是准备了人造处女膜，等着我上钩。呵呵，这有什么问题，天下没有免费的午餐，我就是瞅准了你要钱才来的。我起身，也不穿衣服，光着身子发车，按她说的路线，到了二中门口。

"果然是个好地段。"我连瞅都没瞅，直接开口称赞，"你还需要什么？"李颖红着脸低下头，"我需要二十万启动资金。"

"呵呵，二十万，呵呵，是挺多，不过没关系。你带卡了没有，我等下就转给你。"李颖一喜，"农行的，可以吗？"我故意皱皱眉，"哎呀，不好，我是建行的。"

李颖手一抖，"建行的我也有。"至此，我彻底明白过来。这本身就是钱色交易，与爱情无关，与我个人魅力无关，与我是否对她进行欺骗也无关。甚至，她早就知道我是什么人，她不揭穿，纯粹是为了大家面子上都好看，仅此而已。既然如此，也用不着拐弯抹角，我就当是花钱雇了一个长期私人小姐，或者说，包了个小三。

我把车子开到一个建行ATM，转给她二十万，告诉她，这些钱，可以不用还。说这话的时候，我是带着笑的，可以不用还，其实就是要还，这得取决于我的心情。我想，我开始邪恶了，但这不能怪我，有些事情，是你自找的。这一刻，我忽然感觉，《蜗居》里的宋思明，不也就是这样？李颖明白我的意思，轻声道："那么，我写张借条吧。"我笑道："写什么借条，真是小孩子话，走，去开房。"

我让她给我用口，我承认，我是故意的，对于这样的女孩子，没必要怜惜，也没必要给她自尊。但是，表面上，我还是打着爱情的幌子要求她。她答应了，而且，我用手机拍了视频，不长，两分钟。我想我真的邪恶了，我没有说让她打借条，可我拍了视频，这比打借条还恶劣。有那么一刻，她似乎想流泪，可还是忍住了，依然笑着。

我看着她努力的样子，心里想：你其实不应该怪我，人活一辈子，有很多活法，穷也是一辈子，富也是一辈子，荣华富贵都可以通过自己努力得来，你不该贪图捷径；这样是可以尽快达到目的，但你也会为此付出代价。我嘴上没说，只是冷漠地看着她，看她卖力地前后耸动。

躺在床上，我又想起老婆，如果不是我突然有钱，她会不会也像这个女孩一样，经不住诱惑，成为别人的泄欲工具？想到这个，我忽然有点后怕，幸好，我现在有钱了。到了十一点，老婆再次发来信息，问我几时下班。我想了想，翻身起床，在李颖额头上亲亲，很虚伪地说："我现在有事，得马上回深圳，改天再陪你。"说完就走了。

回到家里，我一脸疲惫，岳母和老婆都没睡，也没开电视，静静地坐在沙发上，似乎刚吵完架，见我回来，都是一愣。老婆抢先说道："咦，你怎么回来了？不是说加班到十二点吗？"我笑笑，"等不住了，想你想得不行，就先溜回来了，路上开车，没法回信息。"老婆闻言，娇羞地看了岳母一眼，要过来打我，"你现在咋变得这么贫了？"岳母哼了一声，"在外面见的女人多了，嘴巴就贫了。"

我赶紧恢复正形，干咳两声，左右看看，"妈，给你买的按摩椅你怎么不用？那个挺好的，平时看电视也可以坐着按摩。"岳母怒气不减，语气挺冲，"有什么好按的？再好按也不如人家小姑娘的手滑嫩，你说是不？"

一听这话我就知道她是什么意思，只是奇怪，平时都是老婆撇着洋腔对我冷嘲热讽，今天居然换了岳母。再看老婆，一脸不悦地对岳母道："妈，行了，李开上班累了一天，这才刚回来，你让他先歇歇不行？"说着把我推进卧室，关上门。

"累了吧？"老婆望着我，温情无限，关切地问道。我脸上有些挂不住，觉得羞愧，但必须坚持，只好很无辜地看着她，似乎真的受到了莫大委屈，"老婆，妈这是怎么了，怎么说话那样啊？"老婆左右看看，又把鼻子凑过来闻。

"你在外面没事吧？"

"呃，什么事？"我把眼睛翻到最大，装出一副迷惑不解的样子，"你把我整糊涂了。"

老婆脸色瞬间变阴，"你还装？我就不信你听不懂我说什么。"不得不说，老婆的问话非常有技巧，怎么回答都不对。这个问题任何男人都明白她说的是什么意思，错就错在我第一次就不该装糊涂，这下好了，装到坑里了。我再次发挥我脸厚嘴硬的优势，依然疑惑不解，"你说什么呀？我真不明白。"

老婆死死盯着我，开始冷笑，我心里一下子没了底气，扛不住，我开始转移话题："你知道吗，我今天在公司非常不好。"

"哦？怎么了？"老婆不知是计，立刻就跟了过来。我一屁股坐在床上，长叹一口气，"老总今天给我新派了一个副手，名义上说是减轻我的负担，实际上是在暗地里培养新人，准备把我挤走。"

"啊，他们怎么能这样？"老婆急了，坐在一旁替我生气，一脸不高兴，等了一会儿才道："不干就不干，我们干吗还非得在他那破公司，再说，现在又有了钱，辞就让他辞去。你在公司里也干了四五年，这一辞退，他也得赔偿不少，无所谓。"

见老婆中计，我赶紧趁机讨好，"是啊是啊，我也不怕他辞，有什么大不了，此处不留爷自有留爷处。对了，老婆，赶紧洗澡吧，时间不早了。"老婆点点头，

"那你先洗了睡，我和妈还有点事。"

我立即警觉起来，难怪今天一回来岳母是那个表情，肯定是岳母听到什么风声，让老婆试探我。不行，不能给她们机会，得在老婆对我起疑心之前取得老婆的信任，于是我一把抱住老婆压倒在床上，"都这么晚了还有什么事？赶紧睡吧，我还想来一次呢。"

老婆想了想，似乎很为难。我继续说道："还犹豫什么，都好久没有好好地弄一次了，憋了一整天了都。"老婆这才勉为其难道："那好，你去放水，我马上进来。"说着就走出房门，在外面和岳母嘀嘀咕咕几句，才转身回来。见这情况，我赶紧冲到浴室，假装放水。

晚上又差点悲剧，我发现自己有些力不从心。这是个不好的兆头，我得想办法节制一下才行。为什么我在别的女人面前从来不悲剧，但面对自己的老婆，却时常悲剧？这是哪里出了问题？难道是老婆不吸引人了？这个晚上，我没时间多想，沉沉睡去。

第二十二章

后面几天，我在公司乐得清闲，所有事情都交给那位刘副理打理，我只负责确认，比起以前要轻松多了，每天可以早早下班，和部门里的同事一起聚聚，吃个饭喝杯酒，日子倒也潇洒。

对阿萍，我有种怪异的感觉，虽说关系一直不错，但以前似乎没怎么关注过她，可现在却对她忽然很上心。我和她共事有三年了，那时她才中专毕业，十八九岁，要说出事，早就出了，为什么等到现在才有感觉？现在，每天早上我一来，办公桌已经整理干净，咖啡泡好，要说她做文员的，根本没这个必要，干吗要这么殷勤？我曾经玩笑似的问过她，她说："我喜欢喝咖啡，但又不想自己掏腰包，所以就用你的名义申购了许多咖啡，本来是想我一个人喝，但想想是以你的名义，就顺便帮你泡一杯。"

好吧，咖啡这事不算，那她有事没事盯着我发呆这是怎么回事？我不记得以前她有这个习惯，难道是她对我有意思？拜托，我儿子她都抱过了。难道……她也是为了钱？不，不，她不是这种人，我心里对自己说道，阿萍是个好姑娘，如果她要钱，只要开口，我无偿借给她，什么都不用付出的，怎么说，她也算我的红颜知己。

找了一个机会，我问她："阿萍，最近有没有遇到什么难事，需要帮忙的？"阿萍轻笑一声，"我能碰到什么难事，唯一的问题是，在这里混了这么久都没有男朋友，这个，你能帮忙吗？"

我低头做沉思状，猛地一拍大腿，"有了，我老家还有个八竿子打不着的堂弟，和你年龄差不多，要不介绍给你？"阿萍一喜，"好哇好哇，正巴不得有人给我介绍对象呢，他有多高？有多帅？和你比起来怎么样？"我汗了一把，"干吗要和我比？"

"我身边的男人里面就你还看着凑合，别人都不行，不跟你比跟谁比？"

"不会吧，你不会是暗恋我吧，我已经结婚了。"

"那有什么，你结婚了不还可以包小三，现在不是都流行这个？"

阿萍一句话把我噎住，但又不确定她是不是只是开玩笑，我也故作神秘道："那就这样定了，过几天我给你买套房子，你搬过去，我们就开始一起生活。"阿萍憋着笑用力点头，"那就这样说定了，以后在公司没有外人时我就喊你老公，行不？"我郑重地点头，心里紧张，她要真喊了怎么办？

事实证明，我是在异想天开痴人说梦，阿萍根本就没叫，而是一路大笑着跑了，和平常无异。我抹了一把汗，心里想：其实，包了阿萍这样的女孩子也不错。想完打了个寒战，我怎么越来越邪恶了？

星期二下午，我再次接到通知，总经理要我过去一趟。我心里有点发毛，扭头看看前面正在忙碌的刘副理，心里戚戚然，妈的，报应来得也太快了吧，我还想包个小三呢。尽管不情愿，我还是得去，该发生的，总要发生。出门的时候，看见阿萍在对我的背影行注目礼，我心里有点酸楚。

总经理室里面已经坐了好几个人，都是公司高管，张代理也在里面，见我进来，咧嘴一笑，不知道他笑个什么劲，所以我也回了两声呵呵。接下来，我听到一个让我震惊无比的消息。下个月韩国总公司会派企业管理学博士从韩国

212

本土过来，在天津大通总厂开设一个企业管理培训班，主要针对的是中国高管。而我，早就是公司内定的最佳人选。同去的还有别的部门几个人，一个部门去一个，都是当前的红人。

总经理这次喊我们来，就是了解一下各个部门目前的情况，看看这些高管能否走开。当然，这只是一个形式过场，有问题的部门早就做好了安排，就像我部门里那个副理。我终于明白了张代理为什么会对着我笑，我记得他以前也大概提过这事，只是我忘了。总经理通知我们周六就出发，下个周一开设培训，为期两个月。这一回，我才真的心安了，看来，我的前途一片光明，荣华富贵指日可待。

回到部门里，刘副理依然一脸谦卑，冲着我媚笑。而阿萍，早就急不可待，过来问道："怎么了？老安喊你什么事？是不是准备动你？"我抽抽鼻子，带点豪情万丈的意味说："怎么会？想我这么优秀的人才，他怎么舍得动我？再说，我还没有和你发生一段轰轰烈烈的婚外情，怎么舍得走。"一听这话，阿萍立即鼓掌，"好，不走就好，有魄力，我等着看你怎么和我发展轰轰烈烈的婚外情。"

下一刻，我转移了话题，告诉她我准备去天津参加培训的事，惹得她一阵撒娇，嚷着也给她弄个名额，让她陪同，也好一路照顾。对于这些话，我只能半信半疑，当做笑话。

因为周六就要走，我在东莞的日子也没几天，所以和李颖见面的时间也开始变多。我不知道我是出于什么心理，似乎是一种占便宜的小农意识，就像前几天接到通知说 90 号汽油要涨价，结果每个加油站都在排长队一样。用孟飞的话说，和这女子没几天好相处，赶紧抓紧时间，能多日几次就多日几次。尽管很恶俗，但概括得很到位。

至于老婆，则要说声抱歉，毕竟，老婆不可能两个月后就不见了。只是老婆比较担心我这两个月身边没人照顾，想辞了工作和我一起到天津。对于这个提议，我没什么意见，只是认为，照顾我是假，监视我才是主要目的吧。不过自己检讨一番才觉得自己不是人，老婆照顾丈夫是出于好心，却被我想得如此阴险，不是好男人作风。于是我点头同意，让她快点辞职。

见我同意，老婆欢呼雀跃：终于可以不上班了，以后就在家洗衣做饭看电视，多美好的生活啊。结果这个想法到了岳母那却行不通，老婆被岳母教育了一顿，岳母说年轻人，还是要踏踏实实过日子才是正道，别稍微有俩钱就学人家潇洒，世事难料，谁都不知道以后会发生什么事。老婆起先还和岳母辩论，非要辞职不可，结果第二天回来就变了计划，她们公司目前也缺人，她那个位置比较重要，她走了暂时没人替代，只好作罢。

临走前，我又和孟飞喝了次酒，告诉他我走了，寻找阿玲的事情还要他多多帮忙，见到她本人千万要小心对待，她可是有身孕的。我心想最好孟飞能代我和阿玲谈谈，按以前帮我算命的高人指点，这孩子她想要，我就给她一笔钱，然后她远走高飞，她不想要，我也会给她一笔钱。总之一句话，我付她钱，我们之间的事情就完了，以后不要再来缠我。

孟飞对此很不理解，"那婆娘要留孩子就让她留，反正她会帮你养，等孩子生下来你想认就认，不认就拉倒，何必这么麻烦，还非得找到她？费劲。"我叹了口气，发自肺腑地说："我也想做得洒脱，但我办不到，毕竟，她肚子里是我的骨肉。"孟飞嗤笑一声，"瞧你得瑟那样，你以为你是神？还一日一个准？那么快就能给人种上？是不是你的还说不准呢。"我灌下一杯酒，"对呀，就是因为这样我才要找到她。万一她怀的不是我的种，却拿来要挟我，我不是亏大了？所以，这事，一定得查清。"

孟飞点支烟，徐徐吐口气说："行，这事交给我了，你就不用操心了，好好去享受你的天津之旅，多日几个天津女子，看看北方女子和南方女子有什么不同。"我白了他一眼，"狗嘴里吐不出象牙，当我跟你一样是个猪公。"

周五晚上，公司为我们举行了欢送仪式，我再次被灌醉，头重脚轻。到了酒店门口我叫了车童帮我把车寄放在酒店停车场，然后打的回东莞。我路上吐了三次，才觉得没那么难受，脑子也清醒一些。我拿着手机发抖，是回老婆家，还是去找李颖？最后决定，先去找李颖，再回家。

我让的士直接将我送到李颖正在装修的那间超市。最近她已经搬到超市住了，不过地方还没完全装修好，比较破，我们每次见面还是去酒店。今天晚上，或许是我和她的最后一次，我想给她来个惊喜。

车子停下以后，我昏头昏脑地掏钱，一张一百，等待找钱，一偏脑袋，看见超市里昏暗的灯光下，一男一女正坐在地上吃盒饭。男的面熟，但想不起来是谁，女的我认识，就是李颖。我晃晃脑袋，怀疑自己看错了，揉了三遍眼睛，才看清楚，的确是李颖。我鼻子里哼了一声，想挽袖子，才发现自己站都站不稳，估计这样上去可能不是对手，只好作罢。

刚好司机找了钱回来，我手一挥道："去星河传说。"到了小区楼下，我还放不下刚才的事。这个李颖果真是个骚货，自己有老公，还要背着她老公和别的男人私会，还用特殊技巧，真是下贱。我越想越替那个傻乎乎的眼镜男不值，这样的女人，不配拥有爱情，她本身已经背叛了爱情。

想着我就心血来潮，拿出手机给李颖打电话。电话响了两声，一个浑厚的男中音"喂"了一声，我想了想，不知道说什么好，犹豫着要不要告诉他我和李颖的事。那男的却不以为意，继续说道："喂？是大表哥吗？怎么不说话？"大表哥？谁是你大表哥？你是谁呀就喊我大表哥？

那边似乎很狼狈，急忙解释："哦，大表哥你误会了，李颖现在在洗澡，手机放桌上了，要不我帮你传过去？"

我脑袋一蒙，就是想不通，这是玩的哪一出。忽然那头传来一阵急促的脚步声，手机被李颖拿过去，她喘着粗气，带着颤音，"喂，有事吗？"听到她的声音，我笑了，这个贱货，到现在还在装，还在骗她的男人。好吧，好吧，随便你了，但我为你这样的女人花钱不值，我要拿回我的钱。我呵呵笑道："表妹，不好意思，刚才不知道表妹夫在。呵呵，我明天就要去天津了，你借我的钱，不着急，什么时候有了，什么时候还。"

那边似乎松了一大口气，带着感激的语气道："好的好的，大表哥，谢谢你，我们一定会尽快把钱凑齐了还给你。"挂电话的瞬间，我似乎听到一声抽泣。心里骂道：贱货，现在知道哭了，早干吗去了？

此时我已经成了软体动物瘫在了电梯上，看着上面那个36层的按钮无能为力。我拿出电话，打给老婆："亲爱的，帮我按下我们楼层的电梯，让电梯升上去。"老婆奇怪，"干吗要这样？"我嘿嘿笑道："电梯上去以后，里面躺了一个人，那是你老公。"说完这句话，我彻底晕了。

再醒来时已是第二天中午，脑袋晕，胃里也难受，我坐起来缓口气，感觉口渴。一下床才发现我居然是一丝不挂。我在床上床下找了一圈，一件衣服都没找到。不禁奇怪，老婆这是玩我呢？没有衣服我怎么出门？我坐回床上，抱了被子喊道："苏婷，苏婷？"

老婆没来，儿子一把撞开门风风火火地冲进来，端着枪对我一阵扫射，"妖怪，投降吧！"我抱着被子躲在床后面，想斥责儿子，却开不了口。老婆太过分了，居然这样玩我。这还不算，岳母也跟着儿子跑进来，扯着儿子往外走，嘴里说道："小家伙真不听话，爸爸在睡觉你吵什么吵。"

我像个委屈的小媳妇一样，心里怒火冲天。老婆太过分了，不就是喝醉一次酒，竟让我在岳母和儿子面前丢脸，真是太过分了。如此想着，我再次高声叫道："苏婷！"岳母也在外面帮我叫："苏婷，你做啥子？李开叫了半天你不答应？"

老婆系着围裙拿着菜刀从厨房出来，嘴里说着："刚才没听见。"当她看到我，诧异地瞪大了眼，"你这是干什么？"此刻，我已经扯了被子，赤条条地站在床前，让那玩意儿迎风招展。我面带杀气，嘴上却憋着怒气愣声问道："我的衣服呢？"

老婆一愣，随后哭笑不得，"你神经病啊，衣服我都按你说的全部洗好熨平放在床头柜，你还问我要衣服？"我顿时傻了，愣了两秒后赶紧跑到床头柜跟前拉开看，里面放了一套熨得平平展展的衣服裤子，最上面的则是白色四角底裤，旁边还放了一双袜子。

这是怎么回事？我疑惑地看着老婆说："你什么时候变得这么懂得家务？"老婆看我一眼，嗔怪道："瞧你说的，我一直都懂家务好不？只是以前没条件这么做，现在有了条件，我当然办得到了。"老婆说完伸手在我脸上捏了一把，"赶紧穿了衣服刷牙洗脸，马上开饭。"

老婆出去后，我一屁股坐到了地上，大脑里一片恐惧。老婆这是怎么了？我还没道歉她怎么对我这么好？这就像是在做梦，完全没有理由，而且非常不符合情理。我一晚未归，在外宿醉，老婆不但没有和我冷战，反而还兴高采烈地给我洗衣做饭，这不是做梦这是什么？我掐了自己一把，巨疼。老婆突然对我示好，肯定有什么原因，是因为我下午就要走的缘故？

在刷第三遍右牙槽时，我忽然打了一个寒战，一个不妙的念头从我心底升起。睡觉起来衣服洗干净熨平，似乎只有阿玲这么做过。根据我对老婆多年来的了解，她是不会在睡前帮我洗衣熨平的，她这么做，一定是有原因的。难道，她知道了我和阿玲的事？再想想岳母最近对我的态度，难不成是阿玲为了报复我，对我岳母讲了什么？

想到此，我忽然感觉全身冰冷，头上冒汗，牙关开始打战，这种猜想，不是没有可能。我和阿玲已经闹翻，很难说她会不会报复我。而最直接的报复，无疑是将我的家庭拆散。我想起阿玲在我面前狠狠地抽那个小姐耳光时的凶狠，以及当时她眼里闪现的寒光，再加上她在电话里歇斯底里的咒骂，我确信，她会这么做。只需一个电话，她就可以让我堕入万劫不复之地。

我心里无比慌乱，还不知道老婆会怎么收拾我。离婚？不，不，绝对不行，打死我也不同意，老婆对我那么好，还有那么可爱的儿子，让我离婚，那是要我的命。不离婚？那怎么对付我？告诉我爹！我登时头发竖立起来，那还不如和我离婚。

可是，看老婆的表现，不像是知道我和阿玲的事，如果被她知道，肯定要和我大吵一架，最起码要逼着我下跪认错。但是她没有，难道老婆只是没点破，是想给我留个面子，用行动来让我忏悔？如果是这样，那我老婆也太伟大了，这还是我老婆吗？我赶紧迅速刷牙，等下找个机会套套她的底，看她都掌握了多少资料。

下午我要上飞机，所以家里的菜准备得特别丰盛。青椒炒蛋、酸辣白菜、虎皮豆腐、鱼香肉丝、猪肝汤，几乎都是我喜欢的。借着这个机会，我拼命地大口吃饭，还明知故问地奉承："今天这菜谁做的啊，怎么这么好吃？"

老婆和岳母都是喜笑颜开，不停地往我碗里夹菜，"好吃就多吃点。"尤其是老婆，夹得最殷勤，和以往判若两人，而且每次都是笑嘻嘻的，若是不仔细看，根本看不出她那笑盈盈的眼神下隐藏着杀机。

吃完饭，我和儿子在客厅玩，同时用余光观察老婆的动向，时刻准备应付她的发难。我在心里也打定一个主意，等下道歉实在不管用，儿子就是我唯一的武器。因此，此刻要把儿子巴结好，不然等下可能没威力。

老婆收完餐桌就帮我收拾行李，同时对我进行临行前的叮嘱：要注意吃饭，我不在身边不要委屈自己；要注意穿衣，天津的气候可不是广东……啰唆一大堆，句句都饱含着对我的诚挚感情，还时不时地朝我飞个媚眼，脉脉含情。

我的精神已经快到崩溃的边缘，老婆这葫芦里到底卖的什么药啊？不行，得变被动为主动，问问她的底。

"老婆，你今天似乎……变了个人。"

老婆一笑，摸着我的脸，仔细看着，轻声道："变什么了，我还不是你老婆？"

我一时语塞，结巴了半晌，才弱弱说道："你现在比以前好多了。"一句话把老婆说哭了，"对不起，我一直都不知道，你心里也埋着那么多苦，要不是你昨晚跟我推心置腹的一番牢骚，我永远都不会明白，你心里也藏着那么多秘密。"

秘密？我不可思议地望着老婆，"我，我说了什么秘密？"我该不会把所有的事情全都说了吧？老婆见我这副表情破涕为笑，"也没什么，就是你平时的一些牢骚，怪我不体谅你，不关心你，不站在你的立场上想问题，怪我把钱看得太重，怪我老和你生闷气……"老婆说完静静地看着我，一脸认真，"李开，我现在知道了，我向你保证，以后会好好对你，会多关心你、体贴你，会好好地照顾你。"

我傻了一样看着她，我什么时候给她说过这些？没印象啊，但看她表情不像是装的，难道我真有喝醉酒乱说话的毛病？若是这样，那阿玲说的一切都是真的？想到阿玲，我忽然感到揪心，她现在孤身一人，也不知藏在哪个旮旯墙角，每天担惊受怕，怕我突然找到她，要她打掉孩子，那是一种什么样的生活？

我额上开始冒汗，老婆发觉出我不对，低声问道："怎么了？你脸色很难看。"我急切问道："我什么时候有酒后乱说话这个毛病？你以前发现过吗？"老婆一笑，侧头想想说："以前也有，但没有现在严重。"说着老婆扑哧一笑，"其实我印象中就只有一次。"

"哪一次？"我急切想知道，我是不是有这个毛病，别人可能骗我，但老婆一定不会。

"就是第一次啊，你忘了，你那天喝了酒，把我强……"说到这里老婆脸色凝重起来，语气也变得严肃，"你还说我对你不好，我对你算是宽宏大量了。你知道你第一次是什么行为？那算是强奸！我当时挣扎成那个样子，你都不停手，我都气哭了，你还跟个牲口一样折腾，还接连三次，我当时就在心里发誓，第二天一定要把你送到监狱。"

"啊？那后来怎么没送？"

"还不是因为你后来说的那番话，把我骗了，让我感动得一塌糊涂，什么都不要就跟着你结婚。"

"我说了话？"

"对呀，你不记得了，你那晚上对我说的话？"

我木头一样站着，两眼不停忽闪，老婆的表情看起来不妙，似乎是爆发前兆。幸好，老婆及时忍住了，换了口气道："我不知道那是真的假的，反正你说得挺好听，硬是把我感动了，把我原本要告你的心思变没了。那天听你说你当时是假醉，把我气了个半死。"

听老婆说完，我心坠入谷底，啥想法都没了。看来，是我错怪了阿玲，只是她现在人在哪？我该怎么去给她道歉？见我不语，老婆又道："另外，关于你昨晚问我的问题，我现在有了答案。"

"问题？什么问题？"

老婆娇嗔："你那什么脑子，自己说过的话做过的事全都忘了。你昨晚不是问我，如果有人出一百万，让我陪他睡一个晚上，我愿不愿意？"

"啊！这个问题？我真忘了，那你给的是什么答案？"

老婆一笑，"那得看你是不是一直都在爱我。如果有一天，你不再爱我，别说是一百万，就是一块钱我也可能跟别的男人走，只要他爱我。"

"这样啊？那我一直都爱你，但是很穷，你会不会为了一百万……"

老婆盯着我，看了好久，莞尔一笑，"傻瓜，当然不会，我以前老是说你逼你，其实并不是非要你赚多少钱，就是求一套房子。钻戒我可以不要，名车我也可以不要，名牌服装这些我都可以不要，但我不能没有住的地方呀，这是作为人最基本的生存基础，你都不能满足我，让我怎么相信你，以后会给我幸福？"

老婆的一番话似乎也有些道理，我开始回想孟飞对我说的那几条检验标准，看看老婆的忠贞程度是几颗星。正想着，老婆拍拍我的脸说："好了，东西收拾好了，你什么时候走？"我傻乎乎地左右扭头看，"两点，快了吧。"

老婆不说话，抬眼直视着我，"还有一个多小时，你不打算做点什么？"

"呃？"我不懂，抬头看她。

"笨蛋，你这一走就是两个月，就不怕憋得慌？"

"哦，好的。"我机械地站起身，这才醒悟过来，赶紧咧嘴笑笑，"当然，让我的小宇宙爆发吧。"我拦腰将老婆横抱，冲进卧室……

　　在赶往机场的路上，我给孟飞打了电话，一再叮嘱他，如果找到阿玲，千万不要对她造成伤害，不管是生理还是心理的，务必当心。我不想让阿玲再继续误会下去，就算我不爱她，也不能这样让她伤心。孟飞在电话那头保证："放心，如果我们找到她，先监视着，等你回来再处理，好吧？"

　　我这才放了心，挂了电话，看着车窗外，两边的商铺快速后移，一家挨着一家，没有尽头。我心里一阵迷茫，我咋搞出这些事情，这不是害了人家女子？这件事要是不能处理好，我恐怕一辈子都良心难安。

图书在版编目（CIP）数据

生死成交 / 萧侃著.— 北京：北京理工大学出版社, 2010.10
ISBN 978-7-5640-3714-7

Ⅰ.①生… Ⅱ.①萧… Ⅲ.①长篇小说—中国—当代 Ⅳ.①I247.5

中国版本图书馆CIP数据核字(2010)第165928号

书名：**生死成交**
　　　SHENGSI CHENGJIAO
作者：萧侃

出 版 人：杨志坚
责任编辑：王　庆　张慧峰
策　　划：念念文化 NBooks
特约编辑：刘玉浦　孙丽莉　何　立
装帧设计：Metis 灵动视线
　　　　　010-85983452

出　版　北京理工大学出版社
发　行　北京理工大学出版社
社　址　北京市海淀区中关村南大街5号
邮　编　100081
开　本　710毫米×1000毫米　1/16
印　张　14.5
字　数　190千字
版　次　2010年10月第1版　2010年10月第1次印刷
印　刷　北京盛天行健印刷有限公司
书　号　ISBN 978-7-5640-3714-7
定　价　29.90元